Nach 39 Ehejahren wird der Mediziner Willi Merkatz von seiner Frau verlassen. Krise, Auszeit, Trennung? Willi Merkatz biegt sich sein neues Leben zurecht, deutet die Vergangenheit um und droht dann doch in Selbstmitleid zu versinken. Zugleich wird seine Berliner Altbauwohnung von dem neuen indischen Geliebten seiner Frau in eine Ayurveda-Praxis verwandelt und es muss entschieden werden, wer das mit Erinnerungen beladene Gemüsemesser bekommen soll. Er rast wie gehetzt über die Avus, sucht Trost in der klassischen Literatur und versucht angestrengt, sich neu zu verlieben.

»Willi Merkatz wird verlassen« ist eine großartige Satire über einen älteren Mann im Kampf gegen den Verfall und seine Beziehungsabhängigkeit – und der erste Roman von Tilo Prückner.

Foto: Christian Klandt

Tilo Prückner, Jahrgang 1940, ist Schauspieler und Bühnenautor. Nach Engagements in München, St. Gallen, Oberhausen und Zürich spielte er Anfang der Siebzigerjahre an der Schaubühne am Halleschen Ufer in Berlin, deren Gründungsmitglied er war, und am Bayerischen Staatsschauspiel. Größere Bekanntheit erlangte er als Darsteller des Neuen Deutschen Films. Er war in zahlreichen deutschen Film- und Fernsehproduktionen zu sehen, u.a. in »Adelheid und ihre Mörder«, im Hamburger »Tatort« oder in den Filmen »Der Schneider von Ulm«, »Der Willi-Busch-Report« und »Iron Sky«. Er verfasste die Bühnenstücke »Meier muß Suppe essen« (1999) und gemeinsam mit Roland Teubner »Gilgamesch und Engidu« (1984).

Tilo Prückner

Willi Merkatz wird verlassen

VERBRECHER VERLAG

Erste Auflage
Verbrecher Verlag 2013
www.verbrecherei.de

Lektorat: Kristina Wengorz
Einbandentwurf: Sarah Lamparter
Satz: Christian Walter
Druck: CPI – Claussen & Bosse / Leck

ISBN: 978-3-943167-40-5

Printed in Germany

Der Schreck, den er da hatte,
Hätt' ihn fast umgeschmissen,
Als hätt' ihn eine Ratte
Plötzlich ins Herz gebissen.

Wilhelm Busch

Das ist die Geschichte von meinem Freund Wilhelm Merkatz, wie er sie mir erzählt hat.

1. KAPITEL

In dem Jahr, in dem die Erde zweitausendmal seit Christi Geburt die Sonne umkreist hatte und sechzigmal seit seiner Geburt, verließ Wilhelm Merkatz seine Frau – also, seine Frau verließ ihn.

Er stand wie jeden Morgen unter der Dusche. Und während das heiße Wasser über seinen Körper rann, brach es aus ihm heraus, und noch während es aus ihm herausbrach, wunderte Wilhelm sich darüber, dass es aus ihm herausbrach. Ein heftiges Schluchzen.

Laut brach es aus ihm heraus – mehrfach.

So etwas kannte Wilhelm nicht von sich. Für einen Moment hatte er das Bedürfnis, in der Ecke der Dusche an den weißen Kacheln niederzusinken, um sich seinem Schmerz, den ihn dieses Schluchzen schlagartig fühlen ließ, hinzugeben, während das heiße Wasser über seinen nackten Leib lief. Doch es war ihm, als ob er diese Situation bereits in einem Film gesehen hätte.

Wilhelm blieb stehen und hielt den Duschkopf fest in der Hand.

»Schlotternd vor Selbstmitleid«, schoss es ihm durch den Kopf.

Und wirklich: Wilhelm schlotterte. Er spürte keine Tränen. Entweder waren da keine, oder der Duschstrahl brauste sie weg und sie mischten sich mit dem Wasser, bevor sie leicht kreiselnd im Abfluss verschwanden.

Wilhelm verließ die Dusche, griff sich ein großes Frottiertuch und begann, sich abzutrocknen. Er empfand ein merkwürdiges Staunen über sich und das, was ihm eben widerfahren war. Er stellte einen Fuß auf den Wannenrand und zog nachdrücklich das Handtuch zwischen dritter und vierter und dann vierter und fünfter Zehe hindurch. Das machte er von Kindesbeinen an so, um seinen rezidivierenden Fußpilz nicht hochkommen zu lassen, jedenfalls nicht aus dem Raum zwischen dritter und fünfter Zehe.

Er wusste, dass seine Frau mit dem Frühstück im Berliner Zimmer auf ihn wartete. Es half nichts. Wilhelm fühlte sich einsam. »Einsam bis auf die Knochen«, benannte er dieses Gefühl und wunderte sich erneut, dass er innerhalb von wenigen Sekunden seinen Zustand mit Schlagworten belegen konnte. Anscheinend verlangte sein innerer Aufruhr nach Zuordnungen.

Er stellte den zweiten Fuß auf den Badewannenrand und versuchte, sich eine Einsamkeit bis auf die Knochen vorzustellen, als er hörte, wie seine Frau nach ihm rief. Die Vertrautheit des Rufs traf ihn schmerzhaft im Rücken. Etwas mühsam rappelte er sich auf, warf den Bademantel über und wagte keinen Blick in den Spiegel. Bitte jetzt nicht dieses Gesicht mit den erschreckten Kinderaugen! Er öffnete die Tür zum Flur.

Wilhelm war 60 Jahre alt und hasste es, seiner Umgebung zu jeder Unzeit ein Gesicht zu präsentieren, das so gar nicht zu seiner inneren Befindlichkeit passte. Er war als Kind nie geschlagen worden, und fühlte sich auch nie dementsprechend, hatte also keinen Grund zu mimischen Entgleisungen, wie er es nannte.

Geschlagen worden bist du zwar nicht, aber geliebt? Ach, Willi, ich kenne dich schon so lange, und ich kenne auch diesen Gesichtsausdruck an dir … Er verrät dich. Mehr als du denkst.

Die Morgensonne, reflektiert von den Fenstern und der hellen Hauswand des Rückgebäudes, dem Berliner »Gartenhaus«, schien in den großen Raum.

Es war eine gute Idee gewesen, die Küche dort einzubauen und das Schlafzimmer in der ehemaligen Küche einzurichten. So war das Berliner Zimmer, dieser merkwürdige Raum in den Berliner Altbauwohnungen zwischen den vorderen Zimmern und dem Seitenflügel mit dem einen großen Fenster in der hintersten Ecke, zum belebten Zentrum der Wohnung geworden.

Es war wie immer: Katarina saß in ihrem kimonoartigen Morgenrock, den sie vor Jahren in London ertrödelt hatten, an der Stirnseite des Tisches. Ganz selbstverständlich hatte Wilhelm ihr diesen Platz überlassen, als eine der vielen Kompensationen im Privaten für seine – wie er es nannte – »natürliche Dominanz« im Beruflichen.

Sie wäre nie auf die Idee gekommen, mein lieber Willi, dir diesen Platz frei zu machen, du weißt das …

Sie saß dort und lächelte leise. Normalerweise machte Wilhelm das Frühstück, bevor er in die Praxis fuhr, und Katarina kam dazu, um sich anschließend noch eine Stunde hinzulegen. Doch nun war sie vor ihm da.

Das Frühstück war beiden sehr wichtig – für Gespräche über das Nächstliegende oder über die globalen Zusammenhänge, über die sich speziell Wilhelm gerne mit morgendlich frischem Geist ausließ. Katarina, die Vorträge eigentlich hasste, genoss diese morgendlichen Geistesspaziergänge ihres Mannes, weil sie sich ohne didaktischen Impetus zwischen Tee und Knäckebrot wie absichtslos den Weg ins Freie suchten. Es war diese halbe Stunde entspannter Unterhaltung, die der Beziehung das tägliche Fundament gab.

An diesem Tag war die Unterhaltung wortkarg. Katarina stellte lediglich ein paar Fragen zu der Reise, zu der Wilhelm nach dem Frühstück aufbrechen wollte: »Wie lange willst du wegbleiben?«

»Ich denke, so zehn Tage.«

»Zehn Tage, ich dachte sechs?«

»Na ja, so lange wie du ...«

Katarina war nach der gemeinsam absolvierten Ayurveda-Kur in Sri Lanka, das war jetzt sechs Wochen her, noch einmal für zehn Tage zurück nach Kovalam in Südindien geflogen – allein –, um sich dort weiter behandeln zu lassen. Das gab Wilhelm nun das Recht, fand er, dasselbe für sich einzufordern. Noch nie hatte er in der langen Zeit ihrer Ehe so etwas durchzusetzen gewagt.

»Bleib ja sitzen!«, sagte sie und verschwand für kurze Zeit auf dem Klo. Wie üblich versuchte Katarina, mit diesem Satz zu verhindern, dass Wilhelm die Gelegenheit ergriff, das Frühstück zu beenden, um an die Arbeit zu gehen. Wilhelm liebte diesen Satz, auch wenn er nicht immer sitzen bleiben konnte. Einer musste ja schließlich das Geld verdienen.

Alles war wie immer – und trotzdem: Kaum saß Wilhelm allein am Tisch, da schossen ihm Tränen aus den Augen, so zahlreich, dass sie sich zu Rinnsalen vereinigten, die ihm über die Wangen herabliefen und sich am Kinn trafen, bevor er in der Lage war zu reagieren. Mit einer heftigen Bewegung wischte er sie ab, bevor sie auf die Marmelade tropften.

Da wusste er, die Krise hatte ihn erreicht. Drei Monate lang hatte sie sich angeschlichen und vor zehn Minuten in der Dusche sein Innerstes, sein Herz erreicht: Es würde nichts mehr so sein wie früher.

Begonnen hatte es damit, dass Wilhelm vor gut drei Monaten beschlossen hatte, sich beruflich weiterzubilden und einen Intensivkurs als Therapeut zu absolvieren, um so langfristig etwas gegen die sich ganz allgemein verschlechternde wirtschaftliche Situation des Ärztestandes zu tun.

Er könnte nach dem Kurs jeden Patienten unentrinnbar an sich ketten, ihn vom körperlichen Defekt zur seelischen Ursache zwingen, und umgekehrt jeden Psychotiker auffordern, doch mal etwas für seinen Körper zu tun, also seine Klientel in der Hölle der Psychosomatik schmoren lassen, möglichst lange und möglichst einträglich für sein Portemonnaie.

Sein Hauptmotiv war allerdings ein anderes: Er wollte den öden Praxisbetrieb wieder interessanter machen.

»Mein inhaltliches Defizit etwas ausgleichen«, so hatte er es vor wenigen Tagen am Frühstückstisch genannt.

»Auf meine Kosten«, entgegnete Katarina, die in erster Linie das Lustmoment bei Wilhelm spürte, dem dieser nachgeben wollte, während sie allein zu Hause säße. »Diese Art von Selbstverwirklichung hast du doch nicht mehr nötig. Du willst dich einfach amüsieren!«

Was für ein Vorwurf! Wilhelm kratzte seine ganze moralische Widerstandskraft zusammen, behauptete, er habe ein Recht darauf, nach Jahren der uneigennützigsten Maloche auch mal wieder an sich zu denken, um nicht alle Lust am Arztsein zu verlieren, und die Idee habe ja schließlich auch eine ökonomische Dimension.

Kurz und gut, Wilhelm war es sich selbst schuldig, die Ausbildung zu beginnen, und verbrachte fortan drei Abende in der Woche im Therapiezentrum.

Die neue Motivation, die die Ausbildung mit sich brachte, wurde Wilhelm allerdings verdorben durch Katarina: quod erat exspectandum.

Obwohl er sich im Anschluss an die Seminare jedes Bier mit den Kolleginnen und Kollegen verkniff und sogleich heim zu seiner Frau eilte, saß sie stets tiefgekränkt vor dem Fernseher und verweigerte jede Kommunikation.

Als sie auch mit Grippe und Migräne Wilhelm nicht davon abhalten konnte, »sich selbst zu verwirklichen«, wurde schnell sein trotziges Festhalten an dem einmal gefassten Vorhaben gegen den Widerstand seiner Frau das eigentlich Anstrengende für ihn – anstrengender als die anspruchsvollen Abendseminare nach dem langen Praxisalltag.

Wilhelm, das Zentrum des Universums – Katarinas Universums! Klar …

Es ist immer leicht zu reden – aber wenn man selber drin steckt …, wenn du weißt, während du lachst, ist sie traurig …, schlimmer noch, sie ist unglücklich, weil du lachst, … weil du nicht bei ihr bist …

Willi, ich glaube fast, du bildest dir was ein auf dein selbstbezügliches Mitgefühl!

Ach, lass mich in Frieden!

Jedenfalls zog sie aus – aus dem Bett. Zuerst wollte sie natürlich, dass er im Wohnzimmer auf dem Sofa schlafe, weil das zu weich für ihren Rücken sei. Dem setzte er entgegen, dass es schließlich nicht sein Wunsch sei, getrennt zu schlafen, und behauptete seinen Schlafplatz im Ehebett.

Als sie sich kennenlernten, also vor tausend Jahren, hatte er die Meinung vertreten, es sei besser, wenn Mann und Frau prinzipiell getrennt schliefen, um eine Beziehung möglichst lange frisch zu halten. Er war allerdings schnell eingeknickt, weil Katarina das extrem albern fand und seine Vorstellungen ganz einfach ignorierte. Physisch. Sie war ganz einfach neben ihm liegen geblieben und hatte ihm durch diese Nähe den Schlaf geraubt.

Irgendwann hatte sie Wilhelm dann so weit, dass er nicht mehr allein schlafen wollte, ja, es nicht mehr konnte.

Und bis vor Kurzem konnte es Wilhelm nicht ertragen, wenn Katarina infolge eines Streites – und gestritten hatten sie, seit sie sich kannten, genauer: vier Wochen nach dem ersten Kennenlernen, da war er 21, da gab es den ersten heftigen Streit, und seitdem ging das 39 Jahre so –

Neben den guten Zeiten! Neben den guten Zeiten!
Ja, Willi, ich weiß, ihr hattet viele gute Zeiten.

– konnte es nicht ertragen, wenn Katarina im Streit das Bett verließ.

Dann geriet Wilhelm in Panik, verfolgte sie durch die Wohnung und bettelte, selbst wenn er im Recht war, so lange, bis sie völlig erschöpft – nicht versöhnt, aber immerhin – ins gemeinsame Bett zurückkehrte.

In diesen Tagen aber glaubte Wilhelm, es sei nicht falsch, mit seiner Energie, über die er zeitlebens reichlich verfügt hatte, etwas mehr zu haushalten. Er erinnerte sich nun daran, dass es angenehm sein konnte, allein im Bett zu liegen, ohne die Verpflichtung, seine Frau in den Schlaf zu streicheln, und ohne den selbstauferlegten Druck, noch nach 35 Ehejahren den potentiellen Verführer geben zu müssen.

Sie konnte ja kommen, wenn sie wollte. Er hatte nichts dagegen! So entschied er für sich. Aber Katarina kam nicht.

Bei einem der inzwischen ziemlich einsilbig verlaufenden Frühstücke eröffnete sie Wilhelm stattdessen mit einer eigenartigen, fast freundlichen Gefasstheit, dass sie um eine Auszeit bitte.

»Das«, schoss es Wilhelm durch den Kopf, »das bedeutet auch Auszeit für mich!«

Doch er nickte nur ein paarmal blöde mit dem Kopf.

Das Zeitalter der gegenseitigen ständigen Bemühung war damit vorerst abgeschlossen. Krisen hatten sie viele hinter sich. Die weitaus schlimmste 1975, deren Nachbeben beide bis heute immer wieder erzittern ließ.

Doch anders als früher nahm Wilhelm sich diesmal vor, Ruhe zu bewahren, sich innerlich etwas zurückzulehnen und zu beobachten, wohin ihre Ehe diesmal triebe. Vielleicht würden sie ja in aller Friedlichkeit hinaus aufs offene Meer treiben und sich dort in der Unendlichkeit verlieren. Die Ehe würde sich still und leise auflösen – ein immer wieder aufkeimender heimlicher Wunsch Wilhelms –, oder sie würden wieder zueinander getrieben werden, in eine neue Formation, die für beide angenehmer wäre.

Aufs offene Meer! Willi!

In diesem Schwebezustand beendete Wilhelm seine Fortbildung, und trotz der Umstände waren beide gemeinsam, wie jedes Jahr, zu der lange vorher gebuchten Reise nach Indien aufgebrochen.

Anders als in den Vorjahren hatte Katarina diesmal verlangt, dass sie nach zwei Wochen Gammelei in Kovalam hinüber nach Sri Lanka fliegen, um sich dort einer ayurvedischen Panchakarma-Kur zu unterziehen.

Unter der ständigen Bedrohung, ein Secondhand-Leben führen zu müssen, hatte Wilhelm auf einer möglichst originellen

Kur ohne touristischen Schnickschnack bestanden, die das Baden im Meer und ausgedehnte Aufenthalte in der Sonne ebenso verbot wie sättigendes Essen. Dass auch sexuelle Enthaltsamkeit gefordert war, passte jetzt ausgezeichnet.

So hatte er gnädig zugestimmt, große Lust darauf verspürte er nicht. Andererseits: Für die Leber und auch für Hirn und Gemüt war eine solche Reinigungskur bestimmt nicht verkehrt.

Mein lieber Freund Willi, du bist so großzügig. Du hättest ja auch nein sagen können und sie alleine nach Sri Lanka fahren lassen. Aber nein ...

Kovalam liegt in Kerala, an der Südspitze von Indien, am Meer. Natürlich hatte sich der Ort, seit sie ihn kannten, verändert. Geblieben waren die Kokospalmen, unter denen kein Elend möglich ist, und die wie ein grüner Teppich das ganze Land bedecken.

Und die Krähen, die zu Tausenden in den riesigen Blattwedeln sitzen und mit ihrem andauernden Gekrächze nie bedrückende Stille aufkommen lassen. Wilhelm liebte diese frechen, schwarzen Gesellen sehr. Ihnen entging nichts, was irgendwie ihrem Fortkommen dienen konnte. Wilhelm genoss es, unter ihren Augen ein Stück Nan auf die Brüstung des offenen Hotelganges zu legen, sich auf einem Stuhl davorzusetzen und zu dösen. Er konnte sicher sein, dass in dem Moment, in dem er einzunicken schien, keine Sekunde früher, einer seiner schwarzen Freunde sich von seiner Palme abstieß, um das Stück Fladenbrot im Vorbeiflug mit seinem Schnabel zu schnappen. Das glückte ihnen meistens nicht beim ersten Mal, und ihre flüchtigen Bauchlandungen auf der Brüstung amüsierten Wilhelm ganz besonders.

Geblieben waren in Kovalam auch die schmalen Pfade zwischen den bemoosten und schwarz veralgten Ziegelmauern, so schmal, dass man mit seinem Gepäck einem Entgegenkommenden nur mühsam ausweichen konnte.

Dann selbstverständlich die beiden kleinen, geschwungenen Strände, die dicht gedrängte Reihe der Lokale, in denen man aufs Meer blickt, Tee trinkt, oder abends den wunderbaren, wenn auch schlecht zubereiteten Fisch isst.

Geblieben war auch das Hotel Neptun, vielleicht einst das erste Haus am Platz. Obwohl es inzwischen etwas verwahrlost und eingekreist von einer Menge neuerer und neuester kleiner Hotels war, hielten Katarina und Wilhelm ihm die Treue. Und ihrem Zimmer: »Room 112, the room with the big window, please.«

Der Nagel in der einst rosafarben getünchten Wand, den Wilhelm zum Aufspannen des Moskitonetzes brauchte, war noch da. Der Strick für die Wäsche war auf die gleiche Weise gespannt.

Anders als das letzte Mal aber fassten sie diesmal nicht den Plan, sich hier jede Nacht zu lieben, da das stabilisierend für eine lange Ehe sei. Sie schliefen einfach dort.

Das war auch bei ihren früheren Besuchen nach höchstens einer Woche so. Doch Wilhelm erinnerte sich nun mit Wehmut, wie er hier auf Katarina gelegen hatte, während sie der Katakali-Vorstellung auf dem Hoteldach gegenüber zugesehen hatten, wo sich im Kerzenlicht die grell geschminkten Götter mit Zottelmähnen und tiaraartigen Kronen unter Kostümschichten zum Rhythmus schneller Trommeln durcheinander stoben, dann wieder, aufstampfend und mit den Augen rollend, helle Schreie ausstießen.

Hier in Indien empfand Wilhelm zum ersten Mal die ganze Schwere der Auszeit: Ohne Liebe, und sei es nur die körperliche, war sein Leben elend.

Er schwamm jeden Morgen, wenn das Meer noch ruhig war und sich die Dünung noch sanft am Strand brach, die Lighthouse Bucht von einem Ende bis zum anderen einmal auf und ab. Das war eine Pflichtübung. Die Vorwärtsbewegung im Wasser empfand Wilhelm schon immer als mühsam. Während er mechanisch bei jedem Schwimmzug seinen Kopf ins Wasser tauchte, überließ er sich trüben Gedanken. Warum den Kopf immer wieder aus dem Wasser heben, warum sich nicht einfach hinaus treiben lassen, unbemerkt, der Strand war noch leer und Katarina noch im Bett unter dem Moskitonetz. Vielleicht war das die friedliche Auflösung der Ehe, wenn die eine Ehehälfte hinaus aufs Meer trieb.

Doch, nein, ertrinken wollte Wilhelm nicht. Lieber abstürzen, im freien Fall bei klarem Bewusstsein durch die Luft sausen und am Boden zerschellen! Aber nicht mit Nase, Lungen und Hirn voller Wasser langsam hinübertrudeln!

Wilhelm schwamm also jeden Morgen zum Ufer zurück, obschon zu dieser Zeit die Ebbe das Wasser aufs Meer hinauszog. Die tägliche kleine Angst, es nicht zu schaffen, hatte die Wirkung einer Adrenalinspritze und entlarvte die trüben Gedanken als das, was sie waren: pathetisch.

Die Vormittage verbrachte Wilhelm in einem der wackeligen Rattanstühle im Café Santana und blickte aufs Meer. In der zweiten Reihe, da ihm in der ersten die vorbeiziehenden Händler und Bettler keine Ruhe ließen. Inzwischen kannte er sie alle.

Er saß da unter einem Sonnensegel und schlürfte gemächlich zwei big pots chai massala, seinen geliebten indischen Tee.

Das Café Santana war Wilhelms liebster Ort auf Erden. Vor acht Jahren hatte er das erste Mal dort gesessen, und jedes Mal, wenn er sich nach Stunden entschloss, seinen Platz zu verlassen, um Katarina zu suchen, zögerte er, weil er gerne noch weiter den Frauen zugesehen hätte, wie sie riesige Thunfische, Schwertfische, Blue Marlins auf dem Kopf vorbeitrugen, um den Fang ihrer Männer, deren winzige Boote weit draußen auf der Horizontlinie zwischen Himmel und Wasser als Punkte schwammen, an eines der Restaurants zu verkaufen. Auch hätte er lieber noch eine Seite weiter in »Indische Mythen und Symbole« von Heinrich Zimmer, einem Indologen, lesen wollen oder weiter im Buch über indische Philosophie desselben Autors. Seit acht Jahren las er hier in diesen beiden Büchern und kam zu keinem Ende, weil es so viel zu gucken gab und er jedes Jahr wieder von vorne anfing.

Auch in diesem Krisenjahr übte das Santana diese besänftigende Wirkung auf Wilhelm aus. Die Vorstellung, dass der ganze

Kosmos mit sämtlichen Milchstraßen nur ein Augenzwinkern Shivas lang existiert, fand er tröstlich.

»Vielleicht wird ja alles wieder gut«, grummelte es in ihm.

Was heißt hier »wird alles wieder gut«? Eben jammerst du, dass die 39 Jahre mit deiner Frau nicht gut waren. Jetzt plötzlich, wo sie sich von dir löst und eigene Pläne entwickelt, war auf einmal alles gut!

Gut, gut, ich meine nicht wieder gut, sondern gut, ... gut! Verstehst du? Vielleicht wird alles gut!

Vielleicht war es ja doch noch möglich, die Schutthaufen zwischen ihnen wegzuräumen, und, ohne vor Anstrengung zu keuchen, aufeinander zuzugehen, vielleicht war es möglich, den anderen als anderen zu sehen, und nicht als drückenden Auswuchs seiner selbst.

Vielleicht gab es die Chance, die Beziehung zwischen Katarina und ihm auf eine völlig neue Basis zu stellen, ohne diesen Ehegeröllberg, der jedes Mal überstiegen werden musste, um so einfache Sätze sagen zu können wie: Ich liebe dich – immer noch – trotz allem.

Wie oft bekam Wilhelm keinen hoch. Das lag doch, das lag doch alles nur an genau diesem Geröllberg ...

Kerala ist das Ursprungsland von Ayurveda, und an jeder zweiten Ecke in Kovalam werden treatments der angeblich ältesten Medizin der Menschheit angeboten. Während der Saison füllt sich der Ort mit Kellnern, Köchen, Schneidern, Masseuren, Yogalehrern, Kashmiris aus dem fernen Nordindien und Sikhs aus dem Punjab, die beide Schmuck verkaufen – seit ein paar Jahren haben sie Konkurrenz von den Tibetern bekommen – und eben auch Ayurveda-Spezialisten.

Katarina hatte, wie viele Frauen ihrer Schicht und ihres Alters, eine Vorliebe für alternative Medizin. Und auch Wilhelm, obwohl Schulmediziner, war durchaus offen für den ganzheitlichen Ansatz dieser Heilmethode.

Katarina ging zu Dr. Cheran.

Dr. Cheran und sein Masseur Kavi waren zwei typische Kerali: zierlich der eine, gedrungen der andere. Dr. Cheran war Brahmane, machte sich aber offiziell nichts daraus. Wilhelm weiß bis heute nicht, ob er unter seinem Hemd die heilige Opferschnur trägt, die jeder Brahmane sich über die nackte linke Schulter zu legen hat.

Dr. Cheran war fein und lächelte still – »wahrscheinlich schüchtern«, dachte Wilhelm. Er, selbst nur einsneunundsechzig, kam sich ihm gegenüber wie ein teutonischer Recke vor.

Dr. Cheran kam aus Ernakulam im Norden Keralas, gegenüber von Cochin gelegen, das vor der Küste auf einer Insel liegt. Vasco da Gama landete dort 1498 und wunderte sich, dass er dort unter anderem Christen traf, die den Papst nicht kannten. Aber das ist eine andere Geschichte.

Kavi kam aus einem Dorf im Landesinneren, war robuster und strotzte vor dieser Energie, die, wie Wilhelm sagte, »einem die Inder liebenswert, aber auch entsetzlich penetrant machen kann«.

Wenn Katarina nicht einen der zahlreichen Schneider mit ihren europäischen Vorstellungen über indische Gewänder kujonierte, verbrachte sie viele Stunden des Tages in oder vor der angemieteten Hütte von Dr. Cheran, die etwas tiefer in einer Niederung im Schatten der Palmen lag, wartete, ließ sich auf einer Liege von Kavi durchkneten, warmes Öl in dünnem Strahl über die Stirn gießen oder sich im Nebenraum von Dr. Cheran auf ihre Vata-, Kapha- und Pittaanteile hin analysieren und entsprechende Arzneien verabreichen.

Die Folge war, dass sie beim gemeinsamen Abendessen im Santana keinen Fisch mehr aß, sondern zwei Stunden an einer Portion plain rice herummümmelte. Raja, dem Chef dort, entging das nicht, und er verfolgte mit seinen extrem dunklen Augen missbilligend die neuen Essgewohnheiten seiner guten Kundin. Da schmeckte Wilhelm sein pumph redfish auch nicht mehr so recht. Die Distanz zu Katarina wuchs.

Er selbst vertrieb sich seine Nachmittage mit Krishna, dem Sohn des Hotelchefs, bei einer Runde Carrom, dem indischen Brettspiel, allerdings ohne Ehrgeiz. Oft ließ er sich auch während der drückenden Mittagshitze in der Bude von Ranjit nieder, dem hünenhaften Sikh, der hinter seiner Vitrine mit den Tausenden Silberringen, braceletts und Ketten döste, um ihm dabei Gesellschaft zu leisten, auf einem Kissen sitzend, den Kopf nach hinten an die Wand gelehnt.

Oder er zog sich ins Lonely Planet zurück, ließ sich dort eine Schale Ladyfingers, weich gekocht, in einer weißlichen, cremigen Soße servieren, dazu ein Glas Lemon Soda, in das er eine kräftige Prise Salz kippte, die das Getränk für einen Moment heftig aufschäumen ließ.

Das Lonely Planet ist ein besonderer Platz in Kovalam. An der Rückseite des Ortes gelegen, geht der Blick über die Reisfelder, zwischen denen sich Reste eines Mangrovensumpfes gehalten haben, auf die hohen Kokospalmenhaine weiter landeinwärts, die sich die steil ansteigenden Hügel hinaufziehen. Am Nachmittag war kaum jemand hier. Alle waren am Strand. Die Hitze war mit Händen zu greifen. Feucht und schwer, drückte sie Wilhelm in seinen Stuhl. Wilhelm überließ sich gerne der Lähmung durch diese höhere Macht. Langsam wie ein Reptil zerdrückte er ab und zu eine der grünlichen Schoten mit seiner Zunge am Gaumen, um den glibberigen Inhalt langsam seinen Schlund hinunterrutschen zu lassen. Die Litanei der Ragas, die hier ohne Unterbrechung zur Ehre der Gottheit aus dem Lautsprecher leierte, narkotisierte ihn und ließ ihm jede Bewegung unnötig erscheinen.

Hoch über ihm kreiste manchmal ein Paar Weißkopfadler. Mit ihren leuchtend rostbraunen Schwingen und dem weißgefiederten Kopf zogen sie ihre Kreise vor dem tiefen Blau des Himmels. Hin und wieder schwirrte ein Eisvogel vorüber, mit seinem grellroten Riesenschnabel, als habe er ihn gerade in einen Farbeimer getunkt. Die Kuhreiher, die dösend im Wasser standen, beeindruckte das alles nicht.

Und im Gras am Rande des lehmigen Tümpels, der die Begrenzung des Lokales bildete, saßen, wie eh und je, die beiden weißen Gänse. Wilhelm hatte über die Jahre eine große Zuneigung zu ihnen gefasst. Auch dieses Ehepaar war älter geworden. Eine der beiden, er oder sie, das konnte Wilhelm nicht erkennen, hatte seit diesem Jahr Probleme, nach dem Verlassen des Wassers die steile Uferböschung zu erklimmen. Aber mit welcher Gelassenheit der Ehepartner das übersah! In dieser Ehe herrschte Selbstverständlichkeit – und das bei ständiger Nähe. Und wie zärtlich sie sich gegenseitig mit ihren Schnäbeln im Gefieder zupften!

Ob die Inder einer solchen Vorbildehe wegen Hamsa verehren, den großen Ganterich, Reittier von Brahma, der die Welt mit seinem Gesang – so hatte Wilhelm es bei Heinrich Zimmer gelesen – erfüllt?

»Ihr heiligen Gänse, wie beneide ich euch um eure Ehe …!«, dachte Wilhelm in ihre Richtung. Dann versickerte auch dieser Seufzer in einer Spalte seiner Hirnlappen und Wilhelms Kopf sank langsam zur Seite.

Wilhelm träumte.

Er träumte vom Ort seines Todes. Er saß auf Hamsa, dem heiligen Ganter, und flog mit ihm hoch durch die Luft. Weit hinten sah er das Meer, das sich mit dem Blau des Himmels vereinigte, und unter ihm lag, von der Sonne ausgedörrt, die Ebene von Madurai. Aus dem Dunst, der über der Stadt lag, ragten die zwölf riesigen Tempeltürme des Minakshi-Tempels, schimmernd mit ihren Tausenden bunten Götterfiguren, über den Staub und den Verhau der Menschenwohnungen. Sausend ging es hinab, auf einen der großen, runden Felsbrocken zu, die wie kolossale Elefantenhaufen dort unvermittelt im Land liegen.

Wilhelm kannte den Felsen und den Shiva-Tempel, der an seinem Fuß ihm vorgebaut lag, teils aus ihm herausgeschlagen war.

Vor Jahren war er mit Katarina in einer Motorrikscha die acht Kilometer von Madurai herausgefahren, um den Tempelelefanten, von dem sie gehört hatten, zu besuchen. Es war sengend heiß damals, die Stunde nach Mittag. Die Straße ausgestorben, schattenlos. Menschenleer lag der Tempel im gleißenden Licht. Die Rikscha setzte sie ab und röhrte die Straße zurück nach Madurai. Abweisend lag der Tempel vor ihnen, die Farben seiner Bemalung aufgefressen von der Helligkeit. Sie stiegen die Stufen hinauf zur Vorhalle. Zwischen den Säulen saßen und lagen ungefähr zwei Dutzend Sadhus. Sie stiegen über sie hinweg zum Tempeleingang. Die große, giftig grün gestrichene Holztür war geschlossen: »closed 12 h – 16 h«. Der Elefant war nicht zu sprechen.

Da hatten sie sich erschöpft an einer Säule niedergelassen, und Wilhelm hatte festgestellt, dass einige der Gestalten, die um sie herum auf dem speckigen Marmorboden lagen, nie wieder aufstehen würden, dass sie diesen Platz für ihren Tod bestimmt hatten.

Seitdem war Willi klar, dass er hier zu sterben habe. Er hatte sich vorgenommen, hierher zu kommen, wenn es mit ihm zu Ende ginge, um sich hier in den Schatten neben diese zerlumpten Männer zu legen und mit ihnen das Ende zu erwarten. Gemäß der vierten Stufe im Leben eines Weisen, der nach indischer Auffassung heimatlos, ohne Gedanken, ohne Wünsche, ohne Liebe zu geben, ohne sie zu erwarten, seine Straße entlanggeht, bis er irgendwann in einem staubigen Graben landet, um dort zu eben diesem Staub zu werden.

Im Traum nun stand Wilhelm wieder vor der giftgrünen Tür. Und wieder war sie geschlossen. Da schlug der Ganterich mit seinem Schnabel hart gegen das Holz, dass es dröhnte. Stille. Der Elefant war immer noch nicht zu sprechen. Nochmals klopfte der Ganterich laut ans Tor, und Wilhelm erwachte aus seinem Mittagsschläfchen.

Mann oder Frau Gans erhob sich gerade flügelschlagend aus dem Wasser, reckte den Hals und rief mit lautem Krächzen die Götter an.

Wilhelm erhob sich und machte sich auf zum Strand.

Oder er ging von dort zur Ayurveda-Hütte des Dr. Cheran, um auf Katarina zu warten. Einmal kam sie ihm auf einem der schmalen Dämme, die die Reisfelder trennen, entgegen, den Kopf etwas im Genick, mit den Armen leicht rudernd. Sie wirkte versonnen und friedlich. Es war am späten Nachmittag und das Licht fiel sanft durch die Palmen auf die Frau, wie sie so vor sich hin schlenderte. Hatte die Ayurveda-Behandlung eine solche Wirkung auf sie? Sie erblickte ihn und lächelte. Da liebte sie Wilhelm, also: Wilhelm liebte sie.

Die Abreise zur großen Panchakarma-Kur auf Sri Lanka rückte näher. Und Wilhelm hatte ein Erlebnis, das ihm sehr zu denken gab: Er hatte sich am Strand niedergelassen, um sich die Vorstellung, die die Sonne dort jeden Abend vor Publikum gibt, anzusehen.

Während sie sich immer größer und röter werdend auf die Horizontlinie des arabischen Meeres herabließ, musste Wilhelm plötzlich an die Azteken im fernen Mexiko denken, die sich nie sicher waren, ob die Sonne wieder aufgehen würde, ob ihre Kraft dazu ausreiche, und die ihr deshalb zur Nahrung vorsorglich Menschenblut als eine Art Aufbaupräparat opferten. Dieses ökologische Feingefühl wollte ihm recht plausibel erscheinen, und er sinnierte darüber, ob es nicht sinnvoll sei, auch in Deutschland vor Baubeginn für jeden geplanten Autobahnkilometer einen Menschen zu opfern – zur Besänftigung der Natur.

Da spülte eine auslaufende Welle einen Fisch direkt vor ihn auf den Sand. Es war einer dieser Kofferfische mit stacheligem, schachtelförmig-eckigem Bauch. Er war ungewöhnlich groß, zwei Handspannen lang. Er lag da, und seine Kiemen klappten auf und zu, während er Willi mit seinen blöden Glubschaugen anglotzte. Die nächste Welle, die im Licht der letzten Sonnenstrahlen wie eine Öllache schimmernd im Sand verlief, drehte ihn quer. Jetzt blickte er Wilhelm direkt mit seinem linken Auge an. Er atmete immer noch und gab ihm zu verstehen: »Pass auf, Alter, auch du liegst bald auf dem Trockenem.«

Auf einmal hatte Katarina überhaupt keine Lust mehr auf die Panchakarma-Kur in Sri Lanka. Wilhelm kannte diese plötzlichen Umschwünge seiner Frau und fürchtete sie, nicht nur, weil sie oft recht teuer zu stehen kamen. Aber gegen das Recht auf Spontaneität, das sie für sich beanspruchte, hatte er kaum eine

Chance, wenn er sich nicht selbst kleinlich vorkommen wollte. Doch diesmal gab es kein Entrinnen. Schließlich war die Kur gebucht und angezahlt.

Sie fand hoch oben in den Bergen, in Diyatalawa südlich von Kandy, der Stadt, wo sich alles um diesen hochverehrten Zahn von Buddha dreht, in einer ehemals englischen Kolonialvilla statt, die vermutlich einem Tee-Tycoon gehört hatte. In der Nacht war es dort empfindlich kalt, und tagsüber nieselte es, so wie es der Tee und die Engländer lieben.

Zwanzig Tage dauerte die Kur, und Wilhelm machte gute Miene zu all den Anwendungen. Ließ sich nun ebenfalls heißes Öl über die Stirn laufen, trank frierend früh um fünf Uhr bereits becherweise entsetzlich schmeckende Kräutersude, die speziell für ihn – seine Pitta-, Kapha- und Vatakonstitution – zusammengebraut waren, nahm Abführmittel, die ihm nicht erlaubten, das Grundstück zu verlassen, fügte sich der heftigen Diät. Das heißt, er bekam die ersten Tage fast nichts und wenn doch extrem Gesundes, Pflanzliches zu essen, ohne einen Krümel Salz. Und was am härtesten war: Er fügte sich auch in die Gruppe williger, positiver Deutscher ein, die ihm naiv schienen, so wie sie auf die esoterischen Angebote der recht sympathischen Leiterin vom Bodensee ansprangen. Das bittere Gebräu für den Körper und Meditation für die Seele, auf dieser Schiene lief das Reinigungsvorhaben.

So ließen diese ordentlichen Deutschen das »goldene Licht« bei der Morgenmeditation mit großer Gewissenhaftigkeit und voller Inbrunst in sich fließen. Sie waren streberhaft darauf bedacht, dass »die Liebe sich in ihnen ausbreitet«. Wilhelm kam sich unter ihnen vor wie ein schwarzer Rabe.

»Ja verdammt noch mal, das kann doch nicht sein!«, dachte sich Wilhelm. »Sind die denn alle zu wenig geliebt worden, oder bekommen sie keine Liebe von ihrer Frau oder ihrem Mann? Ich werde geliebt, also bin ich! Das ist alles, was sie denken.«

Und mittendrin Willi Merkatz, der selbstverständlich über den Dingen steht und alles – weswegen noch gleich? – mitmacht.

Na ja, ich, mein Lieber, leide ja nicht an einem Mangel an Liebe, ich leide darunter, dass Katarina meine Liebe nicht mehr annimmt! Ich leide an Liebesstau, wenn du so willst!

Ach so …

In der Ablehnung des esoterischen Fastfoods waren Katarina und Wilhelm sich übrigens einig. Die hier geforderte sexuelle Abstinenz bedeutete in ihrer Situation nichts Neues, verstärkte aber Willis Unwohlsein.

Die Kur schlug gut an. Wilhelm konnte bereits nach vier Tagen kaum noch die vielen Stufen in dem parkähnlichen Garten hinaufsteigen, um in den Massage-Pavillon zu gelangen. So sensibel war er geworden, einfach völlig schlaff. Zwischen den Anwendungen lag er im Liegestuhl, hörte entspannt dem Geschwätz von Gerlinde, Heiner, Silke und den anderen zu. Eingewickelt in Tücher, die die Wärme der Ölgüsse halten sollten, blickte er den großen Schmetterlingen nach, die sich an den Hibiskusblüten tummelten.

Wilhelm befand sich in einem Zustand friedlicher Entrücktheit. Er ließ es zu, dass die Zeit verstrich, ohne von ihr geschunden zu werden. Die Reinheit seines Körpers war bereits so weit fortgeschritten, dass er in einen angenehmen Rausch fiel, als er beim obligatorischen gemeinsamen Besuch einer Teeplantage hoch oben im Nebel eine Teeprobe zu sich genommen hatte. Zwei Stunden fühlte sich Wilhelm heiter schwerelos, high vom Tein, während der Bus den unendlichen Schlängelpfad zwischen den kunstvoll angelegten Teegärten, bizarren Felsen und Bachläufen wieder hinunterfuhr. »Der Hebel zum ganzheitlichen Empfinden ist die physische Schwäche ... vielleicht sogar der Urgrund der Weisheit.« So dachte es in Wilhelm synchron zu den Kurven hin und her.

Als sie am vorletzten Abend der Kur nach der fadesten Reissuppe der Welt vom gemeinsamen Essen aufstanden – Katarina selbstverständlich von der Stirnseite des Tisches, die sie für sich besetzt hatte, während alle anderen täglich, wie gewünscht, ihre Plätze änderten –, eröffnete sie ihm, dass sie im Anschluss an die Kur gerne nach Trivandrum zurückfliegen würde, um weitere zehn Tage in Kovalam zu verbringen – allein, ohne Wilhelm. Den riefe schließlich die Praxis, sie aber habe ja Zeit. Kurz durchzuckte es Wilhelm bis in sein Sacrum, doch dann fand er das Vorhaben sehr gut, blieb nur erstaunt: Das hatte er von seiner Frau all die langen Ehejahre immer erwartet, selber für sich die Dinge zu planen, unabhängig von ihm eigene Wege zu gehen!

Womöglich war das die Neuorientierung der Ehe, der Beginn

einer neuen Zweisamkeit, in der beide Teile im Vertrauen zueinander als eigenständige Individuen leben könnten ...

»Das ist eine gute Idee«, sagte er und wollte nicht auf den milden, aber präzisen Schmerz in seinem Steißbein achten.

Das war es, was Wilhelm an jenem Morgen am Berliner Frühstückstisch durchs Hirn pulste, während Katarina auf dem Klo saß. »Unser Innenleben ist reich, unglaublich speicherfähig, und in Sekundenbruchteilen lässt sich herunterladen, wofür man Jahre seinen Arsch hingehalten hat.« (Zitat Wilhelm)

»Ich fahre noch kurz in der Praxis vorbei«, rief er sich zusammenreißend in Richtung Toilette und stand auf.

»Soll ich dir Brote schmieren?«, drang es gedämpft durch die Tür.

»Nein, nicht nötig.« Dass Wilhelm dieses Angebot nicht annahm, zeigte, wie gekränkt er war, denn im Auto auf der Strecke nach München ununterbrochen zu essen, war ihrer beider Leidenschaft.

Er zog sich an und holte seine Reisetasche und seinen flachen Alukoffer voller Bücher aus seinem Arbeitszimmer. Im Stillen wusste er schon, dass er keines davon während der nächsten zehn Tage lesen würde, trotzdem gab ihm das Kulturgut Halt angesichts der drohenden Niedergeschlagenheit.

Als er wieder in die Küche trat, stand Katarina an der Arbeitsplatte – Marmor, rosso Portogallo – und schmierte mit ernstem Gesicht Brote für ihn.

Die Verabschiedung an der Wohnungstüre wollte Wilhelm

kurz halten. Nach einer flüchtigen Umarmung bückte er sich nach seinem Gepäck. Beim Öffnen der Tür spürte er, dass er blass wurde. Er zog sie eilends hinter sich zu und ging starr die Treppe hinunter. Er hörte, wie oben sich nochmals die Tür öffnete.

»Melde dich, wenn du angekommen bist!«, rief ihm Katarina ins Treppenhaus nach.

»Ja«, antwortete Wilhelm und wusste nicht, was »angekommen« bedeuten sollte.

Wenn es Wilhelm schlecht geht, hat er einen Trick, der zwar nicht besonders originell ist, doch mal besser, mal schlechter funktioniert: Er macht die Augen auf und versucht, einen grünen Baum zu sehen vor dem blauen Himmel oder, wenn alles grau ist, zu fühlen, wie das Herz schlägt, wie das Blut durch die Adern pulsiert, wie die Muskeln sich dehnen und strecken – und kommt dann zu dem Ergebnis, dass das Leben schön ist, trotz allem.

Und tatsächlich: Als Wilhelm am Landwehrkanal entlang in Richtung Kreuzberg fuhr, schien die Sonne durch die Bäume an der Uferböschung, und eine Ente flog ein bisschen neben ihm her, bevor sie abdrehte, um im Kanal zu landen. Schon hob sich seine Stimmung.

»Es verspricht, ein schöner Tag zu werden«, murmelte er vor sich hin, und nochmals: »Es verspricht, ein schöner Tag zu werden.«

Schließlich machte er endlich seinen Wunsch wahr, allein in Italien herumzufahren.

Am Kottbusser Tor meldete sich Katarina via Handy: »Ich habe vergessen, dir die Thermoskanne Tee zu machen. Wenn du willst, mach ich sie dir, und du holst sie ab, wenn du in der Praxis fertig bist, bevor du auf die Avus fährst.«

»Nein danke, ich kauf mir was zu trinken an einer Tankstelle.«

Vor der Praxis am Schlesischen Tor standen bereits einige der Gestalten auf dem Trottoir herum, die ihm sein relativ gutes Auskommen sicherten. Es war der Tag der Methadonausgabe. Wilhelm hatte sich nolens volens schon vor Jahren entschlossen, den Qualifikationskurs für diese genehmigungspflichtige Leistung bei der kassenärztlichen Vereinigung zu absolvieren, da ihm die entsprechende Klientel, ob es ihm passte oder nicht, die Praxistür einrannte. Er war sich bewusst gewesen, dass er mit diesen Patienten die reichen Kranken vergrämen würde, doch die waren eh äußerst selten in diesem Kiez.

Im Hausflur und die Treppe hinauf zum ersten Stock standen sie im Dämmerlicht und warteten wie beim Sozialamt oder der KFZ-Zulassungsstelle, um ihr Ersatzdope zu bekommen.

Wilhelm hatte seine Patienten noch nie aus dieser Perspektive gesehen. Normalerweise saß er zu dieser Zeit schon oben hinter seinem Schreibtisch und füllte Rezepte aus.

Für einen kurzen Moment sah er vor seinem inneren Auge, wie sich die Gestalten aus den tiefsten Schluchten der Erde hervorschoben, eine unendliche Schlange von Verdammten, die langsam die Stufen im Treppenhaus hochkrochen, von Stockwerk zu Stockwerk, in drückendem Schweigen – eine endlose Spirale, die sich oben in der Finsternis verlor.

»Hallo Doc, heute verpennt, wa?«

Man kannte sich. Wilhelm kannte ihre Geschichten. Er fand die meisten nicht besonders spannend, und vor allem konnte er den Grund, warum sie dieses oder jenes schlussendlich an die Nadel gebracht hatte, nicht verstehen.

»Hey, Jessie, lass das«, raunzte er, während er sich seinen Weg auf der Treppe nach oben suchte. Das dürre Elend wollte gerade seinen Kaugummi an die Unterseite des Geländerhandlaufs drücken. »Ich möchte hier noch länger praktizieren.«

»Mann, wo soll ich denn hin damit?«

»Schluck ihn runter!«, antwortete Wilhelm, inzwischen oben vor seiner Praxistür, über die struppigen Köpfe auf den Stufen unter ihm hinweg und drängte sich an der dicken Helga mit ihrem stinkenden Köter vorbei ins Innere.

Dort kommandierte Evelin wie ein Turm in der Schlacht, teilte ein, sorgte für Ruhe. Evelin, die Sprechstundenhilfe. Evelin, blond und groß, war Berliner Urgestein, herzlich und laut. Sie war von Anfang an dabei, seit 1981, als Wilhelm gemeinsam mit seiner Kollegin Gundula Lohmann die Praxis vom alten Starkwitz übernommen hatte, also seit 19 Jahren.

Um der stets auf der Lauer liegenden Eifersucht Katarinas kein Futter zu geben, hatte Wilhelm es sich immer verkniffen, Evelin – wie er es nannte – »als Frau zu sehen«. Das war nicht immer einfach gewesen. Evelin war attraktiv und groß, größer als Wilhelm mit seinen einsneunundsechzig. Und Wilhelm mochte insgeheim große Frauen mit großen Brüsten und großem Hinterteil. Oft wunderte er sich selbst über die Banalität seiner erotischen Fantasien.

»Wo steckt Schübler?«, Wilhelm meinte seine Vertretung.

»Bei Gundel!«, rief ihm Evelin aus einem Pulk von Junkies zu.

Wilhelm drückte die Klinke der Tür mit dem weißen Emailleschild, auf dem GUNDULA in Kinderschrift stand und das ihn seit 20 Jahren störte, herunter und trat ein.

Gundula und Dr. Schübler saßen in freundlicher Besprechung in dem Behandlungszimmer – Gundula hinter ihrem Schreibtisch, Dr. Schübler auf dem Patientenstuhl – und tranken Kaffee. Durch die mit Tausenden Grußpostkarten tapezierte Doppeltüre war vom aufgeregten Getümmel im Flur nur ein sanftes Gemurmel zu hören.

»… Und vergiss nicht, die Ziffern sorgfältig einzutippen, damit ich die Gehälter weiter zahlen kann!«

»Geht klar, Willi.« Dr. Schübler grinste.

»Du weißt, die Zeiten werden schlechter!«

»Allerdings! Schon seit dem homo erectus.«

»Ich sehe, ihr kommt zurecht«, verabschiedete sich Wilhelm.

Gundula lächelte ihm freundlich zu: »Pass auf dich auf, mein Lieber!«

Wie sie da so saß, schwer, mit dicken Pausbacken, ihrer schlechten Haut und den freundlichen Augen und ihre großen, nikotingebräunten Zähne zeigte, durchströmte Wilhelm ein

Gefühl der Dankbarkeit. Er war nicht verloren, sondern weiterhin ein Mitglied der menschlichen Gesellschaft. Zumindest hierher, in diese ziemlich herabgewirtschafteten Räume seiner Praxis, konnte er immer zurückkehren.

»Was soll schon sein?«, und: »Macht's gut!«, erwiderte er und ging durch den Flur zurück, durch die Schar der wartenden Patienten. Als er an Evelin vorbeikam, gab er ihr, einer plötzlichen Eingebung folgend, einen leichten Schlag auf den Hintern. Evelin, in der Meinung, ein Kunde habe sich da vergriffen, drehte sich abrupt um.

»Ich wollte nur Tschüss sagen«, sagte Wilhelm und verließ, mit sich in diesem Moment vollauf zufrieden, die Praxis.

»Was war das jetzt?«, murmelte Evelin ihm hinterher und blickte ihrem Chef mit schmalen Augen nach.

Du hast ihren Hintern betatscht?

Eigentlich doch normal!

Das Bild von Evelins wohlgeformtem Hinterteil vor seinem inneren Auge fuhr Wilhelm die Avus hinunter, vorbei an der Ausfahrt Hüttenweg, die er zweimal die Woche anfuhr, um von dort aus durch den Grunewald zu joggen. Auf dem Beifahrersitz lagen die eingewickelten Brote und seine Tangokassetten, das Handy zwischen seinen Beinen. Das Mikro klemmte er an sein Hemd.

Die Sonne schien. Es war Ende April im Jahre 2000.

2. KAPITEL

Katarina sah das alles ganz anders, als ich sie traf und fragte, was es mit dieser »Auszeit« auf sich hatte:

Mein Gott, ich konnte doch auch nicht wissen, was daraus entstehen würde … ich hätte nie geglaubt, dass ich mich noch mal in meinem Leben, in meinem Alter, verlieben würde!

Das klingt jetzt aber nach Neuzeit und nicht nach Auszeit!

Ja, erst ging es mir nur darum, mich auf mich selbst zu besinnen, meine Reste zusammenzukratzen, das, was von mir noch da war, nach 39 Jahren Ehe. Ich fühlte mich total zurückgestoßen. Warum musste er dieses Seminar annehmen? Immer seine Selbstrealisierungsgeschichten! Und ich? Ich lebte mit einer schwarzen Wolke über mir. Sie ist in der langen Zeit unserer Ehe über mir stehen geblieben, mal war sie größer, mal etwas kleiner. Natürlich mache ich Wilhelm nicht allein dafür verantwortlich. Trotzdem: Er hat mir nie das Gefühl gegeben, wirklich für mich da zu sein. Stattdessen hat er sich ständig bemüht, den Eindruck zu erwecken, er täte es, vor mir und vor sich selber. Das hat mich immer sehr gereizt und erschöpft. Im Grunde hat er sich nicht wirklich auf mich eingelassen. Dieses Gefühl von Sicherheit hat er mir nie gegeben. Also, ich kann mich andererseits nicht beklagen: Er hat alles für mich getan. Er hat sich um alles gekümmert – bis nichts mehr für mich übrig blieb. Sogar die Küche hat er zuletzt übernommen. Der Teller war kaum leergegessen, da stand er schon an der Spüle und hat abgespült. Einer seiner Ticks war es, die Spülmaschine nicht zu benutzen. Er behauptete immer, es sei unaufwendiger, den Teller gleich abzuwaschen, als ihn in die Spülmaschine zu räumen, Spülmittel nachzufüllen, die Maschine anzuwerfen, Energie zu verschwenden, den Teller wieder herauszunehmen, ihn nachzutrocknen …

Klingt eigentlich ganz vernünftig …

Ja. Nein! Jetzt rede ich schon wie er! Da kannst du mal sehen, was aus mir geworden ist. – Nein, so was nervt! Auf diese und ähnliche Weise hat Willi mich die dreißig Ehejahre hindurch strapaziert. Er hat mich aufgearbeitet.

Meinst du, er …?

Er ist ein anstrengender Mensch. Ständig musste ich dahinter her sein, dass er wenigstens einigermaßen gepflegt herumlief und nicht mit zerrauftem Haar und zerschlissenem Jackett wie ein Irrwisch aussah. Noch im Schuhladen gab es peinliches Gezeter, weil er sich lautstark weigerte, auf seine ausgelatschten Schuhe zu verzichten. »Ich bin eben ein treuer Mensch!«, hat er stets gesagt. Auf solche dummen Sprüche dann zu reagieren, macht müde. Und von wegen Treue …

Ja, was ist damit?

Ich weiß nicht, wie er es schafft, aber er hat bis heute, und das als Arzt, meistens schmutzige Fingernägel. »Ich schmutze mehr als andere Menschen«, erklärt er dir dann! Oder wie er sich benahm, damals, am Anfang. Er ist, trotz seiner Herkunft, auf die er sehr gerne verwies, um mir eins auszuwischen, ein unfeiner Mensch. Zwanzig Jahre brauchte er, um zu lernen, wie man sich in einem Lokal benimmt. Dieses verquälte, unsichere Verhalten der deutschen Spießer! Sie haben studiert und krampfen vor der Bedienung herum, das Gesicht verzerrt vor Lächeln, und nennen das Freundlichkeit oder Bescheidenheit. Das konnte ich noch nie leiden.

Oder dieses ordinäre Sitzen mit gespreizten Schenkeln, sodass der Sack sich penetrant durch die Hose presst. Man will aber nicht ständig da drauf gucken! Oder sein aufdringliches Kauen, wobei sich die ganze untere Gesichtshälfte in heftigem Grimassieren vor und zurückschiebt. Und dann wieder die Verweise auf seinen empfindlichen Magen, dem er nur gut durchspeichelten Speisebrei zumuten könne ... Das hilft alles nichts, es stört! Vor allem, wenn dann noch beim Lachen die Zähne voller gelblicher Essenspampe hemmungslos präsentiert werden. Während andere Menschen still ein Brot essen, belästigt er dich dabei mit dem Geräusch seiner aufeinanderschlagenden Zähne – unerträglich!

Das kenn ich allerdings!

Manche Menschen haben von Natur aus Grazie, innere und äußere. Das ist in Deutschland allerdings nur selten anzutreffen. Obwohl Willi klein ist und nicht fett, ist sein Körper im Laufe der Zeit fast grobschlächtig geworden. So was kommt von innen. Wenn wir Frauen uns so gehen ließen, wie die Herren der Schöpfung, also, das würden wir nie wagen!

Ich denke ...

Ich bin noch nicht fertig. Ständig kratzt sich Willi, und zwar an allen Körperteilen, an allen! Und das auch vor allen! Sein Gesicht sieht manchmal wie ein Schlachtfeld aus. Er bringt es fertig, sich mit Dr. Lippert, dem Vertreter der Ärztekammer, zu unterhalten und sich dabei am Arsch zu kratzen. Und immer diese Sprüche: »Als schizoider Typ habe ich eine sehr reizbare Haut!« In jedem Hemd, auf dem Kopfkissen, in jeder Unterhose – Blutflecke! Ein Mann mit 60, der sich so wenig in der Gewalt hat und der sich auch gar nicht ändern will! Der mit sich so wenig im Reinen ist … Ich war einfach erschöpft und wollte Abstand … Auch wie er seine Worte oft so druckhaft herauspresst! Die Stimme kommt nicht weich aus ihm, sondern staccatohaft gestoßen. Das macht sein Sprechen, und er spricht unentwegt …

Allerdings, das kenn …

… macht es so aufdringlich. Er hat eine aufdringliche Art. Er verdrängt ständig zu viel Luft …

3. KAPITEL

Wilhelm rollte in seinem Cadillac Seville, Baujahr 1996, auf der Avus dahin. Er legte eine seiner Tangokassetten ein. Roberto Goyeneche mit seinem tiefen Machotimbre stimmte ihn melancholisch pathetisch. Die Sonne blendete ihn. Er griff nach seiner alten Sonnenbrille und überlegte, ob er erst in einer halben Stunde das erste Wurstbrot auswickeln sollte. Da meldete sich das Telefon. Katarina fragte zum zweiten Mal, wo er sei, und er möge auf sich aufpassen. Hastig fügte sie hinzu, dass sie ihn liebe.

Wilhelm spürte augenblicklich einen wohligen Schauder, kniff die Augen zusammen und merkte plötzlich, dass er sich Königs Wusterhausen näherte. Die falsche Richtung! Wilhelm wollte nicht nach Sachsen, sondern nach Italien!

Diese Fehlleistungen, die sich seit dem Beginn der »Auszeit« häuften, deprimierten ihn normalerweise. Doch diesmal fuhr er gelassen die Ausfahrt Königs Wusterhausen heraus, überquerte die Autobahn, kurvte die Auffahrt wieder zurück auf den Ring und zum Dreieck Nuthetal und weiter Richtung Leipzig.

Er hatte keine Lust, über das plötzliche Geständnis Katarinas, das wie eine beiläufige Bemerkung geklungen hatte, nachzudenken. Er nahm es, wie es ihm am angenehmsten war. Er würde sich mit Goyeneche auf seine Männlichkeit besinnen und, die Frau, die ihn liebte und sich um ihn sorgte, im Rücken, auf Abenteuersuche gehen. Er drehte die Musik lauter.

Auf der Höhe von Bitterfeld bekam er plötzlich eine Erektion. Wilhelm wunderte sich. Das war ihm am helllichten Tag und ohne konkreten Anlass schon lange nicht mehr passiert. Er nahm es als positives Signal.

»Ja, ja, du kommst auch mit!«, sagte er, und legte seine Linke zur Beruhigung auf den Hosenschlitz. Die Spannung dort übertrug sich auf seinen Körper, ließ Wilhelm sich im Sitz straffen, richtete seine Sinne aus und verengte sein Blickfeld starr auf das Asphaltband vor ihm.

Wilhelm bemerkte, dass das Gelöbnis, das wie ein Damoklesschwert seit über zwanzig Jahren über ihm hing, zu wanken begann. 1975 hatte er unter höchstem Druck seiner Frau versprochen, sie nie mehr zu betrügen. Es war das Jahr der großen Krise. Er hatte, von Katarina direkt befragt, gestehen müssen, mit einigen Frauen mal besser, mal schlechter, manchmal auch gar nicht, nur so halb, also nicht wirklich, geschlechtlich verkehrt zu haben. Hinter ihrem Rücken sozusagen, aber was heißt hinter ihrem Rücken …

Also doch!

Die Zahl der Fremdvögeleien war kümmerlich im Vergleich zum üblichen Standard, der Wilhelm zumindest von Kollegen und anderen Männern vermittelt worden war. Im Gegensatz zu ihnen hatte er auch nie darüber gesprochen.

Nach vierzehn Jahren war das eheliche Zusammenleben auf einem Tiefpunkt angekommen. Die übliche Abnutzung: Depression bei ihr, Schalheit bei ihm, die immer wieder in Panik kippte: »Das soll es nun gewesen sein?«

Die Kinder, die noch auf den letzten Funken von gegenseitigem Begehren mit sicherem Instinkt herumsprangen. Dann die Eifersucht Katarinas, die zwar gerechtfertigt war, da Wilhelm seine Wunschpromiskuitivität nie verhehlt hatte, die aber ihren Alltag vergiftete. Wilhelm empfand einen großen Nachholbedarf im Umgang mit Frauen. Seinerzeit hatte Katarina sich als sexuell erfahrene Frau des stümperhaften Studenten der Medizin angenommen, und Wilhelm hatte sich gelobt, ihr das nie zu vergessen. Lange musste sie darauf hinarbeiten, dass er sie zum ersten Mal wirklich befriedigen konnte.

Dafür hatte er sich auch nicht geschont. Was in seiner Macht stand, hatte er für dieses hohe Ziel getan. So erinnert sich Wilhelm, wie er damals eines Tages – Katarina hatte die gemeinsame Bude verlassen, um zu jobben – die Rasierklinge genommen, seine Vorhaut, die er mit Gel schon einigermaßen geweitet hatte, zurückgezogen hatte, um an der Unterseite seines Schaftes die Stelle, an der sie ihm zu weit hochgewachsen erschien und einen feinen Steg zum Stamm bildete, mit einem Schnitt einzuschneiden, um so die Spannung, die ihn bei jeder Erektion zu schnell zu sehr reizte, zu mindern. Es floss etwas Blut. Die Unternehmung erwies sich als sinnvoll. Insofern lag Wilhelm mit seinem Wunsch, Arzt zu werden richtig.

Das sexuelle Ungleichgewicht zwischen ihnen aber blieb – allein schon, weil Katarina eine ganze Latte Männer vor ihm gehabt hatte – und bohrte all die Jahre weiter in Wilhelm. Dass er vor Katarina nur ganz spärliche sexuelle Kontakte zu Frauen gehabt hatte, empfand er als Mangel. Wenn er die Geschichten der erfolgreichen Jäger hörte, lief ihm die trübe Milch des Sexualneides über sein Vorderhirn. Alle Vernunft der Welt half da nichts.

Also gut, er hatte dann ein paar Abenteuer, die seine Fantasie sehr beschäftigten und in ihm die Überzeugung wachsen ließen, niemals auf sie verzichten zu können. Er redete sich ein, damit seine Beziehung zu Katarina zu retten.

Er achtete damals peinlich genau darauf – in diesem Bereich –, seine Frau nicht direkt anzulügen. Er sprach einfach nicht darüber. Er war der Meinung, Katarina nichts wegnehmen zu dürfen, nicht in zeitlicher und nicht in emotionaler Hinsicht. Das heißt, er versuchte, Frauen anzumachen, wenn er aus beruflichen Gründen von zu Hause weg war, zwischen den Sprechstunden und der nachmittäglichen Büroarbeit oder auf Kongressen oder zwischen zwei Krankenbesuchen. Das war recht stressig gewesen, zumal er bei vielen Frauen viel Mühe aufwenden musste, ehe er das eine oder andere Mal dann tatsächlich im Bett der Betreffenden landete – um dann dort vor lauter Nervosität womöglich keinen hochzukriegen. Im Laufe von zweieinhalb Jahren hatte sich die Lage schließlich so zugespitzt, dass es nur noch einer gezielten Frage von Katarina bedurfte, um alles zuzugeben, um sein geheimes Leben ins grelle Licht zerren zu lassen.

Wilhelm hätte sich nie vorstellen können, zu was seine Frau in der nun einsetzenden Raserei fähig war, zu welchen Leidenschaften, zu welchem Hass, zu welcher Verzweiflung. Wie diese depressive Frau, die nicht selten die Hälfte des Tages im Bett verbrachte, die kaum in der Lage war, die beiden Söhne zu versorgen, die immer nach dem Mann schrie, nach noch mehr Unterstützung, trotz Putzfrau und trotz Kindermädchen, wie diese Frau explodierte.

Wilhelm hatte sich das nicht nur nicht vorstellen können, er verstand auch den tiefen Grad ihrer Verletzung nicht.

Das Zertrümmern wertvoller Biedermeiertassen aus Ahnenbesitz gestand Wilhelm ihr zu. Die körperlichen Attacken waren abzuwehren, die großen Küchenmesser zu verstecken, war auch nicht zu schwierig. Schlimm, ganz schlimm war, dass Katarina als Medea auch keinerlei Rücksicht auf ihre eigene Brut nahm, nehmen wollte oder konnte.

Bis heute peinigte Wilhelm die Erinnerung an das tieferschreckte Gesicht Christians, damals fünf Jahre alt. Wie er sich dazwischen drängte, um die tobenden Eltern zu trennen, oder wie er die Hände der beiden Außer-sich-Seienden fasste und sie zusammenführte mit einem Ausdruck von äußerster Anstrengung. Er wusste, dass er stärker als seine Eltern sein musste. Wie grausam für ihn!

Wie grausam von seinen Eltern!

Jeden Tag warf Katarina Wilhelm in dieser Zeit aus der Wohnung, und das Verrückte war: Wilhelm ging nicht. Wo er es sich doch so oft gewünscht hatte, allein, wieder in Freiheit zu leben. Jetzt konnte er nicht gehen. Wegen der Kinder, sagte er sich: Er konnte sie nicht bei dieser Frau, und schon gar nicht in ihrem rasenden Zustand, zurücklassen. Außerdem hatte er Angst – das erschien ihm heute völlig lächerlich – vor dem Bekanntwerden des Desasters bei den Freunden, den Kollegen, den Verwandten, Angst vor dem organisatorischen Chaos, das über ihn hereinbrechen würde …

Nach außen, vor mir zum Beispiel, habt ihr euch ja auch große Mühe gegeben, das glücklich verheiratete Paar zu spielen, das sich brüstet mit seiner Streitkultur, die es sich über die Ehejahre hin erworben hat. Zu jeder Unzeit habt ihr geglaubt, euren gepflegten Umgang miteinander den Mitmenschen präsentieren zu müssen, – Neid erregend …

Doch da war noch etwas anderes, warum er nicht ging. Tatsächlich hatte er nicht für eine Nacht die Wohnung verlassen! Lieber bis zur Erschöpfung gekämpft, auf die blauen Flecke an den Armen, die Striemen im Gesicht und auf den Schultern, die Bisswunde am kleinen Finger und die zerrissenen Unterhemden geschissen, aber dageblieben! Bis heute weiß Wilhelm nicht genau, was ihn so hielt. Diese Frau, furchtbar in ihrer Verletztheit?

Damals kannte er Indien noch nicht und dessen Götter. Im Nachhinein erscheint ihm diese Frau von damals als Inkarnation der Maha-Kali, der großen schwarzen Göttin, die mit ihren achtzehn Armen gegen den Büffeldämon kämpft, durch Blut watet und mit dem Dreizack, den sie von Shiva hat, nicht aufhören kann, zu wüten gegen das Böse in der Welt, bis sie zuletzt auch unter den Guten, ja, sogar den Göttern aufräumt. Dabei ist sie schön, mit mächtigen Brüsten unter ihrer Totenkopfkette, mit glänzendem dicken, schwarzen Zopf, ihr Gesicht verklärt, wie in Trance, die Zunge bis zum Kinn herausgestreckt im Ausdruck überirdischen Erstaunens. Die Frau als das Bild für das schöpferische und zerstörerische Prinzip des Lebens, unvereinbar und doch eins: Maja-Shakti, ein Geschöpf Shivas!

Welch eine peinliche Verklärung der Ehekrise! Die Götter zu bemühen!

Das Schild der Ausfahrt Naumburg flog vorbei, und Wilhelm musste kurz an den armen Nietzsche denken. »Der trudelte hier doch unter der Pflege von mehreren Weibern – waren es seine Mutter und seine Tanten, oder Schwestern? – langsam in den Wahnsinn. Klar. Wahrscheinlich trieben sie ihn da hinein! Wenn nicht mal ein solches Hirn mit solchen männlichen Ideen, ihnen standhalten konnte …«

Weißenfels – 180 Stundenkilometer. Er stand ihm immer noch. Wilhelm spürte in seiner Hand eine Wärme, die durch Unterhose und Jeans drang. Er drehte das Handy auf dem Nebensitz mit der Rückseite nach oben und verschaffte ihm Luft. Dankbar schnellte er ins Freie. Und während Wilhelms rechte Hand ihn bearbeitete, beflügelte ihn die Vorstellung, beim Abspritzen einen tödlichen Unfall zu verursachen und aus den rauchenden Trümmern mit offener Hose und heraushängendem Geschlechtsteil geborgen zu werden … in seinem Alter, als reifer Mann, jawohl!

Was war es, was du an Katarinas Reaktion nicht begriffen hast?

Na, ich habe mich sehr bemüht, zu verstehen und auch nachzuempfinden, warum Katarina so im Innersten getroffen war, warum meine Betrügereien sie bis ins Mark erschütterten. Ich fand das alles ziemlich normal. Sie hatte von Anfang an gemerkt, dass mich jeder vorübergehende Rock innerlich mitriss. Natürlich nicht angenehm für sie, aber auch nicht unüblich. Zumal ich mir große Disziplin auferlegt hatte, um sie nicht zu kränken. Das ist viel schwieriger, als man im Allgemeinen so glaubt. Die organische, eine vorübergehende Frau begleitende Kopfbewegung willentlich anzuhalten, ohne plötzlichen Ruck, verlangt dieselbe Beherrschung der Materie wie das sanfte Ausbremsen eines mit Kies beladenen Schwerlasters. Und die Augen! Die Augen sind so flink! Sie wollen noch einen Blick! Dauert ja nur eine Zehntelsekunde: auf die Haare! auf die Brust! die Beine! auf den Arsch! Dem ist schwer beizukommen. Als die beste Methode erwies sich für mich nach einiger Zeit und vielen Fehlversuchen, die prompt von Katarina bemerkt wurden, der totale Verzicht. Wenn eine Frau am Horizont auftauchte, doch noch nicht genau zu erkennen war, fixierte ich mit den Augen den Teller mit Spaghetti vor mir und ließ damit nicht nach, bis die Gefahr gebannt war. Gleichzeitig spürte ich, wie sich mein Nacken verkrampfte und mein Blut sich in den Adern staute. Also, gesund war das nicht!

Du musst nicht starren, Willi!

Doch. Vielleicht ist es in den Genen, vielleicht aus dem Mangel heraus, den ich gegenüber Katarina verspürte. Jedenfalls: Ich war der Schuldige. Das akzeptierte ich. Langsam begann ich zu begreifen, dass ich durch meine Heimlichkeiten Katarina keine Chance gegeben hatte, sich zu ihnen zu verhalten, sich zum Beispiel zu entscheiden, ebenfalls fremdzugehen oder sich von mir zu trennen. So lebte sie wie unter einer Glasglocke. Das habe ich alles erst nach und nach, nach Monaten des täglichen und nächtlichen Kampfes, kapiert. Ich stellte mich der Inquisition. Katarina wollte alles wissen, jedes Detail meiner Taten: wie oft, wann und wie! Ich weigerte mich, lange, es half nichts! Ich beschwor sie, dass so kein Bild der Wahrheit entstehen würde. Schließlich glaubte ich selbst, es ihr schuldig zu sein, als Beweis meiner Aufrichtigkeit. Das war nur möglich, indem ich mich in die Rolle des Schuldigen, die ich innerlich bis dahin nicht als so schrecklich empfand wie sie, hineinzuleben versuchte, um endlich das ganze Gewicht meiner Schlechtigkeit zu fühlen. Um die Frau zu verstehen. Im Verlauf der Gespräche nahm ich die Schlechtigkeit der Männer seit Adam auf mich.

Willi! Adam! Also bitte!

Nein, es ist wahr. So oder ähnlich war mir Adam seit dem Konfirmandenunterricht vertraut. Ich ließ mich also demütigen, suhlte mich in meiner Schlechtigkeit. Schlief einmal wie ein Hund gekrümmt auf dem Flokati vor dem Bett. Ich versuchte zu verstehen, was noch kein Mann verstanden hat: die Frau schlechthin.

Die Frau schlechthin! Willi, du hast dich schäbig verhalten, und dann hattest du nicht mal den Mumm, die Konsequenzen anzunehmen. Stattdessen denkst du, du bringst ein Opfer!

Hat Jason Medea verstanden? Sicher nicht! Wusste Agamemnon, warum Klytaimnestra ihn im Bad zu Tode gebrüht hat? Sicher nicht! Jedenfalls entstand für Katarina das Bild eines sexuellen Maniacs. Das war fatal. Meine enormen Anstrengungen für unsere Beziehung, nicht nur indem ich das Geld verdiente, die Kinder, soweit es ging, übernahm, die Nägel einschlug, die Vorhänge aufhängte, abspülte, ja, wenn nötig, auch mal kochte, das Spielzeug reparierte, die Wände weißelte, Briefmarken kaufte, nie waren Briefmarken da!, immer dafür sorgte, dass das Klopapier griffbereit in der Halterung hing …

Ok, Wilhelm, ich verstehe …

Nein, das muss mal gesagt werden. Ich übernahm den Bankverkehr, brachte das Auto zur Inspektion, kaufte ihr Schmuck … – und zwar teure Klunker! Als Löwin ist sie prachtliebend und erhebt einen ganz natürlichen Anspruch auf Gold und Silber und Edelsteine. Ich liebte sie schlicht und einfach, trotz allem. Und das alles löste sich in Luft auf vor dem Bild des verlogenen, geilen, rücksichtslosen Mannes.

Ein Abgrund!

Die Hoch-Zeit dieser Krise dauerte ein Jahr. Wilhelm wusste damals nicht, ob er dieses Jahr lebend überstehen würde. Ob er erstochen würde oder an Erschöpfung sterben.

Wehmütig und voller Neid musste er an die Hirsche im Wald denken. In der Brunftzeit sind sie so damit beschäftigt, die Hirschkühe zu befriedigen und gleichzeitig das Rudel gegen Nebenbuhler zu verteidigen und mit ihnen zu kämpfen, dass sie manchmal vor Erschöpfung sterben. Was für ein schöner Tod! Sich ins weiche Moos zu legen, das Haupt mit dem mächtigen Geweih auf die Vorderläufe zu betten und zufrieden in die ewigen Jagdgründe einzugehen.

Gleichzeitig gab es in dieser heißen Phase, also ungefähr 365 Tage lang, keine Nacht, in der Wilhelm eher Ruhe gab, bevor er sich nicht in Katarina gedrängt hatte, bevor er ihn nicht verzweifelt in sie hineingedrückt hatte. Er musste sich ihrer körperlich versichern – und sie sich wohl auch seiner, fast ohnmächtig vor Anstrengung, nicht mehr fähig zu sprechen, die Zunge trocken und rau wie ein Reibeisen. So lagen sie dann, blutig gekratzt der eine, mit zerrissenem Nachthemd die andere, für ein paar Stunden ineinander, bis sie wieder Kraft genug hatten, ihre Ehekämpfe erneut aufzunehmen.

140 Stundenkilometer auf der A9. Dicke Sommerwolken zogen auf. Der Verkehr wurde dichter. Mitten auf dem Hermsdorfer Kreuz geriet Wilhelm beim Abspritzen leicht auf den Seitenstreifen. Nur für einige Sekunden! – Und schon wurde aufgeblendet, gehupt, wurde Wilhelm von kopfschüttelnden deutschen Autofahrern provokativ überholt.

Warum jetzt plötzlich deutsche Autofahrer?

Wilhelm versuchte mit aller Kraft, sich nicht zu schämen. Das war notwendig, wenn der neue Lebensentwurf nicht schon im Ansatz scheitern sollte. Er öffnete sein Fahrerfenster und ließ trotzig vier oder fünf Tempotaschentücher, mit denen er sich gewappnet hatte, im Luftstrom nach hinten wirbeln.

»Sollen sie doch auf der Windschutzscheibe von dem blöden Ford landen und dort kleben bleiben!«

Das taten sie nicht. Sie flatterten weiter, bis sie zwischen den Autos verschwanden.

Die Abfahrt hinab ins Maintal mit dem weiten Blick auf Bayreuth! Für Kenner ist die Scheune, das Festspielhaus am Hang, zu erkennen. Wilhelm entstammt einer bayerischen Beamtenfamilie, und zu den Familienanekdoten gehört, dass seine Großtanten Auguste und Carola, die in Bayreuth ihre Jugend verbracht hatten, als Mitglieder des Adels, sie waren immerhin Freiherrinnen, bei Frau Cosima in der Villa Wanfried zum Tee geladen waren.

Katarina beeindruckten solche Geschichten nicht.

Damit wolltest du Eindruck schinden?

Man wird so was doch noch erzählen dürfen. Ohne gleich …

Die Strecke auf dem Fränkischen Jura gefiel Wilhelm sehr. Auf der Höhe zu fahren, in die schmalen Täler zu beiden Seiten kurz hinabzublicken, machte seinen Sinn leicht. Wahrscheinlich waren es Heimatgefühle. Die Hecken, die kleinen Äcker, die schmalen Felsriegel, die sich durch Magerwiesen ziehen, die leichte, alte Terrassierung des Geländes sind dem Auge angenehm. Die Ödheit der norddeutschen Tiefebene ist Wilhelm Merkatz immer fremd geblieben.

Jetzt im Frühling hoben sich die Birken, die vereinzelt zwischen Feldahorn und Schlehen am Rand der kleinen Waldstücke standen, mit ihrem hellen Laub und den weißen zierlichen Stämmen so freundlich vor den braunrötlichen Kiefernstämmen ab, dass Wilhelm den starken Wunsch verspürte, sich darunter zu legen und durch das Blättergeflirr den Wolken am Himmel bei ihren ständigen Metamorphosen zuzusehen.

Kurz vor der Ausfahrt Trockau spähte er nach links, bis er den Kirchturm von Lindenhardt entdeckte, der mit seiner dünnen Spitze die dunstige Höhenlinie unterbrach. In dieser Kirche steht ein wertvoller spätgotischer Altar. So etwas kommt öfter vor. Doch dass seine Rückseite von Matthias Grünewald bemalt ist, nicht eines seiner Hauptwerke, aber doch unverkennbar von seiner Hand, das weiß kaum einer, der hier vorbeidonnert. Und das erfüllt Wilhelm jedes Mal mit Behagen. »Ach, wie gut, dass niemand weiß, ...«

Einer spontanen Eingebung folgend schrammte Wilhelm mit erhöhter Geschwindigkeit gerade noch in die Ausfahrt. Über ein unübersichtliches Geschlinge von kreuzungsfreiem Asphalt traf er auf die vertraute schmale Teerstraße, die sich ins Tal hinabschlängelte, fuhr vorbei an dem Feldweg, der zu einer Wiese im Talgrund führt. Ein schmaler, winziger Bach, im hohen Gras erst nicht zu bemerken, fließt dort mit hellem, schnellen Wasser durch die sumpfige Senke, bevor er in den größeren Bachlauf am Rande der Wiese mündet. Dort wachsen Sumpfdotterblumen im Schatten von Erlen mit goldgelben Blütenblättern, glänzend wie lackiert.

Wo die Wiese leicht ansteigt und etwas trockener ist, hatten Katarina und er oft auf ihren Fahrten zwischen München und Berlin gerastet. Die indische Baumwollsteppdecke ins Gras gebreitet. Dabei achtgegeben, keines der gefleckten Knabenkräuter, die zur Begeisterung Wilhelms dort wuchsen, zu zerdrücken. Den mitgenommenen Tee geschlürft, die Reste der belegten Brote, manchmal auch eine Melone gegessen, häufiger auch eine Flasche Rotwein getrunken, ausgeruht, die Füße ins kalte sprudelnde Wasser gehalten, bevor sie sich weiter auf den Weg machten nach München oder Berlin.

Wilhelm fuhr vorbei – die Kurven den Abhang hinauf ins

Dorf. Er stieg aus. Die Kirche war geschlossen. Der Pfarrer, als ob er auf ihn gewartet hätte, kam aus dem Pfarrhaus gegenüber und schloss auf.

Wilhelm hielt sich nicht lange mit der Vorderseite des Altares auf, ging um ihn herum, um die Grünewaldtafeln auf der Rückseite wiederzusehen. Er hatte sie viel farbloser in Erinnerung, nur in Grau- und leichten Brauntönen. Die Anwesenheit des Pfarrers störte ihn nicht. Er hörte gerne wieder den Erläuterungen zu, an die er sich zum Teil erinnerte und die er zum Teil vergessen hatte. Der fränkische Singsang der Stimme verursachte das schmerzlich-wohlige Ziehen in Brust, Bauch und Kopf, das wir spüren, wenn der Klang der Kindheit uns erreicht. Wilhelm stand wie narkotisiert und hatte nur den Wunsch, das freundliche Geleier des Pfarrers möge nicht enden.

Auf den beiden schmalen Flügelrückseiten rechts und links herrscht Gedränge. Dort hat Grünewald die vierzehn Nothelfer arrangiert. Doch in der Mitte, auf der quadratischen Tafel, steht ganz allein der Schmerzensmann vor dem runden Kreuzesstamm. Zu seinen beiden Seiten hängen und lehnen die Requisiten seiner Tortur an dem kaum behauenen Querbalken: die Lanze, die Stange mit dem Essigschwamm, Geißel, Rute, Nägel. Jesus schaut nachdenklich vor sich hin. Die Dornenkrone trägt er noch auf dem Kopf, den Mittelfinger seiner rechten Hand steckt er in seine Wunde am rechten unteren Rippenbogen. Es geht ihm nicht gut. Die linke Hand hält er schüchtern in der klassischen Pose der Schutzverheißung, Abhaya-Mudra bei Shiva, Vishnu und Buddha: der Unterarm angewinkelt, der

Handteller uns zugekehrt, die Finger nach oben. Sie verheißt den Gläubigen Schutz. Sie wehrt das Böse ab.

Er ist noch nicht bei Kräften, doch das ändert sich gerade. Bald wird er dastehen, stolz aufgerichtet, und die kleine gekrümmte Wiese, auf der er steht, wird sich zur Weltkugel aufblasen, und seine Schutzgewährung wird imperial sein!

So wie er in Lindenhardt vor leerem Hintergrund an seinem Kreuzesbalken, mit eingeknickter Hüfte und Knien, nackt, blass und alleine steht, mit hängenden Schultern ... War nicht auch er, Wilhelm, nackt, gedemütigt, einfach bemitleidenswert?

Jetzt reicht's aber wirklich, Wilhelm Merkatz! Da bittet dich deine Frau um eine Auszeit, und schon glaubst du, alles Leid der Welt zu tragen. Und gleichzeitig guckt dir der Größenwahn über die Schulter! Du solltest Schuhe und Strümpfe ausziehen und deine Füße in den kleinen Bach halten! Zur Abkühlung!

Wilhelm riss sich los vom Heiland, erkannte wieder einzelne Worte in der Litanei des Pfarrers und wandte sich den Seitenflügeln zu.

Die Gruppe der Nothelfer links wird angeführt vom heiligen Dionysios. Er trägt seinen Kopf, den ihm die Römer abgeschlagen haben, mit Bischofsmitra angetan in seinen behandschuhten Händen. Die Augen sind geschlossen. Er schläft, oder er träumt. Diesem Dionysios hier ist ein neuer Kopf nachgewachsen. Anders im Bamberger Dom: Dort hat sich der Bildhauer beim gleichen Heiligen mit einem Kopf in den Händen und dem Halsstrunk zwischen den Schultern begnügt. Der Kopf auf den Schultern des heiligen Dionysios hier in Lindenhardt blickt wie ein Unternehmer, weg vom Schmerzensmann, in die Welt.

»Zwei Köpfe! Einen zum Wachen und einen zum Träumen – säuberlich getrennt –, die sich nicht in die Quere kommen, ein geniales Konzept!«, kommentierte Wilhelm bei sich die Ausführungen des Pastors.

Vor der Gruppe auf dem rechten Flügel steht St. Georg. In Rüstung, die Lanze in der rechten mit weißem Fahnenwimpel, die linke Hand auf den Schildrand gelegt, blickt er als einzige Figur aus dem Bild heraus. Mit langer fränkischer Nase, schmalem Mund und schulterlanger, rotblonder, struppiger Haarpracht, die durch einen Stirnreif leicht gebändigt wird, schaut er nach getaner Arbeit – der Drache ist zum kleinen Köter zu seinen Füßen geworden, der zum Herrchen hochkläfft – mit seinen braunen Augen den vor ihm stehenden Wilhelm nicht gerade freundlich an. Er sieht ziemlich müde aus: der Held, der die Aufgabe gelöst hat und zurückgekehrt ist.

»So, Wilhelm, jetzt bist du dran!«, schien er zu Wilhelm zu sagen. Ja, wie denn? Welche Aufgabe? »Katarina wird nie wie ein Pinscher zu mir aufblicken – und das will ich auch nicht, verdammt noch mal!«

Er bedankte sich beim Pfarrer, spendete 3,50 Mark und ging zurück zum Auto. Fuhr gedankenversunken den Hügel hinunter, überquerte den Wiesengrund, fuhr die Straße hinauf zur Autobahn und reihte sich erneut in den tosenden Verkehr ein.

4. KAPITEL

Autofahren liebte Wilhelm schon immer. Es gab ihm das Gefühl, den Überblick zu haben, ohne festzustecken, die Freiheit zu haben, das Kommende zu bestimmen. Er brauchte nur seine Zehenballen etwas mehr zu strecken, das Gaspedal somit etwas mehr zu drücken, und die Gegenwart beschleunigte sich, die Zukunft war schon da. Nur ein wenig mit Zeigefinger und Daumen am Lenkrad zu drehen, und er würde abbiegen, die Richtung seines Lebens änderte sich, oder es endete. Auch das war eine Möglichkeit – ohne großen Aufwand.

Wilhelm blieb in der Blechlawine, ohne das Bedürfnis auszuscheren, passierte den Main-Donau-Kanal bei Denkendorf, und damit die europäische Wasserscheide. Ab da fließt alles nach Süden.

Er fuhr hinab ins Donautal, durch die Auenwälder bei Ingolstadt, in denen seinerzeit Frankensteins Monster allein und unendlich traurig herumirrte und auf das kleine Mädchen traf, das trotz seiner Unmenschlichkeit freundlich zu ihm war. Weiter über die Donau und hinauf auf die Schwäbisch-Bayerische Hochebene, das Land seiner Kindheit, mit seinen Hügeln, die die Gletscher hier aufgeschoben und damit diese dem Auge so sehr wohlgefällige Landschaft geschaffen haben. Endlich hinab ins Isartal bei Fürholzen – die zierliche Rokokokirche linkerhand wurde inzwischen von der grellen Raststätte verdeckt –, München und dahinter im Dunst die Alpenkette.

Das Licht wurde diesiger, die Luft etwas dünner, die Farben weicher. Und unter München der Kies, zweitausend Meter tief oder noch tiefer steht diese Stadt auf Geröll, das das Eis von den Bergen heruntergeschabt hat.

Wilhelm gönnte es sich, München nicht zu umfahren, sondern nahm die Ausfahrt Schwabing-Nord, suchte einen Parkplatz, fand einen im Parkverbot und ließ sich mit steifen Gliedern im Café Münchener Freiheit auf einen doppelten Espresso und ein Mineralwasser nieder.

Keine fünfzig Meter von hier entfernt hatte er Katarina vor 39 Jahren zum ersten Mal gesehen:

Er war gerade wie jeden Tag die Leopoldstraße hinuntergetrottet zur Nummer 220, wo er im Hinterhof eine winzige Bude bewohnte.

Und noch heute sah er deutlich die Erscheinung vor sich, wie sie im gleichen milden Licht des Spätnachmittages die Straße überquerte. Ihr Haar hing ihr platinweiß gefärbt, lang und glatt auf den Rücken, den Kopf hatte sie leicht ins Genick gelegt, die Augen nur halb geöffnet, das Gesicht aufregend gelblichbraun, die Lider viel zu lang, die Schultern extrem hoch und der Hals extrem schlank – zart! Die Oberlippe weit nach vorne geschoben, barfuß ging sie, ohne nach rechts oder links zu blicken, die Füße auswärts gestellt wie bei einer Tänzerin, durch den Fünfuhrverkehr, unverletzlich wie gezogen, und verschwand in der Schwabinger Post.

Willi ging ihr nach und beobachtete, wie sie am Schalter für gelagerte Sendungen nachfragte, ohne Erfolg. Auf welche Post wartete sie, von woher, von wem?

Ihr verhangener Blick, die leicht tranceartigen Bewegungen – heute wäre es klar: ein Mädchen unter Dope –, doch damals kam Marihuana gerade erst in Schwabing auf. Dieses Geschöpf war anders, voller Geheimnis und fremdartiger Erotik.

Was willst du eigentlich erklären?

Es ist nun mal so, dass ich nicht weiß, wie viel ich damals in sie hinein fantasiert habe …

Du willst mir, glaube ich, gerade erklären, dass es alleine deine Fantasien waren, die dir Katarina begehrenswert erscheinen ließen.

Von mir aus. Aber du könntest freundlicher sagen: … deine Sehnsucht.

Lieber Freund, du sprichst in deiner Schilderung aber von Geilheit und nicht von Sehnsucht …

… bei mir ist eben Geilheit ein Bestandteil der Sehnsucht. Zu gewissen Zeiten, in bestimmten Situationen äußert sich meine Sehnsucht in Form der Geilheit. Wenn wir die gleichen Wörter verwenden, verstehen und empfinden wir doch etwas anderes darunter. Und das geht so weiter: Jeder Unterbegriff löst emotional wieder bei jedem etwas anderes aus. Also: die Geilheit, als Unterbegriff der Sehnsucht …

Er kann es nicht lassen! So wie du das schilderst, ist das kein Unterbegriff, sondern ein paralleles Phänomen …

Woher bezieht sie diese bestimmte Ausprägung bei mir?

Bitte, hör auf, du verlierst dich!

Ist sie mehr physisch oder psychisch? Im Überbau produziert, um mithalten zu können mit den anderen? Alles nur Einbildung? Oder war die Sehnsucht so groß, dass die Fantasie mit mir durchging? Jedenfalls ging für mich damals das Urbild einer erotischen und willigen Frau über die Leopoldstraße. Ich glaube, sie war das Geheimnis, in dem alles zusammenfloss.

Nein, Willi. Sie war und ist eine schöne Frau – ganz einfach.

Später fand Willi Katarinas Gang nur noch amüsant, und der verhangene Blick erklärte sich ihm aus dem leichten Basedow, der ihre Augen weiter heraustreten lässt und ihre Oberlider zwingt, sich weit über die Augäpfel nach vorn zu strecken, damals noch unterstrichen durch die schwarzen Balken, die sich viele Frauen an den Lidrand malten und die ihnen ein verruchtes, jugendstilartiges Aussehen à la Kleopatra geben sollten.

Willi begegnete ihr nach dem ersten Sehen ab und zu in Schwabing.

Einmal fragte er sie, ob er sie auf seinem Motorrad mitnehmen dürfe. Immerhin war er Besitzer einer NSU-Maxi und in Schwabing damit bekannt. Katarina schaute ihn mit einem Blick grenzenloser Herablassung kurz an und stieg zu einem Typen in den Sportwagen.

Dann sah er sie, als er in der Mensa seinen abgegessenen Teller auf das Förderband stellte. Da erschien sie kurz auf der anderen Seite der Durchreiche, um das schmutzige Geschirr in die Spülmaschine zu räumen, in einem weißen Kittel, auf dem

Kopf eine Art Duschhaube. Die Platinhaare waren darunter gesteckt. Sie schwitzte und sah elend aus, mehr gelb als braun. Er erkannte sie nicht gleich, erst auf den zweiten Blick – und da war sie schon wieder weg. Diesmal erschien sie ihm schutzbedürftig – als Ritter hatte er sie zu befreien aus dieser Spülhölle.

Willi erkundigte sich in Schwabing. Sie war nicht unbekannt: Sie pendelte zwischen Paris, Rue de la Huchette und der Schwabinger Freiheit in München. So sah sie allerdings nicht aus! Ihr Typ, ein Marokkaner, spielt Gitarre unter den Brücken. Ein Kind gibt es auch, und Vorsicht: viele Männer! Sie ist zu meiden!

Wilhelm gefiel das alles. Katarina wurde für ihn zu einer Ikone der Sünde, wie das gleichnamige Bild von Franz von Stuck in seiner Villa droben am Friedensengel in Bogenhausen …

Nur dass diese schwarzhaarig und die Schlange neben ihr nicht zu übersehen ist. Willi!

Und Katarina erschien ihm genauso unerreichbar! Er rechnete sich keine großen Chancen aus, ihr zu gefallen. Das machte ihn locker.

Einmal traf er sie auf einer der Schwabinger Hinterhof-Partys in einer Garage. Sie lagerte in einer Gruppe, auf der noch der letzte matte Abglanz der sich dann endgültig auflösenden Münchner Boheme lag. Willi nahm »Kuno dem Lecker«, dem Szenedackel, der sich inmitten der Gestalten niedergelassen hatte, seine Leine ab, schlang ein Ende um das Handgelenk des blassen Mädchens, hakte das andere am Schnappverschluss einer herrenlosen Bierflasche ein und bat sie, nicht wegzulaufen, bis er wiederkäme. Natürlich war sie nicht mehr da gewesen, als er zurückkam, doch Wilhelm hatte an ihrem feinen schmalen Lächeln gemerkt, dass ihr das gefallen hatte.

Bisschen merkwürdig, diese Hundebandnummer.

Ich finde sie nicht schlecht! Mein Gott, wenn ich daran denke, wie spielerisch alles begonnen hat, wie ein Scherz, und wie daraus das Leben wurde – so schwer und bedrohlich für beide, ohne Entrinnen! Dann musste ich feststellen, dass das Leben eine ungute Tendenz hat …

Oh, Mann: Kein Mensch hat dich gezwungen, sie zu heiraten.

Wie ich sie hasse, diese klugen Sprüche! Den Punkt, den Moment zu erwischen und ihn zu halten, wo es noch geht, wo du den Lauf der Dinge noch bestimmen kannst, bevor du in der Falle sitzt! Den möchte ich sehen, der das beherrscht! Das wäre die rechte Lebenskunst.

Es wurde kühl. Wilhelm fröstelte, schob seine Gedanken in die Gefilde seines Hirns, wo es dämmerig war, und wo sie weiter wuchern würden, und verschob das Urinieren auf die nächste Tankstelle. Er wollte weiterkommen zu seinen Freunden in Tirol, wo er die Nacht verbringen wollte.

In einem Anfall von Geiz verkniff er es sich beim Tanken, eines dieser lätschigen, teuren Sandwiches zu kaufen, fuhr weiter, ließ sich vom Hunger quälen, versuchte, Katarina daran die

Schuld zu geben, ließ es dann jedoch wieder sein – da war er schon hinter Kufstein.

Als er ins Brixener Tal einbog, musste er kurz bei Martin und Claudia anrufen, um den schmalen Weg hinauf zu ihrem Wochenendhaus zu finden.

Martin war der Freund seiner Jugend. Nach einer langen Zeit ohne Kontakt zueinander hatten sie vor drei Jahren zu alter Vertrautheit zurückgefunden. Mit ihm hatte Wilhelm einst, da war er sechzehn, auf vielen Waldspaziergängen in komplizierten Pennälerdiskussionen, sein Weltbild geklärt: Der Mensch ist schlecht. Luther hat recht. Darüber noch eine Lage wollüstigen Nihilismus – der war damals in –, das war ihr Programm fürs Leben. Für Martin endete das in Poona bei einem indischen Guru, Wilhelm machte Station bei Karl Marx. Als sie sich wiedertrafen, waren beide ideologisch bereits etwas abgewetzt. Inzwischen lebte Martin mit Claudia zusammen, die heroisch seine Verweigerung einer bürgerlichen Karriere hinnahm. Martin verdiente sein Geld mit Mathematiknachhilfestunden, nachdem er seinen Versuch, einen Service für kleine Reparaturen aller Art aufzuziehen, aufgegeben hatte. Seinen Sektennamen hatte er abgelegt.

Claudia stammte aus einer bäuerlichen Familie und war Zeugin Jehovas. Was heißt, sie war dazu verdammt, maßvoll zu leben, ohne finanzielle, sexuelle oder sonstige Ausschweifungen.

Wilhelm genoss den Abend in ihrem Siebzigerjahrehaus. Es tat ihm gut, bei Salat und etwas Rotwein klagen zu können.

Martin und Claudia kannten Katarina und waren oft genug selbst Opfer ihrer plötzlichen, heftigen Attacken geworden, die Katarina überall, egal, auf wen sie traf, in ihrem Feldzug gegen das Schwache, das Kleinliche, das Schäbige, das Falsche, gegen das Unschöne, das Plumpe, Ungeschickte, Ungewandte, Kümmerliche, Klägliche, auch gegen das Dreiste, das Prahlerische, das Dumme ritt.

Claudia mit spitzer Nase und braunen Haselmausaugen und Martin mit seinen ergrauten, struppigen Locken, der zu Wilhelms Litanei gutmütig süffisant seine Lippen spitzte und ab und zu versuchte, einen Kommentar abzugeben, was Wilhelm in seinem Mitteilungsdrang aber nicht zulassen konnte. Wilhelm brachte es sogar fertig, zu fühlen und zu äußern, dass ihm ihre Vertrautheit gefiel. Gleichzeitig glaubte er zu bemerken, dass Claudia die »Auszeit« mit positiver Neugierde registrierte.

Die Nacht war empfindlich kühl. Wilhelm hatte das Federbett bis unter die Nase gezogen, lag da und blickte ins Dunkle. Er sah nichts, absolut nichts. Trotzdem hielt er die Augen weit geöffnet. Die Finsternis presste ihn in sein Bett. Er spürte, wie seine Glieder bleiern wurden, bis er sie nicht mehr rühren konnte. Wie verpuppt lag er unter seinen Decken. Kein Geräusch drang in seine Kammer. Es war vollkommen still. Nicht der geringste Lichtschimmer drang durch die Jalousie. Wilhelm empfand Schwere und gleichzeitig die Schwerelosigkeit des Raumes. Er empfand nichts. Er kam sich vor wie der Astronaut in dem Film »2001: Odyssee im Weltraum«, der den Kontakt zu seinem Raumschiff verloren hatte und in die tiefe Schwärze des Alls davontrudelt, eine Monade in der Unendlichkeit. Und gleichzeitig eingeschlossen und begraben in diesem Würfel aus Beton.

Irgendwann schloss Wilhelm die Augen, irgendwann schlief er ein.

Nach dem Frühstück brachen die zwei Männer zu einer Bergwanderung auf die Gamsfeldspitze auf. Das Wetter war unfreundlich geworden. Sie stellten den Wagen am Ende eines Tales ab und gingen, jeder mit schwarzem Schirm bewehrt, den markierten Pfad hinauf durch eine matschige Wiese, die auf jeden Schritt glucksend antwortete. Es nieselte.

Solange sie noch einigermaßen bei Atem waren, stritten sie darüber, ob »Wanderer im Nebel«, wie Wilhelm sie beide apostrophiert hatte, einem Gedicht von Eichendorff entstammte oder von Nietzsche war – »Wer jetzt kein Haus hat, wird lange keines haben ...«, hieß es so, oder wie? Und wie ging es weiter? Kam da nicht der Nebel? Oder war es doch von Rilke? Martin versteifte sich auf einen Bildtitel von Caspar David Friedrich.

»Nein, das ist ›Zwei Wanderer den Mond betrachtend‹«, klärte Wilhelm und stellte mit Genugtuung fest: »Wahrscheinlich doch eine Neuschöpfung, unsere Neuschöpfung, aber ganz in der Tradition des deutschen Geistes stehend.«

»Wie wir. In unserem Falle zwei Neuschöpfungen im Stile Wilhelm Buschs, und jetzt meine ich nicht den fliegenden Robert aus dem ›Struwwelpeter‹.«

»Der mit dem Regenschirm? Der ist doch von Heinrich Hoffmann, dem Arztkollegen!«

»Mein' ich doch, jedenfalls kein Vertreter der deutschen Geistigkeit!«

»Ganz im Gegensatz zu Wilhelm Busch«, schnaufte Wilhelm.

»Von mir aus ...«, keuchte Martin.

Die Natur verlangte ihr Recht. Die beiden, insbesondere Wilhelm, wurden stiller.

»Solche Gespräche sind mit Katarina nicht möglich«, dachte er, während sein Atem heftig ging. »Solche Gespräche findet sie kleinkariert!«

Da ist was dran!

Er konzentrierte sich auf seinen Regenschirm, war inzwischen aber völlig durchnässt. Ohne Kondition, in schlechtem Schuhwerk, ging er trotzdem vorneweg, bestimmte das Tempo, obwohl doch Martin der Ortskundige war und ihm körperlich überlegen. Ihr altes Spiel! Wilhelm war sich der Lächerlichkeit des Vorganges bewusst, und trotzdem: Wahrscheinlich würde er noch mit achtzig versuchen, japsend vorauszugehen.

Höher lagen noch große Schneefelder. Wilhelm konnte sich nicht über die Wassermenge beruhigen, die sie vom Himmel herunter, aus den Schneefeldern über ihnen und aus dem Erdreich zu ihren Füßen hervorquellend, bedrängte.

Martin, der Mathematiker, stellte kühne Berechnungen an. Er schloss aus der Größe und der Dicke der Schneefelder, der Außentemperatur, der Bodenbeschaffenheit, speziell seines Neigungswinkels, wie viele Liter pro Minute ihre Füße umspülten.

Solche Fähigkeiten bestaunte Wilhelm an Martin. Sie beschlossen, auf den Gipfel zu verzichten. Eine Vernunftentscheidung, die neu war. Und sie wurden nicht müde, diesen Akt der Besonnenheit voreinander als große Leistung breitzutreten.

So zogen sie sich in eine Hütte zurück, oberhalb der Baumgrenze inmitten von blühenden Soldanellen, die sich um das Wetter nicht scherten, und gurgelnder Rinnsale. Sie waren die einzigen Gäste an diesem durch und durch grauen Tag. Tropfend ließen sie sich an einem der Resopaltische nieder und bestellten eine Jause, wie Martin, ganz gebürtiger Österreicher, es nannte. Dazu zwei Gläser Zweigelt zur Belebung der Sinne.

Die Trockenheit machte sie euphorisch, womöglich auch die Überdosis Sauerstoff. Voller Behagen begleiteten ihre Blicke das Hinterteil der Haustochter, während sich diese mit ihrem Strickzeug ins Hinterzimmer zurückzog. Von dort her hörten sie dann leises Gelächter. Anscheinend gab es da noch eine.

»Erinnerst du dich noch an die beiden Töchter auf Flores?«, fragte Wilhelm.

Katarina und Wilhelm hatten vor sechs Jahren Claudia und Martin auf Bali getroffen und sie überredet, mit nach Flores, ebenfalls im Indonesischen Archipel gelegen, zu fliegen. Von Moni im Innern der Insel brachen sie mitten in der Nacht auf, um auf einem kleinen Lkw mit ein paar anderen Travellern die zwölf Kilometer hinauf zum Sonnenaufgang auf den Gunung Kelimutu mit seinen drei verschiedenfarbigen Kraterseen zu fahren.

Natürlich ließ sich die Sonne dort oben nicht blicken. Es war noch Monsunzeit. Doch die unendlich weite Aussicht über grüne Bergketten, die sich eine nach der anderen bis zum lichten, blassgelben Horizont hinzogen, hatte für Wilhelm etwas Lockendes.

Die drei Kraterseen lagen wie Augen zwischen den Vulkangipfeln, der eine leuchtend türkisgrün, milchig hellblau der andere und der dritte schwärzlich-rötlich.

Der feierliche Ort dämpfte die Gespräche, selbst Wilhelm schwieg. Der Fahrer verteilte Tee, für den er nochmals extra kassierte. Hier oben sei der Sitz der Geister, erklärte er. Die Seelen der Kinder wohnten im bläulichen, die der Alten im grünlichen und die der Sünder im schwarzen Krater. Und das sei der wahre Grund, warum sich die Farbe der drei Riesenaugen immer wieder verändere. So das letzte Mal vor zehn Jahren: Da seien das schwarze fast weiß und das milchig-weiße tiefblau geworden – eben jeweils nach der Gemengelage der Seelen.

Martin und Wilhelm beschlossen, zu Fuß zurückzugehen, und wanderten, in alter Manier Theorien über die Seele spinnend, den schmalen Fahrweg hinunter. Sie hatten von einer Abkürzung gehört, einem Pfad, der irgendwo rechts abzweigen und durch zwei Dörfer im Wald zu ihrem Bambus-Hütten-Hotel führen würde: dem Sao Ria Wisata am Rande von Moni.

Sie gingen im Schatten. Die Sonne, inzwischen Herr der Lage, warf scharfe Lichtschneisen durch die hohen Bäume. In dem Geflirr von Hell und Dunkel, Grün, Braun und Gelb löste sich rechterhand die Gestalt eines alten Mannes aus dem Gestrüpp.

Er stand auf einen langen Stab gestützt an einer kaum erkennbaren Abzweigung, die die beiden übersehen hätten. In seinem verschlissenen Sarong, die Haut wie Rinde, die Haare wie Baumflechten, hatte er sich erst im letzten Moment durch einen Begrüßungslaut bemerkbar gemacht, und seinen Mund von einem Ohr bis zum anderen gezogen.

Die zwei europäischen Wanderer erschraken gleichzeitig.

Der Mann präsentierte grinsend die Reste seiner blutroten Zähne. Blutrot auch sein Zahnfleisch, Rachen und Lippen, das Resultat lebenslangen Betelgenusses. Auf seinen Wangenknochen bildeten sich eine Unmenge paralleler Falten – wie mit dem Messer eingeschnitten! Eine dieser grotesken Masken zwischen Mensch und Tier, die auf Bali den Touristen als Souvenir angeboten wurden. Seine Augen glitzerten. Wie eine …, ja, wie die einer Riesenkröte! Mit dem unteren Ende seines Steckens deutete er den Weg hinter dem versteckten Abzweig hinunter.

»Sao Ria Wisata? … Sao Ria Wisata?«, fünfmal fragten die beiden Männer, das hatte schließlich ein heftiges Kopfnicken der Riesenkröte zur Folge.

Martin und Wilhelm folgten der Aufforderung und stiegen vorsichtig den schlüpfrigen, lehmigen Pfad von der Straße hinab ins Dämmerige.

»So falsch kann es nicht sein. Die Richtung stimmt. Und Sao Ria hat er eindeutig verstanden!«

Wilhelm blickte sich um. Der Alte war verschwunden.

Nach etwa zehnminütigem Abstieg durch dichten Wald, der immer wieder den Pfad fast verschwinden ließ, kamen sie auf eine kleine Lichtung, die vollkommen im Schatten lag, umstanden von den Stämmen mächtiger Blätterbäume. Eine Bambushütte auf den üblichen Stelzen stand auf dem gestampften Erdplatz. Alle Blätter waren sorgfältig an die Ränder gekehrt. Auf der Treppe zum Eingang der Hütte saß ein Einheimischer. Er rauchte, und über seinen Knien, die von einem Ikat bedeckt waren, der in dieser Gegend zusammengenäht und wie ein enger Rock getragen wird, lag ein altertümliches Gewehr. Rechts von der Hütte standen zwei Webstühle aus Holz, an denen zwei Mädchen, wohl die Töchter, saßen und webten. Auf mehreren Gestellen und Bambusmatten trockneten die gefärbten und abgebundenen Kettfäden in Bündeln wie lange, gestreifte Schlangen. Unter der Hütte lagen mehrere dieser hochbeinigen flinken Hausschweine mit braungrauer Haut und schwarzen Borsten, die nun, durch die Ankömmlinge gestört, grunzend hochfuhren und sich tiefer ins Dunkel zurückzogen. Dem dösenden Hund unter den Stufen der Treppe gab die Nähe zu seinem Herrn genügend Sicherheit, nur kurz die Ohren aufzustellen und ein Auge blinzelnd zu öffnen. Die Mutter, die auf einer geflochtenen Plastikmatte gekauert hatte, um Bohnen oder Ähnliches zu sortieren, erhob sich eilends und lief ins Haus.

Der freundliche Ernst, der von dem Ort ausging, ließ die zwei Wanderer ihre Schritte verlangsamen und sich unter vielen Verbeugungen, die ziemlich danebengerieten, dem Mann nähern.

Die Mädchen drehten ihre Köpfe und lächelten ihnen verhalten neugierig entgegen. Sie waren nicht hässlich und nicht schön, befand Wilhelm.

»Sao Ria Wisata?«, fragten Wilhelm und Martin im Chor.

Der Mann blickte aufmerksam und ernst, ohne etwas zu erwidern. Die Mädchen glucksten leicht. Die Mutter kam mit Teh manis, gesüßtem Tee, aus der Hütte. Ein brüchiger Rattanstuhl wurde angeboten.

Martin saß dort etwas beklommen, Wilhelm stand bei ihm wie Wagner neben Cosima und versuchte, seine Bahasa Indonesia-Floskeln anzubringen, wie: »schönes Wetter heute« oder »wir kommen zu Fuß – jalan kaki – vom Kelimutu herunter«, wissend, dass diese Leute zum Volk der Lionesen gehörten und die offizielle Sprache wahrscheinlich nicht verstanden.

Es war ein merkwürdiges Abwägen. Immer wieder entstand Stille, irgendein Vogel krächzte, ein einzelner verirrter Sonnenstrahl traf den Lehmboden.

Sie versuchten es nochmals: »Sao Ria Wisata?«

Der Mann stand auf und rief seine beiden Töchter, redete kurz mit ihnen, während sich die Mutter den Tee bezahlen ließ. Die Mädchen liefen voraus auf den Pfad, der Mann machte zum Abschied eine Verbeugung, die Mutter lächelte, und Martin und Wilhelm folgten den Mädchen in den Wald. Nach einer halben Stunde des Auf und Abs wurde es lichter. Die Mädchen liefen barfuß und unterhielten sich leise. Manchmal warteten sie auf die Männer mit ihrer vergleichsweise schwerfälligen Gangart. Sie kamen in ein Dorf, das an einem steilen Hang lag. Gerade wurde eine Kirche auf frisch gerodetem Grund mit großem Hallo eingeweiht.

Vor einem alten Holzhaus auf Pfosten aus Eisenholz mit wertvoll geschnitzten Fenstergittern und Türen aus Teakholz machten die Mädchen halt.

»Sao Ria Wisata!« Sie deuteten auf das Haus und liefen lachend zurück in den Wald.

Nachdem Martin und Willi Stunden später in ihren schmuddeligen Bambuspalast zurückgefunden hatten, stellte sich heraus, dass dieses ominöse Wort, das als Name für ihr Hotel herhalten musste, »großes Haus« beziehungsweise Versammlungshaus bedeutete.

»Fast hätte uns der Zauberwald geschluckt«, meinte Martin.

Es nieselte immer noch. Sie brachen auf, spannten ihre Schirme auf und gingen den Berg hinunter.

»Der Hüter des Geheimnisses hatte uns den schmalen Eingang zur anderen Welt für einen Moment geöffnet«, begann Wilhelm.

»Ja«, ergänzte Martin, »und unsere Frauen ahnten nicht, während sie auf ihrem Lastwagen abwärtsholperten, dass ihre Männer gerade dabei waren, sich in den Zauberwald davonzumachen, wo zwei junge Frauen auf sie warteten …«

»… die für sie bestimmt waren!«, warf Wilhelm mit Nachdruck ein.

Und nach einer Pause fügte er hinzu: »Wenn wir sie genommen hätten …«

Martin: »… wären wir dort geblieben, unter den hohen Bäumen. Sie hätten gewebt, gekehrt und für uns gekocht …«

Wilhelm: »… hätten sanft und liebevoll das Lager mit uns geteilt …«

Martin: »… ohne Ansprüche zu stellen, ohne Kritik!«

Wilhelm: »Also du kannst dich ja wohl nicht beschweren! Claudia strotzt doch nur so vor Verständnis!«

Martin: »Schon, aber stillschweigend … Diese Mädchen jedenfalls hätten uns gar nicht mit anderen Männern vergleichen können, weil sie keine kannten: eine ideale Situation!«

Wilhelm: »Vielleicht hätte deine dich ja mit mir verglichen.«

Martin: »Wieso glaubst du sofort, dass sie dich dann vorgezogen hätte?«

Wilhelm: »Na ja …«

Ihr Armen!

Der Weg bergab belastete die Knie von Martin und Wilhelm. Sie konzentrierten sich darauf, nicht im Fußgelenk umzuknicken.

Martin: »Der Alte hätte uns sein Gewehr übergeben. Damit hätten wir im Wald für die Familie gejagt.«

Wilhelm: »Natürlich hätten sich immer wieder Kinder eingestellt, die ohne Neurosen im Einklang mit Mensch und Tier aufgewachsen wären.«

Martin: »Auch die Schweine wären zu einer kleinen Herde geworden.«

Wilhelm: »Die Hunde hätten sich vermehrt. Ich hätte den Kindern einen Spielgefährten aus dem Wald mitgebracht, einen Affen …«

Martin: »… und einen bunten Vogel, der sprechen gelernt hätte!«

Wilhelm: »Die Alte hätte sich auch nützlich gemacht, die Wäsche gewaschen, die Ikats im Dorf angeboten, die durch unseren Sinn für Stil immer schöner geworden wären und sich gut verkauft hätten.«

Martin: »Du meinst, wir wären marktführend geworden?«

Wilhelm: »Zumindest wäre etwas Geld hereingekommen. Dafür hätten wir dann die Frauen mit Fußringen aus altem Elfenbein und goldenen Mamuli-Anhängern bestückt.«

Martin: »Was sind Mamuli?«

Wilhelm: »Diese stilisierten Nachbildungen der Vulva, feine Arbeiten aus getriebenem Gold, die die Frauen auf diesen Inseln zur Hochzeit bekommen.«

Martin: »Und unsere Ehefrauen auf dem Lastwagen?«

Wilhelm: »Wären weiter die Straße hinabgefahren und hätten sich beklagt.«

Martin: »Und wir wären alterslos geblieben!«

Wilhelm: »Ja.«

»Das geht ganz schön aufs Kreuz«, stellte Wilhelm beim Abstieg von der Gamsfeldspitze fest und dehnte sich.

Martin hatte eine Abkürzung vorgeschlagen, rot-blau markiert. Dummerweise lag in den nördlichen Senken und Schluchten noch viel Schnee. Die beiden konnten den Pfad nicht mehr erkennen. Auch die Wegmarkierungen auf den Felsbrocken lagen unter der schmutzig-weißen Schneedecke. So schlitterten die Freunde mit ihren Schirmen fuchtelnd die Schneefelder hinab. Wilhelm eine Strecke kurz auf dem Rücken, wie ein

Käfer mit seinen Beinen verzweifelt nach Halt in der Luft suchend.

Der Weg war weg, und niemand trat hinter dem Felsen hervor, der einen Spalt zum Paradies für sie öffnete. Keine rettende Fee erhob sich aus dem wild gurgelnden Bergbach, der sich schäumend in die schwarze Schlucht zwängte und sie zum Umkehren zwang. Stufen in den steilen Schneehang zu treten, um zurück hinaufzugelangen, war mühsam.

»Gut, dass jetzt keine Frauen dabei sind!«, entfuhr es Martin, als sie unter Bäumen auf festem, schneefreien Grund standen und versuchten, ihre aufsteigende Unruhe zu beschwichtigen.

»Wäre doch gelacht, wenn zwei intelligente Männer die Situation hier nicht in den Griff bekämen!« sagte Wilhelm und fand an einem Kiefernstamm die beiden Streifen, rot und blau. Sie waren also richtig gegangen.

Es wurde dämmerig. Beschwingt ging es hinab, die Schneefelder wurden kleiner, die Bächlein rauschten, der Regen strömte. Der aufkommende Nebel ängstigte sie nicht. Sie waren in Hochstimmung, als ob sie den Nanga Parbat bezwungen hätten. Einer lobte den anderen überschwänglich.

»Gut, dass ich da nicht mit dabei war!«, kommentierte Claudia die euphorische Schilderung der bestandenen Abenteuer im geheizten Haus.

Da blickten sich die Freunde nur kurz an – und grinsten.

5. KAPITEL

Wilhelm saß wieder in seinem Wagen auf dem Weg in den Süden. Im Inntal war das Wetter immer noch trübe. Claudia hatte es sich nicht nehmen lassen, ihm Brote zu schmieren. Sie lagen auf dem Nebensitz. Auch Tee mit Honig und Zitrone hatte er sich kochen müssen. Die Thermosflasche war irgendwann zurückzugeben. Die verhalten freundliche Aufmerksamkeit, die Claudia ihm wie nebenbei schenkte, hatte er aufgesogen wie ein trockener Schwamm.

Sein Handy lag wieder zwischen den Schenkeln, das Mikro ans Hemd geklemmt, ohne Musik fuhr er in Gedanken dahin.

Es fiel ihm schwer, nicht aus alter Gewohnheit Katarina anzurufen, um ihr von seinen Bergabenteuern zu berichten. Er vermisste sie.

Nicht ihre Abwesenheit war das Problem. Im Gegenteil: Wilhelm fühlte sich besonders wohl. Er wusste: Da ist eine Frau in Berlin, zu der kehrst du zurück. Sie denkt an dich, wartet auf dich. Das war ein höchst angenehmer Zustand für ihn.

Dir ist schon klar, dass du das Heimchen am Herd schilderst …

Nein, mir geht es um das Gefühl der Zusammengehörigkeit, das mich auch bei Abwesenheit nie einsam sein ließ, freier, weil ihrem direkten Zugriff entzogen, und doch nicht der Kälte ausgesetzt. Kaum war ich weg, erschien sie mir schöner, friedlicher und wärmer.

Wilhelm fühlte sich einsam ohne den Kontakt zu Katarina. Er begann zu ahnen, dass er sich immer einsam fühlen würde, ohne Frau. Da half nichts, auch nicht die schönste Männerfreundschaft. »Ohne Arsch und Titten, ohne diese kuhige Wärme« (Zitat Wilhelm), diese vereinnahmende, strömende Liebe der Frau, würde er trotz aller Nachteile, die das Zusammenleben nun mal mit sich brachte, merkwürdig trostlos sein.

Es ging an Innsbruck vorbei, den Brenner hinauf.

Rechterhand, bei der Ausfahrt Stubaital, erhob sich majestätisch die Serles, ein klassisch schönes Bergmassiv mit Vorgipfel, und dahinter, leicht versetzt, der Hauptgipfel. Wilhelms »Schicksalsberg«.

Schon wieder ein Berg?

Dieser Berg hatte sein Lebensgefühl geprägt. Er muss erzählen:

Ich war fünfzehn, es war nach dem Tod meiner Eltern. In den Schulferien nahm meine Tante meinen jüngeren Bruder Hans und mich aus Augsburg mit ins Stubaital. Wir waren in Fulpmess untergebracht. Vom Balkon des Zimmers konnte ich über das Tal hinweg auf die Serles blicken. Ich hatte ein Fernglas, mit dem ich sorgfältig den Berg betrachtete. Ich war damals leidenschaftlicher Baumkletterer. Ich liebte es, in den Wipfeln der hohen Buchen im Wind hin- und herzuschaukeln. Während ich das Glas vor meine Augen hielt, stellte ich mir vor, wie ich die felsige Ostflanke hinaufkletterte, die sich deutlich vor dem Himmel erkennbar in zwei Stufen, die erste steiler als die zweite, zum Vorgipfel hinaufzog. Es war einer meiner großen Wünsche, seit ich wusste, dass es die Alpen gab, dort möglichst steile Berge hinaufzukraxeln. Meiner Schätzung nach waren die beiden Stufen jeweils ungefähr hundert Meter hoch. Schwindelfrei war ich, und die steilen Passagen würden mich nicht schrecken. Auf den Bäumen zog ich mich immer senkrecht nach oben. Täglich verbrachte ich eine geraume Zeit auf dem Balkon, versunken in die Betrachtung des Berges. Ich wollte diese Steinsilhouette hinaufklettern.

Der Berg ruft!
Unterbrich mich nicht!

Vom Vorgipfel zum Hauptgipfel würde es eine Kleinigkeit sein, und von dort dann auf dem Wanderweg wieder herunter. Bald ergab sich die Möglichkeit: Die Tante hatte eine Bergwanderung verordnet, und zwar auf eben diese Serles.

Nach einer kurzen Fahrt mit dem Postbus ging es den üblichen langweiligen Weg hinauf, ständig überholt von ernst ausschreitenden Wanderern. Als wir die Ostflanke passierten, gab ich vor, keine Lust zu dem Spaziergang zu haben, lieber den Tag im Wald dort herumzulaufen, um mit dem Fernglas Tiere zu beobachten. Erstaunlicherweise erlaubte mir die Tante das mit den üblichen Ermahnungen, keine waghalsigen Dinge zu unternehmen. Dafür war ich bekannt.

Kaum waren Hans und die Tante um die nächste Biegung verschwunden, verließ ich den Weg und stieg in direkter Linie durch den hohen Bergwald hinauf zur vermuteten Felswand. Ich geriet in eine merkwürdige Erregung, die mich heftig da hinauftrieb.

Es war kein sonniger Tag. Der Wald war unheimlich düster. Ein riesiger Hirsch wechselte plötzlich am Hang über mir zwischen den Bäumen vorüber. Ich hatte noch nie einen Hirsch in freier Wildbahn gesehen. Nur für eine Sekunde konnte ich ihn hinter den Stämmen erkennen. Er stieß einen kurzen dumpfen Schrecklaut aus und blickte aus schwarzen Augen feindselig auf mich herab, bevor er verschwand.

Die Heimlichkeit meines Planes, die Unheimlichkeit des Bergwaldes – mein Herz klopfte, ich hastete nach oben. Ich erreichte den Fels. Schwärme kleiner Fliegen flogen auf, wo das Gestein sich aus einem schmalen Geröllband erhob.

Ich erschauerte. Der Fels stieg senkrecht vor mir empor, unmöglich zu besteigen, am Sockel leicht überhängend und aus verwittertem, fast bröseligen Material. Ich ging ein paar Meter an ihm entlang. Hinter einer Biegung öffnete sich der Blick auf eine breite Steinschlagrinne. Sie kam steil von oben und ging weit hinab und hatte eine immer breiter werdende Schneise in den Bergwald gerissen.

Ich beschloss, quer in diese Rinne hineinzukriechen, um von ihrer Mitte aus zu versuchen, bis zu einem ordentlichen Felsband hochzukommen, und von dort dann hoch bis zur Kante, die ich gegen den Himmel sehen konnte, und da hätte ich dann bereits die erste Stufe geschafft, die ich vom Balkon auf der Talseite gegenüber gesehen hatte.

Ich kroch auf Händen und Füßen auf einen kaum wahrnehmbaren Grat in die Mitte zu, löste kleinere Steinlawinen aus, die springend und rutschend in die Tiefe polterten, hielt mich an Wurzelwerk fest, fand keinen festen Tritt und merkte nach ein paar Minuten und Metern, dass das Ganze ein Fehler war, und wollte umkehren.

Aber das ging nicht. Ich konnte mich nicht umdrehen, ohne abzurutschen. Ein Knie blutete bereits leicht. Doch das störte mich nicht. Ich blickte nach oben und beschloss, bis zu dem festen Felsstück in der Mitte weiter zu kriechen. Von dort musste ich es nur bis zu dieser Kante über mir schaffen, die so sauber gegen das Grau des Himmels stand. Die zweite Stufe, das hatte ich ja gesehen, war dann nicht mehr so steil.

Auf dem Felsen ging es, wie erwartet, besser. Ich nahm alle meine Sinne zusammen, versuchte, ruhig zu atmen, und prüfte sorgfältig jeden Tritt, jeden Halt. Öffnete nie einen Griff, bevor ich mir nicht sicher war, dass die andere Hand festen Stein zwischen den Fingern hatte. Ich sprach mir ständig laut Ruhe und Vorsicht zu.

So erreichte ich die Kante, nur um dann natürlich festzustellen, dass alles ganz anders war, als ich mit meinem Fernglas zu sehen geglaubt hatte. Ein weiterer Absatz ragte ebenso steil mindestens vierzig Meter nach oben.

Ich weiß, es ist fast nicht möglich, irgendwelche Maße anzugeben, wenn es um Kindheitseindrücke geht. Deswegen sage ich vierzig Meter, ganz gegen das Bild, an das ich mich erinnere: Turmhoch erhob sich die nächste Felswand über mir, und sie war offensichtlich nicht die zweite Stufe, die doch flacher zum Vorgipfel führen sollte! Und nach ihr kam noch eine, und noch eine – nicht ganz so steil. Es wollte nicht aufhören!

Das Erstaunliche war, dass ich in keinem Moment verzweifelte. Zwischen dem zweiten und dritten Absatz war ein kleiner Vorsprung, wie eine Kanzel, ungefähr eine Tischplatte in der Ausdehnung. Dort war es flach, es wuchs etwas Gras. Ich setzte mich hin. Ich musste ein Stück Brot eingesteckt haben, bevor wir aufbrachen, aber wohin ich es gesteckt hatte, weiß ich nicht mehr. Ich erinnere mich aber genau, wie ich das Stück Brot kaute und unter pathetischen Empfindungen hinunter ins Tal, »da, wo die Menschen zu Hause sind«, blickte. Schwarze Schatten trieben tief unten die hellen Sonnenflecken über die Wiesen, Wälder und Dörfer vor sich her. Ich konnte Fulpmess sehen.

Ich überlegte, ob ich hier sitzen bleiben sollte, nach Hilfe rufen – oder einfach warten. Irgendwann würden sie mich entdecken. Aber ich konnte weder das eine noch das andere: Die Vorwürfe meiner Tante, der ganze Aufwand der Rettungsaktion, die Schmach – ich würde mich zu Tode genieren, nein, das würde ich nicht aushalten!

Ich kaute mit besonderem Bedacht mein Brot, wie ich es in Abenteuerromanen, vielleicht bei Sigismund Rüstig, gelesen hatte, und fasste den Entschluss weiterzuklettern. Dabei war meine Einschätzung der Lage relativ realistisch: Ich wusste ja nun, dass die Wirklichkeit etwas völlig anderes war als der Blick durchs Fernglas, und glaubte, dass ich es wahrscheinlich nicht bis zum Gipfel und vermutlich auch nicht wieder zurück schaffen würde.

»Ich schloss mit dem Leben ab.« Genau diese Formulierung verwandte ich in meinem inneren Monolog. Ich zählte auf, von wem ich mich verabschiedete. Es waren nicht viele: Meine Eltern waren bereits tot, also meine beiden Brüder, meine Zwillingsfreunde aus Augsburg, meine Großmutter, und Martin, und Fiffi, der neben mir im Gymnasium saß, und so gut zeichnen konnte. Und auch von Christa, in die ich verliebt war, die aber nichts davon wusste, verabschiedete ich mich.

Noch heute kann ich mir eine gewisse Hochachtung nicht versagen. Die pathetische, sentimental überglänzte, aber auch entschlossene Stimmung auf der Felsennase ist exakt gespeichert und mir eingewachsen.

Ich kletterte weiter. Manchmal brach ein Stein unter meinem Tritt weg. Es bewährte sich, dass ich immer nur meinen Fuß hob, wenn beide Hände Halt hatten. Einmal flogen zwei Schneehühner aus einer Nische auf, da flog mir ein Stein entgegen. Ich, der sonst so Leichtsinnige, war äußerst konzentriert, versuchte, die schauererregende Empfindung meiner Winzigkeit gegenüber diesem Berg nicht hochkommen zu lassen.

Dann war es fast so weit, dass der Berg mich loswerden wollte. Er wollte mich abstoßen. Ich spürte, wie meine Finger aufgehen wollten, ohne äußere Notwendigkeit, wie mein Wille weich wurde, bereit war zu fliegen, und mein Körper sich von der Wand lösen wollte, um sich nach hinten ins Bodenlose fallen zu lassen. Davon liest man auch in Bergsteigergeschichten. Ich habe es tatsächlich erlebt. Die Einsamkeit ist so übergroß, und die Wirklichkeit verschiebt sich an dieser ungeheuren Masse Berg.

Da habe ich versucht, mir klarzumachen, dass es an mir liegt, diesem Drang nicht nachzugeben. So bin ich in meiner kurzen Lederhose und mit blutigen Knien dieser Versuchung zum Tod nicht erlegen.

Nach der dritten oder vierten Wand öffnete sich ein grandioser Blick auf den Vorgipfel und den Hauptgipfel der Serles. Das Blaugrau des Himmels, durchzogen von weißlichen Streifen, harmonierte herrlich und schauerlich mit den Schwarz-Grau-Tönen des Steins.

Ein langer Grat führte dorthin. Streckenweise konnte ich aufrecht gehen. Rechts ging es stark abschüssig hinab, eine weite Fläche voll grauer Steinplatten, die sich gerade noch durch ihr Gewicht aufeinander hielten, um nicht abzurutschen. Links stürzte der Grat in einer glatten Wand senkrecht ab. Ich ging neben dem Abgrund. Die Wand endete weit unten in einer Geröllhalde. Viele Meter tief ging es hinab. Unter mir flogen Bergdohlen. Ihre hellen Klagelaute drangen zu mir herauf. Ich war hochgestimmt, sprach viel und laut zu mir selbst, um mich in der Großartigkeit rings um mich zu behaupten. An einen Satz kann ich mich erinnern: »Das wäre alles wunderschön, wenn ich von hier wieder heil herunterkäme.« Ich formulierte negativ, hatte aber bereits Zuversicht gefasst.

Dieses Prinzip habe ich im Leben beibehalten, und das hat mich vor manchem schlimmen Absturz bewahrt. Katarina nannte mich deshalb immer einen Schwarzseher.

Der Grat hatte hohe Zacken, die überklettert werden mussten, und zwischen den Felszähnen Spalten, über die ich hinwegsprang. Sie waren nicht breit, vielleicht eineinhalb Meter, allerdings offen zu dem senkrechten Absturz.

Das Wetter drohte, endgültig umzuschlagen. Die letzten Sonnenflecken eilten beneidenswert mühelos über die weite, schräge Steinfläche rechter Hand. Links lag der Abgrund im Dunkeln. Einzelne kleinere Wolkenfetzen, daran erinnere ich mich genau, zogen unter mir an der Wand entlang. Ich ging über den Wolken, vorsichtig, mit weit geöffneten Rezeptoren. Wie Mao oder Buddha übers Gebirge wandernd, die rosa Wolken und die Gipfel der Berge zu meinen Füßen.

»Alles wäre so schön, wenn ich nur jemals wieder runterkäme!«

Ich erreichte den Vorgipfel, es fing an zu nieseln, und traute meinen Augen nicht: Eine riesige tiefe Schlucht öffnete sich zum Hauptgipfel, nicht zu überwinden! Ich sah klein dort die Wanderer in Anoraks am Gipfelkreuz stehen und auf dem ordentlichen Weg hintereinander, wie ein Ameisenzug ins Tal hinuntergehen.

Ich musste eine Schräge mit Steinplatten überqueren. Sie stieß auf die Flanke westlich unterhalb des Gipfels. Streckenweise riss sie nach unten wie eine Klippe ab. Wie auf rohen Eiern kroch ich auf allen Vieren über die Platten, um möglichst viele Auflagepunkte zu haben. Ja, ich war erstaunlich überlegt! Ich weiß nicht, wie gefährlich diese Querwanderung wirklich war. Ich war allein mit meiner Einschätzung. Womöglich hätte man relativ sicher über die Platten gehen können. Wer sieht schon hinter die Dinge, die ihn ängstigen? Oft ist da nichts, aber was hat sich unser Hirn und Herz zusammengebraut in schlaflosen Nächten oder das halbe, ja, das ganze Leben lang!

Die Vorstellung aber, einmal in Fahrt, auf einer Steinlawine abwärts zu sausen und mit ihr über die Klippe zu fliegen, ließ mich vom überirdischen Mao schnell zur krabbelnden Kellerassel werden. Nach etwa einer Stunde stieß ich auf einen Hut, der da einsam lag. Ich fand ihn mehr beunruhigend, als anheimelnd. Wo war der Mann dazu?

Das Gelände wurde flacher, die Wanderer rückten näher, wurden größer auf ihrem Weg. Ich konnte wieder gehen, die letzten hundert Meter mühelos auf einer Wiese zwischen den Felsbrocken.

Und, so unglaublich es klingt, in dem Moment, als ich den sicheren Weg betrat, kamen mir von oben inmitten eines Trupps Rucksackmenschen mein Bruder Hans und meine Tante entgegen. Sie fanden es ganz normal, dass ich nach meinem Einzelausflug nun wieder mit ihnen zusammen hinunter ins Tal ging.

Es regnete. Ich war still. Auf entsprechende Fragen gab ich lakonische, nichtssagende Antworten – fühlte ich mich doch der Welt wieder geschenkt und haushoch über allem Menschengewürm.

Aus diesem Abenteuer bezog Wilhelm einen Teil seines Urvertrauens, alles zu überleben – aus eigener Kraft oder mithilfe seines Schutzengels. Er war an diesem Berg, an dem sich nie ein

Bergsteiger versuchen würde und der älter war als alle Berge ringsum, herumgeklettert, und der Berg hatte es sich gefallen lassen!

Und so einen wie mich stößt Katarina von der Bettkante!
Hast du deshalb so lange davon erzählt?

Wilhelm fuhr das Etschtal hinab. Er hatte das dringende Bedürfnis, sich mitzuteilen, zu erzählen, dass er in Italien war, aber er wusste nicht wem. Er legte Eros Ramazotti ein. Er mochte, wie der die Vokale dehnte, die As quakte, ihm die schöne italienische Sprache wie dicke Marmelade in die Ohren schmierte.

Wen sollte er anrufen? Katarina? Ausgeschlossen!

Gerade passierte er die Raststätte, an der sie gewöhnlich ihren ersten Cappuccino im Süden tranken …

Sollte er seine Söhne anrufen? Das war ihm zu kompliziert im Augenblick. Wussten sie doch noch nicht mal, dass er weggefahren war. Wilhelm rief in seiner Praxis an. Evelin nahm ab. Überrascht klang sie. Er stellte sie sich vor, und siehe da, sie war noch reizvoller geworden: ihre Haut reiner, ihre Zähne weißer, ihre Taille schlanker und ihre Augen blanker und ihr Mund etwas weicher.

Er hörte den üblichen Trubel um sie herum.

Ob er Gundula sprechen wolle? –

»Nein!«

Die Vertretung?

»Nein, nicht nötig. Läuft alles? Irgendwelche Katastrophen?«

»Nee, – Schigorski hat nur wieder mal sein Methadon erbrochen, ... zum fünften Mal! Ich bin sicher, er verkauft es am Kotti.«

»Also alles normal.«

»Wo sind Sie denn eigentlich?«

»Gerade fahr ich an Chiuso vorbei.«

»Wat?«

»Chiuso – Klausen, in Italien!«

»Italien, ach wie schön! Kommen Sie mal bald wieder!«

»Warum?«

»Ich bin nu mal 'n Gewohnheitstier. Ich hab Sie gern hier in der Praxis, unter meinen Augen!« Sie lachte laut und herzlich.

Das Wetter wurde besser. Die übliche Schwüle bei Bozen, vorbei am eleganten Trento. Das Telefonat hatte Wilhelms Stimmung positiv gefestigt.

6. KAPITEL

Verona, du Bittersüße!

Wilhelm beschloss, vorbeizufahren und nicht die Ausfahrt Nord hinaus durch die lange Pappelallee und die endlose Vorstadt zum Corso Cavour. Seit zwanzig Jahren war ihm diese Stadt vertraut wie keine zweite in Italien. Wie viele Male war er mit Katarina auf dem roten Veroneser Marmor, mit dem die

Trottoirs dort belegt sind, erschöpft im Verkehrsgestank dahingezogen, um sich schließlich zufrieden im Café Dante niederzulassen, und mit welchem Argwohn hatten sie beobachtet, wie zuerst die prachtvollen, geschwungenen Kakaotassen aus Silber mit Henkeln aus altem, rissigen Elfenbein ausgetauscht wurden gegen banale, kantige Kaffeetassen aus billigem Porzellan, mit dem hässlichsten grünen Muster. Dann waren die alten Kellner mit ihren schiefen Zähnen verschwunden, mit denen Katarina und Wilhelm gemeinsam alt werden wollten. Und zu guter Letzt war das ganze Café saniert worden, in der Toilette stand plötzlich eine Kloschüssel, Wilhelm suchte vergebens seinen gewohnten Abtritt. Der verschlissene rote Samt der Vorhänge, Sessel und Bänke war durch einen grünen Bezugsstoff ersetzt worden. Nur die alten Muranoleuchter aus gelb-bräunlichem Glas hingen noch von der Decke.

Sie hatten die Veränderungen in dieser Stadt zwanzig Jahre lang miterlebt. Hatten in alter Anhänglichkeit trotzdem jährlich hier für ein, zwei Nächte Station gemacht. Hatten registriert, wie zwei Jahre in Folge die blutigen Spritzen am alten Brunnen hinter der Piazza delle Erbe herumlagen, dann waren sie weg, so plötzlich, wie die Cafés an der Piazza Bra langweilig wurden, volkstümliche Lokale dichtmachten, die anderen teuer wurden, die finstere Via Sottoriva sich zur Boutiquenzeile aufhellte. Bis Verona zur Museumsstadt heruntergekommen war, in der man für Kirchen Eintritt zahlen muss.

Sie war ihnen bittersüß ans Herz gewachsen: 1975, nach dem Schock, den Willis Geständnis des Fehltritts bei ihr ausgelöst hatte, hielt Katarina nach einer Woche Raserei inne und schlug vor, alles zu vergessen und eine Versöhnungsfahrt nach Venedig zu machen.

Willi klaubte flugs seine Sachen zusammen, stopfte sie mit Katarina und zwei Flaschen Wein in den Wagen und fuhr wie vor zwei Tagen die Avus hinunter Richtung Italien.

Die ganze Unternehmung hatte von Anfang an etwas Verzweifeltes an sich, das, solange sie fuhren, mithilfe des Weines und gegenseitiger sexueller Aktivitäten am Hochkochen gehindert wurde. Zum Glück verlor der Lkw-Fahrer, der plötzlich dicht seitlich von oben auf ihr Treiben herabsah, nicht die Kontrolle über sein Fahrzeug.

Die Übernachtung im leeren Bauernhaus von Freunden in Niederbayern überstanden sie im nostalgischen Bauernbett unter rot-weiß karierten überdimensionalen Plumeaus in dumpfer Narkose: Zwei Flaschen aus den Beständen des Freundes hatten dafür herhalten müssen. Beim Frühstück am Bauerntisch unter der Dunstglocke des Restalkohols, der uns alle Fahrlässiges tun lässt, rückte Wilhelm dann mit weiteren Betrügereien heraus.

Katarina griff sich zwei neue Flaschen Wein, und sie setzten ihre Fahrt fort: Wilhelm fuhr, Katarina kauerte betrunken schräg hinter ihm im Raum zwischen Rückbank und Vorderlehne. Bis auf mehrere Urinierpausen, eine auf dem Standstreifen der Autobahn zwischen geöffneter Vorder- und Hintertür, fuhren sie durch.

Sie kamen in Venedig an, parkten im großen Parkhaus an der Piazza Roma und gingen inmitten aufgeregter Japaner wie betäubt durch die Gassen, über die Brücken, an den Kanälen entlang. Die Luft war stickig. Katarina ließ sich ab und zu auf Stufen nieder, die in das brackige Wasser führten, und starrte vor sich hin. Wilhelm stand dann zerknirscht, an feuchten Ziegeln lehnend, hinter ihr, immer auf dem Sprung, sie festzuhalten, falls sie sich ins Wasser fallen lassen sollte. Sie überquerten den Markusplatz – stumpf, verfolgt von Touristen- und Taubenschwärmen, der süßlichen Walzermusik der Stehgeiger in den Cafés – und drängten sich in ein Vaporetto. Katarina wurde schließlich schlecht. Sie verließen Venedig wieder.

Sie fuhren zurück nach Verona. Dort, im Colombo d'Oro fanden sie Unterkunft. Vier Tage blieben sie in der Stadt. Wie gut, dass sie zu Beginn der großen Krise in Italien waren. Es war wie ein letztes Atemholen vor dem großen Kampf. Die Sonne, die Schönheit der Stadt, die lässige Freundlichkeit der Menschen, das Hotelbett, der Wein, Bollito misto im Torcolo gleich gegenüber und wieder und immer wieder der Soave.

Beide wussten, dort im fernen Germanien wartete eine düstere Zeit auf sie. So krallten sie sich umso heftiger ineinander.

Wie ein läufiger Hund lief Willi neben seiner Frau her. Katarina wurde kontinuierlich blasser – und schöner. Wilhelm kam es jedenfalls so vor.

Rechts ab, Richtung Mailand, Turin. Wilhelm wollte ins Piemont. Das war Neuland für ihn. Nicht verseucht von Erinnerungen! Er bedauerte die Oleanderbüsche, die zwischen den Sicherheitsplanken auf dem Mittelstreifen wachsen mussten. Da standen sie im giftigen Gestank inmitten des vorbeidonnernden Blechs und blühten trotzdem üppiger als sein kümmerlicher Oleander auf dem Balkon in Berlin, der regelmäßig spätestens im August von Mehltau überzogen war.

»Ob das Pisanello-Fresco in Sant'Anastasia immer noch provisorisch in seiner Eisenkonstruktion steht?«, ging es Wilhelm durch den Sinn, »abgelöst von der Wand, in der Nebenkapelle links vom Chor.« Im Dämmerlicht steht da ein Ritter – wenn es nicht gar der heilige Georg ist – und nimmt Abschied von seiner Frau.

Es ist tatsächlich der heilige Georg! Ich habe im Führer von Verona nachgesehen. Warum denkst du an ihn?

Wie einem Ahnherren aller Botticelli-Gestalten umrahmen dichte, blonde Locken sein Gesicht. Er wird sich gleich aufs Pferd schwingen. Die linke Hand hält schon den Sattelknauf. Sein Gesicht ist abgewandt von der Frau, einer hoheitsvollen Dame, auf der anderen Seite des Pferdes. Teuer angezogen, mit extravagantem Kopfputz, blickt sie ernst, doch nicht unfreundlich über das Pferdehinterteil hinweg hinüber zu ihrem Ritter. Dagegen er, ahnungsvoll, mit weit offenen Augen, aus dem Bild heraus. Auch der fränkische Georg blickt aus dem Bild heraus.

Doch der Schöne hier sieht nicht den Betrachter an, sondern an ihm vorbei in die Ferne, mit ahnungsvollem Schrecken. So hatte ihn Wilhelm in Erinnerung.

Was bedeutet der machtvolle Pferdearsch zwischen dem Paar?

Darüber sinnierte Wilhelm die nächsten zwanzig Kilometer Wegstrecke, während derer er beinahe einen Auffahrunfall verursachte. Mit folgender Erklärung gab er sich schließlich zufrieden: Die Trennung ist vollzogen. Das pralle Fleisch des Pferdes, auf das er seine Hand legt, bereit, auf ihm wegzureiten, ist die Verheißung fremder, sinnlicher Abenteuer, die der Ritter bestehen wird. Der üppige Faltenwurf, den das wertvolle golddurchwirkte Gewand der Dame bildet, zieht sich am Boden hinter den Hufen des Pferdes fast bis zum Ritter hin, erreicht ihn aber nicht. »Zum Glück ist der Ritter in Rüstung. Es wird um Tod und Leben gehen«, dachte Wilhelm inmitten der stinkenden Lkw-Karawane, die nicht enden wollend nach Westen zog. Er löste den Gurt, fingerte Claudias Thermosflasche, die am Boden rollte, herauf, nahm einen Schluck Tee und ließ mit voller Lautstärke Ramazotti wieder »Un nuovo amore« schmettern. Den Gurt ließ er offen: Italia!

Hinter Mailand, bei Novara, bog Wilhelm von der Autobahn ab. Inzwischen war es Abend. Die Reisfelder schimmerten bunt im schrägen Licht zu beiden Seiten der Straße.

Hier musste irgendwo seinerzeit der Film »Bitterer Reis« mit Silvana Mangano gedreht worden sein. Als Wilhelm fünfzehn war und begann, erotische Fantasien und Träumereien zu entwickeln, schnitt er ein Zeitungsfoto von Elsa Martinelli aus – diese Schauspielerin kennt heute kein Mensch mehr.

Das Schwarz-Weiß-Bildchen von Elsa Martinelli – sie hat dann später zu seiner Enttäuschung einen reichen italienischen Grafen geheiratet – war nicht sehr pathetisch. Sie trug ein ärmelloses Unterhemd, ihre Brüste darunter waren zierlich, hatten nichts Mütterliches. Das wäre dem pubertierenden Wilhelm sehr zuwider gewesen. Sie sah ganz einfach charmant aus, wie sie durchs Wasser ging, ohne Anklage, den Oberkörper leicht zur Seite gedreht, wahrscheinlich, um mit einer Kollegin zu reden. Selbstverständlich auch die schwarzen Stutzen, das Höschen etwas enger, die Schenkel nicht so prall wie die der Magnani, die Haare auch schwarz, aber nicht so strähnig.

Als Wilhelm dann in Augsburg, der Stadt seiner Jugend, eines Abends, als er gerade nach Hause radelte, das leibhaftige Abbild dieses Fotos auf dem Fahrrad vor sich sah, fuhr er ihr hinterher, wagte sie in seinen kurzen Hosen aber nicht anzusprechen, auch später nicht. Sie war fünfzehn wie er, aber am zentralen Schülertreff auf dem Königsplatz ständig von achtzehnjährigen Kerlen umgeben. Keine Chance für einen Tollpatsch in kindischem Aufzug mit Herpes am Kinn.

Willi verehrte und verfolgte sie in heimlicher Liebe. Wenn er sie erspäht hatte, meistens auf dem Schulweg, wurde ihm fast schwindelig. Das ging zwei Jahre so, ohne dass sie davon wusste.

Womöglich waren das kleine Zeitungsfoto und diese Christa der Grund, warum er jetzt ins Piemont wollte zu den Reisfeldern.

Willi war klar, er würde weder Elsa noch Christa begegnen, und selbst angenommen, er würde sie sehen, würde er sie nicht erkennen, so alt und faltig wären sie – genau wie er.

Casale Montferrato lag direkt vor ihm. Im Führer als angenehm beschrieben. Hier wollte er übernachten.

7. KAPITEL

Über seine Erlebnisse in den nächsten Tagen im Piemont wollte Wilhelm mir nichts erzählen. Stattdessen hat er mir einige von Hand beschriebene DIN A4-Zettel, eine Art Tagebuch, das er dort geschrieben hatte, übergeben. »Da kannst du sehen, in welchem Zustand ich war. Lies es, aber behalte für dich, was du gelesen hast!«

PIEMONT, APRIL 2000:

Mittwochvormittag, 26. April, Alba, Hotel Savona

Es regnet in Strömen. Im Zimmer ist es dunkel, wie so oft in den italienischen Hotels. Habe einen Kater, trotz des guten Weins gestern Abend. War eben zu viel. Die Cafés sind zu oder zu hässlich. Sitze auf dem Bett.

Die Bettbeleuchtung ist eine elende Funzel. Dass die immer daran sparen müssen!

Wenigstens geheizt könnte das Zimmer sein - bei dem Preis. Alba ist teuer, schnieke.

Seit ich unterwegs bin, nein, schon länger: seit sich Katarina von mir zurückgezogen hat, seit sie ganz einfach nicht mehr mit mir schläft, ja, was sich als viel schlimmer herausstellt: keine körperliche Vertrautheit mehr besteht.

Verdammt noch mal: Wie soll ich sie denn jetzt noch umarmen, wie man so was halt macht am Morgen vor dem Frühstück oder so zwischendurch, um sich einander, über alles hinweg, zu versichern, dass man Anteil aneinander nimmt - seitdem diese Signale nicht mal mehr möglich sind ...!!
Ich fühle mich wie vor den Kopf gestoßen.

In der Woche vor meinem Aufschluchzen in der Dusche und meiner Abreise standen mir die Tränen ständig bis oben hin. Eine Formulierung, die ich von Katarina, auf sich bezogen, seit jeher zu hören bekomme. Nur dass sie meine Befindlichkeit überhaupt nie bemerkt hat, oder bemerken wollte, oder konnte. - Ach Scheiße: Sie hat sie nicht bemerkt! So einfach ist das.

Und kaum bin ich weg, allein, und seit Indien bin ich das die meiste Zeit, lebe ich mit dem Schwanz im Hirn! Absolut lächerlicher Zustand, und doch, fast kann ich sagen: erwünscht.

Doppelt lächerlich, weil ich weder die Potenz (mit sechzig Jahren!), noch die Fähigkeit habe, Frauen aufzureißen, hatte ich noch nie.

Die Empfangsdame, die Zimmermädchen, Patientinnen, nichtsahnende Verkäuferinnen - sie alle werden zu Hauptdarstellerinnen in meinen albernen Tagträumen.

Ich gehe durch die Straßen, als Bildungstourist, erblicke mein Spiegelbild in den Schaufenstern und erschrecke über meine Hässlichkeit. Ziehe ich eine Grimasse, oder seh' ich inzwischen wirklich so aus? Und was heißt inzwischen?

Diese desolate Type im Fensterglas ist Wilhelm Merkatz, Arzt geworden, um Menschen zu heilen. Das ist doch das Material, aus dem Sittenstrolche, Kinderficker, Vergewaltiger etc. gestrickt sind!

Wenn die Idee zur materiellen Gewalt wird ... (so heißt es - glaube ich - bei Bloch, bezogen auf den Klassenkampf).

Vor zwei Tagen, also Dienstagabend, in Casale Monferrato:

Ich schlendere nach dem Abendessen, einem Risotto mit dieser Sepiatinte, im Dunkeln nochmals durch die Straßen. In meine Unterkunft trieb es mich nicht, obwohl in Ordnung für 65.000 Lira, mit freundlichem Padrone. Ein Schwerstalkoholiker. Es war 9 Uhr und bereits völlig still in der Stadt. Ich lief noch eine Reihe von Palazzi ab. Diese Backsteinarchitektur aus dem Barock beginnt, mir zu gefallen. Anscheinend sollte sie gar nicht verputzt werden. Diese vielen verschiedenen Formate und Formen der einzelnen Steine, die zu pressen und brennen nötig waren, um die gleitenden Oberflächen der Fassaden möglich zu machen! Das offene

Ziegelwerk macht die hohe Eleganz der Maße, ihre Abstraktheit und Perfektion, eigenartig lebendig.

Auf dem zentralen Platz beim Café Savoyen fiel mir ein Bursche auf. Mit merkwürdig ungelenken, leichten Bewegungen trieb er sich die Wände entlang. Ich stand vor dem Reiterstandbild, er kam über den Platz näher und trollte sich wieder. Ich bog in eine dunkle Straße ein, da tauchte er plötzlich nahe vor mir auf und kreuzte unmittelbar vor mir die Straße. Für eine halbe Sekunde streifte mich sein Blick. Ein verdammt hübsches Gesicht, mit diesem vagen, unsteten Ausdruck von Unerfülltheit der Vierzehnjährigen - alles ist in diesem Alter noch möglich, zum Guten wie zum Schlechten. Noch zweimal kam er mir merkwürdig nahe. Das eine Mal spürte ich sogar seinen Atem hinter mir, bevor er mich überholte, und das andere Mal lief er parallel zu mir auf der anderen Straßenseite, bis er in eine dunkle Gasse abbog, nachdem er mir immer wieder sein Gesicht zugedreht hatte.

Der strich doch um mich herum! Ein Stricher in diesem Provinznest Casale Monferrato! In meinem Hirn begann es, ungut dumpf zu pochen. Irgendwie war ich erregt und ließ mich abwartend auf einer Bank nieder. "Wenn er tatsächlich was will - ich gehe mit ihm und ficke seinen kleinen Arsch!"

Drei Minuten später stand er mit seinen Kumpels auf den Stufen des Reiterstandbildes, ein alter Römer aus dem letzten Jahrhundert. Sie rauchten und unterhielten sich.

Der lüsterne Alte! Jetzt lässt er auch noch den Päderasten raus! Ich fand tatsächlich Gefallen an der Vorstellung, diese hübsche Larve mit meinem Alter und meiner Hässlichkeit zu infizieren. Doch was konnte dieser Junge dafür, dass ich ihn mit meinen schmutzigen Fantasien verfolgte?

Gestern Abend in Alba beim Verlassen des Hotels. Ich wollte noch einen der berühmten Rotweine trinken.

Ich betrat den Lift. Eine Frau war schon drin - ziemlich dick, nein: fett. Wir fuhren zusammen abwärts. Sie lehnte sich, um größtmöglichen Abstand zu mir zu haben, an die Rückwand. Den Kopf zur Seite, den Blick leicht aufwärts, den Körper an die Täfelung gepresst, die Arme suchten Kontakt zur Rückwand - so wartete sie.

Ich musste an den Bericht eines Kollegen denken, dem es gelungen war, eine wildfremde Frau im Lift zwischen Erdgeschoß und fünften Stock zu ficken.

Die Frau ist doch bereit! Sie will leiden ... Ich will mit meinem Schwanz zwischen ihre schwitzigen Schenkel fahren. Ächzen soll sie, die fette Sau, vor Geilheit, wimmern und schluchzen. Am besten, sie gleich mit meinem Messer - meinem Opinel! Es ist zu klein, zu klein! - an die Liftwand nageln. Unten dann aussteigen, den Schwanz gerade noch in der Hose verstaut, und davongehen, um einen Nebbiolo zu trinken, während die Hotelportiers sich aufgeregt schnatternd in den Lift drängen.

Unten angekommen latschte sie vor mir durch die Lobby hinaus, ohne zu ahnen, welcher Gefahr sie entronnen war.

Später in der Weinbar. Riesengetümmel. Ich trinke zu viel: Erst einen Arneis d'Alba, dann einen Roero Rosso, dann ein Wasser, dann einen Barbera d'Alba (hervorragend), dann einen Nebbiolo d'Alba. Dazu wurden ständig Käsehappen, Tiroler Speck, Mortadella, Schinken, belegte Panini und köstliche Grissini gereicht - ohne Aufpreis! Na ja, dafür war der Wein teuer genug.

Die Person, die die Platten belegt, die Gläser trocknet, ab und zu auch einschenkt, trug einen unwilligen Ausdruck vor sich her. Den leicht zurückweichenden Unterkiefer ließ sie etwas hängen. Das gab ihr einen kuhigen Ausdruck. Andererseits beobachtete sie mit erstaunlich wachen Augen während ihrer Verrichtungen das Treiben vorm Tresen. Ihr dunkler lockiger Haarwust stand links und rechts von ihrem riesigen Kopf ab, wurde gerade noch von ihren Ohren am weiteren Vordringen gebremst. Natürlich würde ich sie gerne ficken!

Sie unterschied sich aufs Angenehmste von all den heftig agierenden, feixenden, bis ins Letzte gestylten Italienerinnen. Je mehr die Frauen den Modegesetzen gehorchen, desto unsinnlicher werden sie. Der so geschätzte Hang der Italiener zur Theatralik ist bei diesen Frauen zur Imitation von Reklamefiguren verkommen. Der Gestus nicht mehr Ausdruck von persönlichen Empfindungen. Auch die Gefühle selbst, habe ich den Eindruck, werden nur zitiert. Vor allem die Rolle der leidenschaftlichen Frau scheint sehr beliebt ...

So werde ich zum Dichterling. Der Habenichts erfindet sich, was er nicht hat, schafft Bedeutung, wo keine ist...

Keine Lust mehr, mit gepflegten Formulierungen irgendwelche kleinmeisterlichen Überlegungen ins Reine zu schreiben.

Donnerstag, 27. April, Alba.

In der ehemaligen Dominikanerkirche, einem unbedeutenden, zweckentfremdeten Bau ist der seitliche Chorraum mit einem Trompe-l'œil bemalt: ein Balkon mit barocker Balustrade und Säulen. Witzigerweise ist das sinnestäuschende Bild völlig verblichen und somit entlarvt in seiner zweidimensionalen Realität. Die Zeit rückt alles zurecht.

Ich hatte noch nie Angst vor der Zukunft. Dabei sollte mir vielleicht Sorge machen, wie leicht ich Abschied nehme, alles fahren lasse: Vater, Mutter, jetzt die Frau. Als Nächstes bin ich an der Reihe. Ein kluger Kopf würde sagen: Hinter all dem steckt Angst, die Angst, dem Tier ins Gesicht zu blicken. Soll er's sagen. In irgendeinem Eck sitzt sie, die Verzweiflung - dösend. Irgendwann wird sie ihr Haupt erheben und mich mit ihren tellergroßen Augen anstarren.

Ich erinnere mich: In Frankreich vor zwei Jahren, in Vézelay in der Basilika Sainte Madeleine: Auf einem Kapitell war die Wollust dargestellt - und die Verzweiflung. Ein interessantes Paar: Die Wollust als schöne Frau mit einer Schlange in ihrem Schoß, die Gestalt der Verzweiflung in Raserei schreiend, wie ein Tier mit weit abstehenden, herrlich züngelnden Haarsträhnen, während sie sich ein Schwert in die Seite stieß.

Trostlos die Vorstellung der Verzweiflung ohne Wollust.

Ich sollte noch einen Nebbiolo trinken bei der Mähnenfrau.

Freitag, 28.April, Asti.

Wieder viel Backsteinbarock. Schade, dass die frühgotischen Kirchen alle neugotisch ausgemalt sind - mit albernen silbernen Sternen auf penetrantem Himmelsblau.

Im Duomo theatralische Gethsemanegruppe aus Terrakotta in Lebensgröße: Wie gut es sich schlafen lässt neben den Qualen des Herrn, der immerhin Blut schwitzte!

Die Fähigkeit, sich privat glücklich zu fühlen, während die Welt den Bach hinuntergeht, bzw. die Unfähigkeit, sich als Teil des Ganzen zu empfinden, macht uns Menschen wohl zu erfolgreichen Überlebenskünstlern.

Da steht er, der Ausgestoßene, im Nieselregen unter seinem zerbeulten Knirps fröstelnd, minutenlang und weiß nicht, ob er links oder rechts die Straße hinabgehn soll.

Wenn das die Freiheit ist ...

Steht da und hat Sehnsucht nach den Ritualen seiner Ehe: der Pfiff beim Betreten der Wohnung, die gemeinsamen Einkäufe am Wochenende, sein Abspülen und Putzen, das Nebeneinander auf der Straße. Das hatte womöglich mehr Gewicht als die Liebe. Das hatte seinem Leben Halt gegeben.

Samstagabend, 29.April, Saluzzo.

Strömender Regen. Nur zwei Hotels in Saluzzo. Das erste, eine Betonburg, geschlossen. Also das zweite, hinter dem alten Gasthaus an der Straße, auch dies eine Betonburg.

Der Seniorchef ging mit mir, nachdem er mir meine Sichtbetonklause gezeigt hatte, durch mehrere verwinkelte Gänge, die das neue Gebäude mit dem alten verbinden, nach vorne, um mir den Parkplatz zu zeigen. Wir durchquerten das alte Wirtszimmer.

Im Neonlicht saß in dem kargen Raum ein älterer Mann, nicht älter als ich, den typischen kleinen Strohhut auf dem Kopf, mit dem Rücken an den Tisch gelehnt, die Ellenbogen auf die Tischplatte gestützt, und blickte auf die leere gekalkte Wand ihm gegenüber. Sonst war niemand im Raum.

Er saß da, gleichzeitig graziös und majestätisch, ein Monument des untergegangenen Italiens. Nur ein kurzer Eindruck, während ich, dem Padrone nach, den Raum durchquerte. Eine halbe Stunde später saß der Mann immer noch in derselben Position und missbilligte den Fremden, der mit seinem Koffer durch den Raum ging.

Eine weitere halbe Stunde später war er weg. Doch an dem Tisch mit dunklen, üppig gedrechselten Beinen saß der Koch inmitten seiner Mannschaft und mampfte munter Pasta.

Es wird nichts mehr so sein, wie vorher. Und das ist auch gut so.

Was uns allerdings miteinander noch bevorsteht, weiß ich nicht, möchte ich jetzt auch nicht wissen. Die Kinder sind groß und dieses Mal bin nicht ich der Schuldige ...

Sonntag, 30.April, Saluzzo.

Immer noch regnerisch. Gehe die Altstadt hoch, um den Torre Civica zu besteigen. Türme besteigen - mein neuestes Vergnügen. Merkwürdig, die Alpenkette im Westen zu suchen, und nicht im Süden, wie wir das in Bayern kennen, auch nicht im Norden, wie wir das auf der Rückfahrt aus Italien in der Po-Ebene gewohnt sind. Wir ...

Jedenfalls sind sie nicht zu sehen, verstecken sich hinter Regenwolken.

Anschließend die Kirche San Domenico, frühgotisch. In der ersten Kapelle links, Fresko. Originelle Passionsschilderung, das ganze Halbrund der Apsiswölbung entlang. Die Stationen des Leidens spielen in freundlicher Landschaft, Äcker, Hecken, Bäume, Gärten (Gethsemane), Häuser. Alles umgeben und eingehegt von einer Mauer. Und über allem im Scheitel der Apsis schaut der liebe Gott mit seinem Bart zufrieden dem Treiben und Leiden seines Sohnes zu.

Sehr stimmungsvoller Kreuzgang, nicht totsaniert, eine echte Idylle. In einem angrenzenden Raum über einem Grabmal die Inschrift: Sapientis vita meditatio mortis - Das Leben des Weisen ist Nachdenken über den Tod. Sag ich ja immer!

Anschließend läutete ich an der Casa Cavassa, einem gotischen Palazzo mit Spuren aus der Renaissance, jetzt das städtische Museum. Was Besseres fiel mir hier im Moment nicht ein. Wenigstens trocken. Zusammen mit einer italienischen Familie wurde ich eingelassen.

Ein wirklich schönes Bild: Schutzmantelmadonna von Hans Clemer (nie gehört, spätgotisch). Ihr dunkelblauer

Mantel, von Josef und Petrus an den Zipfeln hochgehalten, schwingt weit von ihrem Körper weg, sodass sich ihre Figur mit ziemlich breiten Hüften und extremer Taille in einem goldenen Gewand sehr betont vor ihm abzeichnet. Sie macht ein Gesicht, das mir sehr gefällt: Wo läuft so was rum - sanft, klug, freundlich und schön?

Immer wieder, wir waren fast alleine im Haus, stieß ich auf die kleine italienische Familie. Die Frau blickte mich einmal sehr verhalten freundlich an. Das Besondere lag im Verhaltenen.

Ja, das Elend der Ehe.

Ihr Mann, stattlich, gut aussehend, besser als ich. Aber was nützt ihr das? Sicher bemühen sich beide, eine gute Ehe zu führen, ihrer Tochter gute, liebevolle Eltern zu sein. Man geht ins Museum, innerlich abwesend. Die Tochter, zehn Jahre, hochgeschossen, blass, depressiv, war sichtlich überfordert im Bemühen, munter zu wirken. Und sie, die Mutter, erkennt mich, spürt meine Situation - und blickt mich verhalten freundlich an, gesteht mir ihre Situation.

Vielleicht hat sie sich auch etwas an meinem Blick erwärmt. Manchmal gibt es das: für Sekunden ein tiefes Verstehen - die gute Frau ...

Ich habe mich getäuscht, von wegen spärlicher Besuch im Betonspeiseschwimmsaal! Ein Mordsbetrieb herrscht da. Gestern bekam ich nachmittags, obwohl zu spät, doch noch was von der Chefin. Abends saß ich schon wieder dort.

In meinem Betonsarg, hellhörig wie er ist, höre ich jetzt die Gesellschaft unten singen und sich amüsieren.

Die Übergangszone vom neuen zum alten Bau ist toll, der reinste Verhau. Im Raum zur Straße hin, früher Café und heute vergammelter Gastraum, sitzen abends die Alten und sehen fern. Irgendwie erfüllen diese Italiener auch die trostlosesten Örtlichkeiten mit Leben. Zum Abschied vorhin musste ich meinen Cappuccino nicht zahlen. Die lässig familiäre Geste der Chefin machte mich sanft für die nächsten Stunden.

Montag, 1. Mai.

Wetter schön. Zum ersten Mal sah ich, wie nahe die Berge sind. Das strahlende Weiß auf ihren Gipfeln schimmerte durch das frische Hellgrün der Alleebäume, während ich den Rand der Alpen entlangfuhr, Richtung Turin.

In Pinerolo, südwestlich von Turin, machte ich Halt und wanderte durch die Gassen der Altstadt den Berg hinauf bis zum höchsten Punkt mit Kirche. Weite Plattform und freier Blick über die Stadt, die Po-Ebene und die Alpen.

Ein sechzehnjähriges Mädchen schlüpfte aus einem ankommenden Auto, sprang ihren Eltern davon, überschwänglich.

Die romanische Kirche war geschlossen. An ihrem Chor aber ist eine kleine Barockkirche angebaut, durch die man in die Basilika kam.

Ich betrat den hellen, luftigen Raum. Die Sonnenstrahlen fielen steil durch die Oberlichter herein und trafen auf viel Gold und munteres Spiegelglas.

Da saß das Mädchen still in der vordersten Bank und blickte zum kleinen Gnadenbild am Altar, einer Maria. Ihr langes, kräftig braunes Haar fiel glatt über ihre Schultern hinab. Es war vollkommen still im Raum. Sicher hatte sie gerade zur Jungfrau gebetet, sie solle ihr den richtigen Mann schicken, der sie ihr Leben lang herzlich liebt, da hat die Tür gequietscht, sie hörte leise Schritte auf dem Marmor. Ihr Gebet ist erhört. Sie wagt nicht, sich umzudrehen. Sie wartet mit angehaltenem Atem, dass der Geliebte sich sanft neben sie setzt, ihre Hand nimmt und ...

Ich ging leise, so leise ich konnte, wieder hinaus. Sie sollte nicht wissen, wer da im Raum stand.

Turin. Es muss ein Feiertag sein. Kein Verkehr, die Straßen wie ausgestorben. Ich landete auf der Piazza San Carlo - leer. Konnte das Auto abstellen, wo ich wollte! Zwei Kehrautos fuhren dröhnend ihre Runden in der Sonne.

Unter den Arkaden ein älterer Mann. Etwas erschöpft stand der massige Typ im Schatten. Seine Fahne hatte er zusammengerollt an die Wand gelehnt. Eine Plastiktüte zu seinen Füßen, löffelte er bedächtig aus einem Nutellaglas.

Er trug eine bestimmte Kluft: Käppi und Halstuch, dazu die Fahne - ein erschöpfter Fan von Juventus Turin, dachte ich. Da erkannte ich auf dem Halstuch das schöne Zeichen - Hammer und Sichel! Es ist erster Mai! Und vor mir im Schatten der letzte Proletarier Turins, übriggeblieben, seiner Nutella hingegeben.

Im Café San Carlo. Ein prachtvolleres ist nicht möglich, mit einem unglaublich voluminösen Muranolüster inmitten von Gold und Spiegeln. Im Nebenraum wird an einem Tisch noch gegessen. Es ist die schläfrige Stunde nach dem Mittagsbetrieb. Ich sitze fast zufrieden versunken in meinen roten Polstern.

Bin ich wirklich so gekränkt? Warum bin ich nicht verzweifelt? Warum denke ich so wenig an Katarina? Behaupte ich die Kränkung nur?

Katarina hat mir einen Tritt gegeben, und ich entferne mich auf gerader Bahn. Endstation unbekannt.

Müde tropfen die Gedanken auf meine Zettel, zu träge, irgendwas zu klären. Sie machen Siesta. Ich kann sie jetzt zu nichts zwingen, will ich auch nicht.

Die Trostlosigkeit, allein zu leben. Ist es trostlos, allein zu leben? Misstrauen gegenüber dem schnellen Verzicht auf Katarina. Ist das nicht ein Reflex, um nicht kämpfen zu müssen? Ist Verzicht Weisheit? Der Verzicht der Frömmler, die keine Ahnung vom Reich der Sinne haben, zählt nicht.

Hier bei einem Cappuccino und einem Dolce sich Gedankenspielen hinzugeben, ist das eine. Als ob ich in der Lage wäre, die Kraft hätte, die gewonnenen Einsichten, die gefassten Beschlüsse dann auch zu leben.

Aus! Schluss mit der Hirnwichserei, mit den Potenzträumen und feinsinnigen Betrachtungen!

Der Augenblick der Wahrheit in Gestalt einer Hure, die wie ein weißer Blitz im Gebüsch stand, hat alles weggeputzt! Da ist nichts mehr. Steppe - Öde!

In fast euphorischer Stimmung hatte ich Turin verlassen. Ich fühle mich ent-lastet.

Schließlich hat Katarina mir als Krankenschwester gekündigt. Sie, die sich auch im größten Streit immer darauf verlassen hatte, dass ich Rücksicht auf sie, ihre Situation und momentane Verfassung nehme - das ist jetzt vorbei. Ein schon fast vergessenes Gefühl von Leichtigkeit.

Der Krampf im Hirn ließ nach. Eine frische Brise umfächelte das geschundene Herz. Das freundliche Spätnachmittagslicht stimmte mich friedlich. Mühelos fand ich durch das Autobahngeschlinge aus der Stadt - Richtung Vercelli. Die Straße wurde schmaler, führte durch eine Auenlandschaft. Nur noch ab und zu kam mir ein Auto entgegen. Hatte ich mich verfahren?

Ich erkundigte mich - tatsächlich: falsche Richtung! Ich fuhr zurück. Am rechten Straßenrand inmitten von Buschwerk stand eine Frau. Auffallend hob sich ihre Gestalt in ihrem weißen Kleid vom frühlingsgrünen Hintergrund ab, und das Weiß des Stoffes von der braunen Haut. Da stand eine Schwarze am Straßenrand!

Ich fuhr weiter, die Erscheinung aber wie eingebrannt auf der Innenseite meiner Hirnschale. Die Materialisierung meiner blödsinnigen Fantasien, die mich die ganze Zeit quälten, sie erschien mir dort im Gestrüpp.

Die Hirnschale glühte. Das Auto wurde von alleine langsamer. Ich kehrte um. Ich musste mich vergewissern. Bestimmt zwei Kilometer fuhr ich zurück.

Sie saß auf einem Campingklappstuhl, hielt ein Sonnenschirmchen wie auf einem Bild von Renoir. Tatsächlich, da saß in koketter Pose eine klassische Hure in den Auen vor Turin am ersten Mai und ging ihrer Arbeit nach.

Ich fuhr erneut vorbei - sicher hatte sie meinen großen Schlitten schon bemerkt -, bog nach einer Kurve in einen kleinen Wiesenweg rechts ein und hielt. Stieg aus und versuchte, mich zu beruhigen. Jawohl, ich war grauenhaft erregt. Natürlich hätte ich umkehren und an ihr vorbei nach Vercelli fahren können. Aber das ging in diesem Moment nicht mehr! Die Stunde der Wahrheit war da!

Hier kannst du ficken, Alter! Da zu kneifen, wäre feige gewesen - unwürdig. Ja, unwürdig! Das hätte mich endgültig zum Schlappschwanz gemacht. Die Selbstachtung verlangte hier die Tat! Moralisch fühlte ich mich frei dazu.

Mein Herz schlug galoppierend. Ich hatte Angst, dass ich es nicht schaffen könnte! Keinen hochkriegen! Aber nein, Ausrede! Wäre ihr doch egal! Schmählicher als das Versagen ist die Flucht!

Ich räumte den Nebensitz frei, Kassetten, Wasserflasche, Obst auf die Rückbank. Ich zwang mich, ruhiger zu atmen. Verdammt, dass das geschehen musste! Gerade noch erschien das Leben mir seit Langem erstmals wieder freundlich.

Ich stieg wieder ins Auto, wendete den Wagen und hätte beinahe einen Blechschaden verursacht. Vielleicht ist ja alles zu teuer?

Ich fuhr langsam zurück, rechts ran. Ich kurbelte das Fenster herunter, sie ließ sich gewaltig Zeit mit dem Aufstehen, schlenderte heran. Sie beugte sich zum Fenster herein. Ihre Lippen waren hell geschminkt, ihr Mund ordinär geschwungen, ihr weißer Fummel an den Rändern abgewetzt und schmuddelig.

50.000 Lira, das eine wie das andere.

Ich wundere mich, wie selbstverständlich ich ihr das Blasen pantomimisch klarmachte: Da saß ich, im beigefarbenen Ledersitz des Cadillacs mit dem Daumen im Mund, ein Daumenlutscher, während sie mich prüfend anblickte. Und wo? Sie deutete auf einen Weg, der ins Gebüsch führte. In den feuchten Lehm hatten Autoreifen frische Spuren gedrückt. Also?

Das Hämmern in Kopf und Herz - eben nicht im Schwanz!, - zog sich mit einem Ruck zusammen zu einem einzigen stechenden Schmerz zwischen Ilium und Sacrum. So läuft das also bei mir!

Ich war entschuldigt! Das wäre kein Kneifen gewesen, das wäre einfach Pech: Die Physis spielt nicht mit. Ich hatte die Wahl: zusehen, dass ich irgendwie da wegkäme, irgendwo haltmachte, versuchte auszusteigen und mich vorsichtig auf einer grünen Wiese erginge. Oder ich bliebe in Starre im Wagen sitzen und wartete, bis der Schmerz es zuließe, mich wieder zu bewegen. Aber das könnte lange dauern.

Aber hatte ich nicht die Serles bestiegen mit fünfzehn! Es war mal wieder so weit. Ein Zurück gab es nicht mehr! Ich musste meinen Mann stehen oder untergehen.

Ich nickte also, öffnete mühsam die Beifahrertür, ließ sie auf den Nebensitz und rollte mit ihr auf den ausgefahrenen Spuren ins Dickicht.

Ich versuchte, ganz schnell eine positive Einstellung zu gewinnen, mich zu ablenken, damit mein Knochengestell sich entzerrte, meinen Nerv wieder freiließ.

Sie erzählte, dass sie aus Nigeria stamme und nicht mehr zurück wollte. Hätte Brüder hier in Italien. Am Abend fahre sie auf ihrem Roller zurück in die Stadt. Sie kann kaum Englisch, etwas mehr Italienisch als ich. Das Kauderwelsch hätte amüsant sein können.

Doch wie lange sollten wir eigentlich noch auf diesem Feldweg dahinschaukeln?, begann es in mir zu grübeln.

War ich in eine Falle geraten? War sie nur der Lockvogel? Würden gleich ihre Brüder aus dem Gebüsch brechen, um mir mein Geld, meinen Ausweis, die Kreditkarten, womöglich das Auto abzunehmen, und mich, der ich mich wegen meines eingeklemmten Nervs nicht mal wehren könnte, zusammenschlagen und im Gras liegen lassen? Mir fielen entsetzliche Berichte ein über die Zustände in Nigeria!

Ich machte pantomimische Andeutungen - "wie weit noch?" Sie deutete ungerührt geradeaus.

Der Weg schlängelte sich auf eine freie Wiesenfläche. Pappeln umstanden ein kleines Feld. Die Radspuren führten zu einem kleinen Unterstand, gerade groß genug für ein Auto. Die schlichte Holzkonstruktion war mit Plastik oben abgedeckt, seitlich mit Schilf und Zweigen verkleidet. Nicht ungut.

Ein Bauer arbeitete friedlich auf dem Feld. Er hob nur kurz den Kopf, als er das dicke Auto kommen sah. Wahrscheinlich hatte er die Hütte gebaut und kassierte dafür Miete.

Es herrschte eine bukolische Stimmung. Wo waren die Schafe, die friedlich grasen?

Die Frau aus Nigeria holte einen Gummi aus ihrem Täschchen. Daran hatte ich überhaupt nicht gedacht. Sollte mir recht sein, sicher ist sicher, obwohl mir das in dem Augenblick egal war.

Ich fuhr den Sitz und die Lehne zurück. Das Lenkrad war im Weg. Die Frau war mit den Umständen vertraut. Sie kauerte sich auf den Nebensitz, machte sich an meiner Hose zu schaffen, ich lehnte mich zurück, versuchte, mir einzureden, dass ich mich unbedingt entspannen müsste, damit mein Kümmerling die nötige Blutzufuhr erhielte. Immerhin war der stechende Schmerz am Steißbein in einen diffusen übergegangen, der sich im unteren Rücken breitmachte.

Ich tastete mit meiner Rechten nach den Arschbacken der Frau, fuhr unter ihr kurzes Kleidchen. Sie hatte keinen Slip an - "professionell ... professionell", tickerte es wohl ein Dutzend Mal in meinem Schädel. Ich fingerte nach ihrer Fotze, aber da war nur ein rundes, trockenes Loch. Nein, das war nicht ihr Arschloch. Mein Zeige- und Mittelfinger stocherten hilflos darin herum.
Da spritzte er auch schon ab, der arme Kerl, kaum hatte er sich aufgerichtet.

Hilflose Versuche von Konversation auf dem Rückweg.

Wie in Trance fuhr ich durch die Auenlandschaft in der Abendsonne. Nach zwei Kilometern stand schon wieder eine Schwarze am Straßenrand, dreihundert Meter weiter noch eine. Es war nicht zu umgehen gewesen! Und ich hatte mich gestellt! Die Frau war zufrieden, ich hatte sie bezahlt. Und ich? Es war kläglich, aber nicht tödlich. Es durchgestanden zu haben mit Ejakulation - nicht gerade ein Ruhmesblatt, aber schon ein halber Erfolg.

Die ersten Reisfelder rückten rechts und links an die Straße, friedlich überglänzt.

Schämte ich mich? - Nicht sehr. Doch von Kilometer zu Kilometer wuchs mein schlechtes Gewissen: das Gelöbnis!

Noch ist es nicht offiziell aufgehoben. Das heißt, ich werde diese Untat Katarina erzählen müssen. Aber hat sie nicht selbst das Gelöbnis aufgehoben durch ihre Forderung nach der Auszeit?

Nach zwanzig Kilometern musste ich anhalten. Die Gewissenskrake schnürte mir schon die Luft ab. Ich holte meinen klebrigen Kümmerling heraus und ließ ihn seinen Wasserstrahl platternd in ein Reisfeld setzen. Half alles nichts, der Druck wurde und wird immer größer.

Wird mein Bericht eine zweite Krise in der Art der ersten heraufbeschwören? Wird wie 1975 wieder dieser Energiesturm in Katarina losbrechen?

Oder im selben Jahr, wir waren mit den Kindern unterwegs nach Griechenland, kurz vor der griechischen Grenze in Mazedonien auf dem Autoput. Als Hass, Qual und Angst im Auto während der Fahrt hochschossen, in ungeschicktes Prügeln und Abwehren übergingen, der Kleinere hinten zu weinen begann, der Größere sich klagend beschwerte, als ich rechts ran fuhr, in einer Ausbuchtung anhielt, Katarina und ich aus dem VW-Bus flüchteten, uns einige Meter auf der mit Müll und Steinen übersäten Fläche entfernten, uns hinter staubigen Büschen den Blicken der Kinder entziehen wollten - wie wir dort standen, in gleißendem Licht und dem Tosen des Verkehrs, keuchend, um übereinander herzufallen, wie genau in diesem Moment der Reifen des gerade vorbeidonnernden Fernlasters platzte, die Gummifetzen wie schwarze Schlangen durch die Luft flogen, und das Fahrzeug schlingernd versuchte, mit kreischenden Bremsen zum Stehen zu kommen - Katarinas unheimliche Maha-Kali-Energie also auch Vierzigtonner ins Schleudern brachte.

Der Knall löste die Spannung und ließ sie in hysterisches Schluchzen verfallen.

Wir beide sind der Ansicht, dass wir ein solches Beben nicht ein zweites Mal durchstehen können.
Also verheimlichen, die klägliche Tat?

Von allen guten Geistern verlassen irrte ich in Vercelli herum. Ein großer Ort, das Zentrum des italienischen Reisanbaues, inmitten der glitzernden Felder, die wie ein überdimensionales Schachbrett die Stadt umgeben. Touristen gibt es hier nicht. Das einzige Hochhaus ist das Hotel, zurzeit fast leer, nur während der Reismesse belegt. Die Palazzi interessieren mich nicht. Die Basilika Sant'Andrea soll bedeutend sein - nicht für mich. Es ist noch hell, mir tun die Beine weh vom Herumirren.

Seit zwei Stunden sitze ich dumpf auf der Bettkante. Aus dem Fenster ist zu sehen, wie trostlos dieses Vercelli ist. Entfernt dringt das Röhren eines Mopeds aus den leeren Straßen herauf.

Beim Zähneputzen zwang mich die Funzel über dem Spiegel näher an den Spiegel. Ich schaue mich an. Das Gesicht verquollen von Mückenstichen. Teigig, ohne Konturen, stumpf, heillos und blöd guckt es mich an. Aus dem Leim gegangen, wie man so sagt.

Ich empfinde eine gewisse Genugtuung. Das ist zumindest die Vorhölle.

Semur-en-Auxois, Café Central, 6. Mai 2000.

... gegenüber auf der Hauswand eine steinerne Sonne mit goldenen Strahlen und darunter der Satz: Sol lucet omnibus.

Ich habe Mühe, die Tränen zurückzuhalten - lehne mich zurück - schließe die Augen und nehme sie beim Wort.

8. KAPITEL

In den nächsten zwei Wochen war Wilhelm nur im fahrenden Wagen zu erreichen. Er blieb deutlich länger als die angekündigten zehn Tage weg. Dr. Schübler, seine Vertretung, machte keine Probleme. Wilhelm schob das Wiedersehen mit Katarina hinaus. Einen sachlich freundlichen Anruf von ihr, wo er denn bliebe, lenkte er ungeschickt ab, was sie nicht sonderlich zu stören schien. Die gewohnten inquisitorischen Fragen wurden nicht gestellt.

Solange er dahinrollte, war das Leben erträglich. Stundenlang fuhr er abends, kleinen Hinweisschildern folgend, in der Gegend herum, um endlich im Finstern vor einem kläglichen Hotel Halt zu machen, sich den Zimmerschlüssel geben zu lassen, die schmale Treppe hochzusteigen und sich ins Bett zu legen, ohne sich im Zimmer umgesehen zu haben.

Die misstrauischen Blicke der Wirte taten ihm gut. Sollten sie ihn doch für einen Drogenboss halten, mit dickem Auto, kleinem Alukoffer und unsteten Augen, der sich abseits der Hauptstraße einquartierte.

Diese Einordnung war erwünscht, wertete Willi auf. Er spürte ein kindisches Bedürfnis, ein Leben im Dunkeln – undercover – zu führen, seine wahre Identität geheim zu halten, den Bürgern in ihren fetten Häusern keine Angriffsfläche zu bieten, um jederzeit aus dem Verborgenen heraus zuschlagen zu können. Er fühlte sich wie in einem alten Schwarz-Weiß-Film. Die Wirklichkeit zog sich von ihm zurück. »Ach wie gut, dass niemand weiß, dass ich Rumpelstilzchen heiß!«

St. Gotthard, Vierwaldstättersee, Zürich, Basel – in Frankreich fand er dann kein Hotel. Er blieb im Dunkeln mit seinem Wagen in einem kleinen Waldstück in den Rheinauen auf einem sumpfigen Weg stehen.

Hier oder anderswo durch die Nacht zu kommen, war ihm einerlei. Es war stockfinster, die Taschenlampe im Kofferraum wahrscheinlich leer. Er musste sein Wasser abschlagen, rutschte auf dem glitschigen Boden fast aus, als er ausstieg. Das taunasse Gras am Wegrand schlug an seine nackten Schenkel. In der Frühe fror er. Er zitterte und versuchte, gleichmütig zu bleiben. Gegen sechs Uhr schreckte ihn ein riesiger Traktor hoch, der nicht an ihm vorbeikam.

Am Abend war er schon in Aix-en-Provence. Dort war es

wärmer. Wilhelm wollte in die Wärme. Er fand ein angenehmes Hotel, das Zimmer ohne Toilette. Das störte ihn nicht. Das Waschbecken war ebenfalls Kummer gewohnt.

Wilhelm hatte seine indische Decke über das Bett gebreitet und folgte darauf ruhend mit leicht glasigem Blick den Bewegungen des extraordinären Hinterteils des Zimmermädchens, wie es sich hob und senkte, während sie das kleine Zimmer reinigte.

Zwei Tage hintereinander saß er im Deux Garçons und blickte durch die Scheiben des Wintergartens auf die Passanten, die draußen auf dem Cours Mirabeau vorbeigingen, jeder von ihnen erfüllt von irgendwelchen Absichten, Plänen, Problemen. Erstaunlicherweise fand nicht mal der Rotwein das übliche Interesse. Ein Glas oder zwei genügten Wilhelm, während er versuchte, sich mit seinen mitgenommenen Büchern abzulenken.

Aber weder »100 Milliarden Sonnen«, noch »Der Ausdruck der Gemütsbewegungen« von Darwin, das er schon lange mit sich herumtrug, konnten ihn länger halten. Nicht einmal »Traurige Tropen« von Lévi-Strauss, auf das er sich schon gefreut hatte, fesselte ihn. Ein paar Informationen über die Stadt im Michelin genügten ihm. Nach zwei Tagen war er jede Straße der Altstadt dreimal gegangen. In einer Aufwallung von Sehnsucht, Generosität und schlechtem Gewissen war er nahe daran für 9.000 Francs ein goldenes Armband aus den Vierzigerjahren zu kaufen, um es Katarina mitzubringen. Stundenlang trieb er sich vor dem kleinen Laden an der Place de Verdun herum, und ließ es dann doch sein. Es war ihm zu teuer. Nein, erkaufen wollte er sich nichts. Soll es dahingehen, wie es gehen muss.

Willi, le fataliste!

Bist du eigentlich nie auf die Idee gekommen, um deine Frau zu kämpfen? Die Auszeit zu deiner Zeit zu machen? Sie zurückzugewinnen?

Nein, weil es kläglich ist, Liebe zu fordern, weil du keinen Menschen zwingen kannst, dich zu lieben.

Aber du weißt doch gar nicht, dass sie dich nicht mehr liebt.

Wieso, sie lässt mich nicht mehr ran!

Wilhelm fuhr in den Norden. Er bedauerte, dass die Rhône nicht in die Nordsee floss, weil er gerne weiter geradeaus in ihrem Tal gefahren wäre, fuhr an Tournus vorbei. Zu Hause hatte er ein eigenes Zimmer, sein Sofa – vielleicht sogar ein Bett?

Kurz meldete er Katarina seine Rückkehr für den folgenden Abend an.

»Cheran und Kavi kommen auch morgen«, sagte sie ohne Leidenschaft in der Stimme.

»Na, umso besser!«, antwortete Wilhelm fröhlich. Richtig, das war so abgesprochen …

9. KAPITEL

»Essen musst du dir aufwärmen. Bin mit Cheran und Kavi unterwegs und zeige ihnen die Stadt.«

Wilhelm schaute lange auf den Zettel, der zwischen den Deckel und die Pfanne mit gedünstetem Gemüse geklemmt war. Er zog ihn heraus. Die Pfanne hatte ihm einen öligen, bogenförmigen Stempel aufgedrückt.

Er ging, ohne eine Notwendigkeit zu spüren, aufs Klo, saß dort mit heruntergelassenen Hosen in nachdenklicher Haltung, bis er endlich vor sich hinmurmelte: »Nein, das ist kein Spuk, der sich einfach so auflöst …«

Wilhelm musste sich eingestehen, dass er gehofft hatte, bei seiner Rückkehr würde wieder alles wie zuvor sein – obwohl er nicht den Begrüßungspfiff gewagt hatte, als er in den Flur trat.

»Nicht mal einen Teller mit Gabel hat sie auf den Tisch gestellt!«

Immerhin war er zwei Wochen weggewesen.

Die ganze Wohnung wirkte unbehaust.

Gut, Wilhelm war es gewohnt aufzuräumen, darauf zu achten, dass die Stühle im richtigen Winkel zum Tisch und die Sessel im richtigen Winkel zueinander standen, dass die Vorhänge im Schlafzimmer angenehme Falten warfen, in der Küche kein ungespültes Geschirr herumstand, auch zuzulassen, dass an den richtigen Stellen das Richtige herumlag. Harmonisch beseelt sollte sein Zuhause, ihr gemeinsames Zuhause, sein.

Beklemmend, um nicht zu sagen: spießig!!

Ich weiß, ich weiß: Begriffe wie Ordnung und Harmonie darf man heutzutage nicht mehr in den Mund nehmen, ohne gleich als Spießer abgetan zu werden.

Kannst du dir vielleicht vorstellen, Willi, dass das, was du als harmonisch empfindest, von deinen Mitmenschen als Diktat empfunden wird?

Es herrschte trotz der vielen Spuren, die Katarina hinterlassen hatte – das Spülbecken übervoll von benutzten Töpfen, das Bett nicht gemacht, auf den Marmorfliesen im Bad Unterwäsche aller Art –, eine merkwürdig ungastliche Öde in den vertrauten Räumen.

Waren die Genien, die Beschützer des Hausstandes, bereits geflüchtet?

Wie Rodins Denker saß er lange ohne Ergebnis auf dem Toilettensitz im dämmerigen Bad. Er fühlte sich schwach. Er hatte nicht mal die Kraft, Katarina anzurufen, um sie von ihren Indern wegzuholen.

Kurz vor ihrer Abreise zur Ayurveda-Kur in Sri Lanka hatte Katarina ein Treffen mit Dr. Cheran im Orion arrangiert.

Es kam eine dieser buntgewürfelten Runden zusammen, die Wilhelm so liebte, weil sie nur in Kovalam möglich waren: Neben ihm und Katarina saß ein deutsches Rentnerehepaar am Tisch. Leute, die Wilhelm außerhalb seiner Praxis eigentlich geflissentlich mied, hier aber suchte er nach anfänglicher Ziererei allabendlich die Unterhaltung mit ihnen. Dann Heinz, der Chefcroupier einer Berliner Spielbank, immer gut drauf und etwas halbseiden. Oder wirkte das nur so, und eigentlich war er auf der Suche nach dem, was sie alle dort suchten, einschließlich Katarina und Wilhelm, nach dem … nach der Erfülltheit?

Dann der Tiroler Kiffer Erwin, ehemals Schreiner, allenthalben als Troublemaker verschrien. Über die Jahre war man sich nähergekommen, hatte das Misstrauen irgendwann fahren lassen und festgestellt, dass über alle Bildungs-, Einkommens-, Klassenschranken hinweg an diesen heißen Abenden am Meer ein freundlicher Umgang möglich war. Wilhelm musste sich regelmäßig eingestehen, dass er seine Mitmenschen unterschätzte und schämte sich genüsslich dafür.

Dann, als seltener Gast, saß noch Balan mit am Tisch, Katarinas und Wilhelms ehemaliger Yogalehrer. In der Zwischenetage des Hotels Neptun hatte Balan früher Yogakurse gegeben, und beide waren eifrige Schüler des sanften Meisters geworden. Er war damals noch jung und zierlich, trug eine dicke Brille mit extrem starken Gläsern auf der Nase, stammte aus Südindien und arbeitete wie seine Kollegen während der Saison an der Küste.

Inzwischen hatte Balan Karriere gemacht. Die Brille war verschwunden. Er hatte ein Vierteljahr gebraucht, berichtete er, um mit sehr speziellen Yogaübungen in Pondicherry die Sehkraft seiner Augen vollkommen wiederherzustellen. Er gab jetzt ziemlich erfolgreich Kurse in Schweden und in der Schweiz. Jedenfalls fuhr er neuerdings ein kleines japanisches Auto, als überwältigenden Beweis seiner wirtschaftlichen Prosperität.

Balan sollte wohl Dr. Cheran zureden, sein Glück ebenfalls in Europa zu versuchen. Katarina hatte wieder einmal eine Idee – selbstverständlich eine zur Selbstrealisierung. Dass sie dabei wie immer auf Wilhelms Unterstützung zählen konnte, war ihr klar.

Ihr Plan war es, Dr. Cheran, der sie von seinen Fähigkeiten überzeugt hatte, zusammen mit seinem Masseur Kavi nach Deutschland zu holen und ihn einzuladen, in der gemeinsamen Wohnung für etwa sechs bis acht Wochen eine Ayurveda-Praxis aufzumachen. Man würde sehen, was sich daraus entwickelt. Katarinas Aufgabe würde die Organisation der Unternehmung sein und die Akquise der esoterisch angehauchten Freundinnen und Frauen aus wohlsituierten Verhältnissen, die sich auf der Suche befanden. Und das war das Gros des weiblichen Geschlechtes zwischen fünfundvierzig und fünfundfünfzig in ihren Kreisen. Wilhelm war von dieser neuen Idee angetan, zumal sie ihm Entlastung versprach. Katarina würde weniger über und durch ihn leben. Sie würde selbst Verantwortung übernehmen, und ihre Ansprüche würden, zum Teil wenigstens, auf Dr. Cheran abgeleitet.

»Yes, that's a good idea of my wife, to come to Germany«, sagte Wilhelm in seinem unsäglichen Englisch, für das er sich, wie er glaubte, in Indien nicht schämen brauchte. Dr. Cheran saß im Sonntagsstaat, riesigen unförmigen Hosen und einem weichgespülten, karierten Hemd, neben Katarina. Sein Kopf rollte zustimmend auf seinen Schultern. Wilhelm wartete darauf, dass der sich irgendwann lösen und von den Schultern auf den Tisch fallen würde. Er selbst war trotz Übens noch immer nicht in der Lage, diese Bewegung der Zustimmung so zu produzieren, dass sie von den Einheimischen verstanden wurde.

Jeder tat an diesem Abend sein Bestes, während die Arabische See leise glucksend an den Strand schlug. Katarina witterte Morgenluft.

Wilhelm stand vom Klo auf.

Hier auf der Schüssel sitzend, ruhig nach vorne gebeugt, die Arme aufgestützt auf die Oberschenkel, im Nachthemd, von den Milchglasscheiben des Fensters in sanftes Licht getaucht, hatte Wilhelm seine Frau immer gern angesehen, wenn er im Vorübergehen in der Frühe durch die halboffene Tür hereinblickte. »So angenehm ruhig konzentriert, wenn sie doch immer so wäre!«, dachte er dann.

Wilhelm ging zurück ins Berliner Zimmer, hob kurz den Deckel der Gemüsepfanne. Der Geruch des kalten gedünsteten Broccolis ekelte ihn. In einer Aufwallung von kindlichem Trotz schlug er den Deckel wieder auf die Pfanne, sodass es schepperte. Wilhelm war flau im Magen. Er wanderte durch die Wohnung, setzte sich kurz an seinen Schreibtisch, blickte trübe zum Fenster hinaus, stand wieder auf, schlurfte von einer großen Müdigkeit befallen ins Schlafzimmer und legte sich aufs Bett.

Draußen vorm Fenster im Ailanthus, dem chinesischen Himmelsbaum, gurrten die Türkentauben. Wilhelm liebte es, vom Bett aus ins Grün zu blicken. Der Himmelsbaum hatte sich nach dem Krieg in Berlin in den Trümmern massenweise breitgemacht, und jenen hier hatte es in diesen schattigen Hinterhof verschlagen.

Wilhelm döste. Die Tauben gurrten. Dreimal klappten noch seine Augenlider, dann fielen sie ihm zu: Wilhelm war zurückgekehrt, lag in seinem Bett und war doch nicht zu Hause – ohne Katarina.

Draußen wurde es dämmrig.

Ihm erschien der Kofferfisch aus Kovalam. Er schwamm unter seiner Decke wie an einer Schnur gezogen oder aufgezogen hin und her, begleitet von einem dünnen, durchdringenden Pfeifton, der wie eine feine Kreissäge in sein Gehirn schnitt. Gleichzeitig fühlte er, wie er schwerer und schwerer wurde, seine Arme, seine Beine wurden zu Blei. Er konnte sie nicht mehr bewegen. So sank er in die Tiefe. Er wurde unendlich schwer, starr. Bald würde auch sein Herz verbleit sein …

»Du hast gar nichts gegessen!«

Katarina stand am Bett.

»Morgen können wir rausfahren und Cheran und Kavi die Gegend zeigen.«

»Ist in Ordnung«, stammelte Wilhelm aufgeschreckt.

»Also, bis morgen.«

Damit nahm sie das zweite Kopfkissen und ging hinaus, um auf dem Sofa zu schlafen. Anscheinend war Katarina während Wilhelms Abwesenheit ins Ehebett zurückgekehrt.

Der Ausflug am nächsten Tag gestaltete sich etwas mühsam. Man hatte beschlossen, zu Wilhelms Bruder Hans in die Uckermark zu fahren, um den Indern den deutschen Wald zu zeigen. Während Wilhelm und sein Bruder sich viel Mühe gaben, den beiden Indern etwas von der Geschichte des Landstriches und seiner Botanik nahezubringen, lief Katarina allein parallel zum Weg durch die Wiesen, was sonst nicht ihre Art war, um zuletzt den Brüdern heftige Vorhaltungen zu machen, den indischen Gästen eine spießige Darbietung gegeben zu haben.

Darauf erwiderte Hans: »Mit Verlaub, wissen denn die beiden überhaupt, was ein Spießer ist?«

Am Montag fuhr Wilhelm in die Praxis. Großes Hallo von Gundula und Evelin. Evelin! Sie sah gar nicht aus, wie er sie in seiner Erinnerung mit sich herumgetragen hatte.

Größere Katastrophen hatte es während seiner Abwesenheit nicht gegeben und Wilhelm bedankte sich überschwänglich bei Dr. Schübler für die Vertretung. Freundlich verwundert verabschiedete dieser sich, und Wilhelm zog wieder seinen weißen Kittel an.

Wenigstens auf diesem Schauplatz seines Lebens keine Probleme, und als sie dann zu dritt in der Besenkammer saßen und Kaffee tranken, als ob nichts geschehen wäre, spürte Wilhelm seit Langem wieder festen Boden unter den Füßen.

»Die zwei Wochen bis zum Urlaub hätten wir jetzt auch ohne dich durchgestanden«, meinte Gundula gutmütig, die unvermeidliche Zigarette im Mundwinkel.

Merkwürdig: Der Drang zum Geständnis seiner Turiner Untat war niedrig.

Katarina wollte nichts über der Reise wissen. Sie ging voll auf in ihren Vorbereitungen für die Eröffnung der Ayurveda-Ambulanz in der Wohnung. Wilhelm war dieser Emanzipationsschub sehr recht. Sie war nicht unfreundlich, wenn sie sich sahen, aber in Gedanken nicht bei ihm. Wenn Wilhelm aus der Praxis kam, war sie nie da. Früher hatte er sich oft gewünscht, erst einmal verschnaufen zu können, nicht sprechen zu müssen.

Katarina verbrachte die sommerlichen Abende mit den Indern auf dem Balkon der zwei Zimmer, die sie für die beiden in der Nähe des Winterfeldtplatzes angemietet hatte. Es gab anscheinend viel zu besprechen.

Währenddessen wanderte Wilhelm wie ein Fremder in der Wohnung herum, bis es völlig dunkel geworden war. Er vermied es, Licht zu machen. Nicht mal den Fernseher stellte er an. Er stellte fest, dass es unter seinen Freunden und Bekannten in Berlin niemanden gab, mit dem er jetzt reden wollte. Seine Söhne kamen nicht in Betracht. Obwohl sie schon erwachsen waren, wollte Wilhelm sie auf keinen Fall ein weiteres Mal in eine Beziehungskrise ihrer Eltern hineinziehen.

Er trottete dann ab und zu an den Ku'damm ins Café Wellenstein. Setzte sich dort an die lange Bar und trank zwei Gläser Rotwein, über dessen Qualität er sich jedes Mal sanft beim Kellner beklagte. Anonym dort zwischen den alten Lebemännern, Halbweltdamen, Touristen und Schauspielern zu sitzen, tat ihm gut.

Katarina dagegen war äußerst aktiv. Das mittlere Zimmer sollte der Behandlungsraum werden. Dazu wurde ein weißer Vorhang quer durch den Raum gespannt. Eine Massageliege wurde aufgestellt. Dafür musste der Tisch mit seiner mächtigen Hartholzplatte weichen, er landete im Wohnzimmer. Stapel von Handtüchern wurden angeschafft. Eines Abends war die Tür zu Wilhelms Arbeitszimmer mit einem Regal voller Essenzen, Ölen, Papierrollen und weiterem undefinierbaren Kram verstellt.

Als sein Sohn Christian ihm Vorhaltungen machte, verteidigte Wilhelm geradezu wütend das Projekt: »Ich kann auch durch den Flur in mein Arbeitszimmer! Wenn es der Sache und Katarina dient, ist es kein Problem für mich, meine eigenen Bedürfnisse für die einige Zeit hintanzustellen!«

Allmählich durchzogen die ihm wohlbekannten Gerüche die Wohnung. Dazu erklangen Sitarklänge und endlose Ragas zur Einstimmung der Patienten in die Ayurveda-Welt. Die Kassetten hatte Katarina aus Kovalam mitgebracht.

In der Spüle, auf der Arbeitsplatte, dem Esstisch und der Anrichte türmten sich, wenn er abends aus der Praxis kam, Töpfe und Tiegel, halbleergegessene Teller, bräunlich ausgekochte Kräuterbüschel, offene Flaschen und Fläschchen, die ihm bei Berührung an der Hand kleben blieben. Um sich ein Brot zu schmieren, musste Willi erst ein Messer von fettiger Salbe befreien, und die Butter war zu Ghee, der indischen Variante, umgearbeitet. Käse und Wurst gab es nicht mehr. Wenigstens Honig war noch da.

Wilhelm zeigte weiterhin Großmut. Das fiel ihm selbst auf dem für ihn heiklen Terrain der Küchenordnung nicht allzu schwer.

»Solange nichts zerbricht, ist die Ordnung jederzeit wieder herstellbar«, dachte er.

Und schließlich mussten diese bitteren Abkochungen, diese Sude, die die Menschen innerlich reinigen würden, ja irgendwo hergestellt werden.

An einem praxisfreien Mittwoch schlief er aus, schlurfte in sein Arbeitszimmer – vom Flur aus, versteht sich –, um in seinem Kosmos-Schmetterlingsführer einen mottenähnlichen kleinen Nachtfalter, den er tot auf dem Fensterbrett im Schlafzimmer gefunden hatte, zu bestimmen. Dort saß eine Kundin auf seinem Stuhl an seinem Schreibtisch, Tee trinkend, und blickte erstaunt auf, als er in seinem japanischen Morgenmantel durch die Tür kam.

Sein besonderer Zustand ließ ihn alles, auch dass sein Arbeitszimmer jetzt zum Wartezimmer umgewidmet war, mit vollkommenem Gleichmut hinnehmen. Milde grinsend wie ein Erleuchteter zog er sich wieder auf den Flur zurück und schnippte das Insekt unbestimmt auf den Kelim.

Und gearbeitet wurde! Kavi massierte nach den Anweisungen seines Chefs, während dieser diagnostizierte. Wilhelm konnte ihn durch die Tür die Rezeptformeln in Sanskrit aufsagen hören.

Wilhelm spülte alles ab und kochte für die Truppe, einschließlich Katarina, die den ganzen Tag, allem Anschein nach mit Erfolg, telefonierte, Spaghetti pomodoro. Zögerlich, höflich aßen die Inder davon. Spaghetti waren ihnen aus Kovalam als Touristennahrung bekannt. Und prompt musste sich der Brahmane übergeben. Da gab es Vorwürfe von Katarina, dass er – unsensibel – den südindischen Stoffwechsel der beiden nicht berücksichtigt habe.

»Mittwoch ist schließlich nur ein Tag in der Woche«, sagte sich Wilhelm und wich in das Wellenstein aus.

Nach Sprechstundenende raffte er, nun nicht mehr hastig, alles zusammen, um schnell nach Charlottenburg zu kommen. Im Gegenteil: Er arbeitete in Ruhe noch Verwaltungskram auf, trank dabei ein oder zwei Gläser Rotwein und überlegte nebenbei, ob er nicht für die nächste Zeit in die Besenkammer ziehen sollte.

Besenkammer nannten sie das kleine Zimmer mit dem Fenster zum Lichtschacht und einem Klappbett neben dem Kaffeetisch, dem Putzschrank und dem Regal mit den Pharmaproben. Evelin ertappte ihn, als er mit seinem Weinglas dort versonnen stand und das hochgeklappte Bett betrachtete.

»Wollen sie hier einziehen?« Unglaublich, wie diese Person immer so direkt sagte, was sie dachte! Wilhelm war wieder einmal verblüfft über das feine Sensorium, über das die Frauen anscheinend verfügten, wenn es um die Zwischenbereiche zwischen Hirn und Herz geht.

Natürlich wusste sie längst Bescheid. Es war schließlich nicht das erste Mal, dass es im Hause Merkatz kriselte.

»Ich mag das gar nicht, wenn Sie so still sind«, meinte Evelin.

»Da geht's Ihnen anders als meiner Frau – also bis vor Kurzem«, antwortete Wilhelm mit leicht schiefem Grinsen und machte ihr plötzlich den Vorschlag, noch was trinken zu gehen.

»Hallo, was ist jetzt los?«, staunte Evelin übermäßig. »Was wird denn Ihre Frau dazu sagen?«

»Kein Problem!«, meinte Wilhelm und schob die Frau aus der Besenkammer in den Flur.

Im Würgeengel hinter dem Sozialpalast am Kottbusser Tor war es sehr laut, voll und dunkel.

»Ich hab gedacht, schummerig ist besser. Da sehn Sie meine Falten nicht so!«

»Was soll denn das jetzt?«, erwiderte Wilhelm. »Die kenn' ich doch. Ich durfte sogar mehr oder weniger ihre Entstehung miterleben, sie teilweise auch verursachen.«

»Richtig, so lange kennt man sich!«

Evelin legte für einen Moment ihre Hand auf seinen Handrücken. Wilhelm war überrascht.

Die Frau ihm gegenüber sah schon ziemlich verbraucht aus, fand er wieder. Ihre Augen aber schimmerten – oder lag das an den blöden Kerzen auf dem Tisch? Sie hatte die ruppige Herzlichkeit, mit der sie die Praxis schmiss, abgelegt. Saß da, groß und freundlich, fast etwas schüchtern. Wilhelm wunderte sich, dass er sie so wenig kannte. Aber wie auch? Außer an den paar Abenden, an denen sie mit Gundula bei Katarina und ihm zum Essen eingeladen war, hatte er sie nie privat erlebt, und auch da war sie ganz die Sprechstundenhilfe geblieben: Nach Katarinas Geschmack etwas zu laut, zu munter, zu aufmerksam.

Wilhelm spürte die Wärme, die von ihr ausging, auf seiner Haut. Nein, das war nicht die Kerze! Seine hochgezogenen Augenbrauen sanken herab, die Lider krochen sich entspannend über seine Augäpfel. Sein Kopf wurde wohlig schwer, er musste ihn auf den Arm stützen. So saß er und betrachtete schläfrig die Frau.

Er hatte kein Bedürfnis, sich bei ihr über seine Frau zu beschweren. Er genoss es, ganz gegen seine Art, wenig zu sagen und der sich ihm so unerwartet neu präsentierenden Person das Reden zu überlassen. Sie erzählte von ihrem Freund Udo. Damit hatte sie bislang vollkommen hinter dem Busch gehalten. Seine Existenz war dunkel bekannt. Gesehen hatte ihn bisher niemand.

Evelin schilderte einen hektischen Typen, musisch begabt, einen Filmemacher, der seinen letzten Kurzfilm vor zehn Jahren gemacht hatte. Ein origineller Vogel, mit ständigen Überraschungen, auch für sie, der sie nicht zu Wort kommen lasse. So habe sie nach der Arbeit noch nicht den letzten Treppenabsatz zum vierten Stock schweratmend hinter sich, da reiße er bereits die Wohnungstüre auf und empfange sie mit einem Wortschwall, welche neue geniale Idee zum Gelderwerb er heute gehabt habe. Zu allem und jedem müsse er einen Kommentar abgeben.

Es kam Wilhelm so vor, als spreche sie von ihm. So ihm ähnlich kam ihm dieser Udo vor. Er spürte ihre innere Erschöpfung und versuchte, ihr klarzumachen, dass sie zu gereizt auf Udo reagiere, wenn dieser zum Beispiel, ohne sie zu fragen, ein Fahrrad für sie gekauft habe.

»Wahrscheinlich fickt er sie täglich und gut«, überlegte Wilhelm.

»Aber ich will nicht jammern! Das hatte ich überhaupt nicht vor.«

»Ich höre dir sehr gerne zu.«

Wilhelm war klar, dass dieser schlichte Satz immer gut ankommt.

»Ja, Sie können gut zuhören. Zu Hause bin ich verstummt.«

»Au, das kenn ich«, rutschte es Wilhelm heraus, »das sagt die Meine auch!«

»Nein, Sie spüren es, wenn es genug ist mit dem Gesabbel.«

Wilhelm ergriff ihre Hand und sagte: »Evelin, ich glaube, dein Udo ist ziemlich in Ordnung.«

»Das ist echt nett von Ihnen, dass Sie ihn so verteidigen.«

»Du kennst mich eben nicht«, flachste Wilhelm und ergriff ihre andere Hand.

Wilhelm ließ sich gerne als freundlichen Menschen feiern und wusste doch, dass seine vielgepriesene Freundlichkeit zur Hälfte Schwäche war.

»Normalerweise rede ich gar nicht über mich«, fuhr Evelin fort und lächelte trübsinnig.

»Du erzählst sehr schön.« Und das war ehrlich. Wilhelm gefiel, wie Evelin sich ausdrückte. Sie formulierte sehr treffend, ohne Gehässigkeit und oft mit einem wehmütigen, weichen Unterton voller Humor.

Ihre Stimme floss wie Honig in seine Ohren. War das der Weißkittel aus seiner Praxis?

Sie tranken nicht wenig, und als Wilhelm sie durch das Gewühl nach draußen bugsierte, half er mit seiner Hand auf ihrer rechten Gesäßbacke nach.

»Das muss jetzt sein«, sagte er angetrunken.

Und sie antwortete: »Ist schon in Ordnung«, und Wilhelm glaubte zu spüren, dass ihr Hinterteil die Berührung schätzte.

Auf der Straße regnete es heftig. Sie sprangen schnell in Wilhelms Wagen und fuhren durch die nassglänzende Stadt.

Ein heftiger Donner ließ Evelin heftig zusammenzucken.

»Selten, so ein Gewitter mitten in der Nacht und mitten in der Stadt«, freute sich Wilhelm. Doch Evelin hatte sich auf dem Sitz weit nach vorne geschoben. Die Knie tief im Fußraum hielt sie sich mit den Händen fest die Ohren zu und starrte nach vorn.

Und dann?

Und dann hat sie mir mit kläglicher, bebender Stimme, – jawohl, bebend! – erklärt, dass sie eine Gewitterphobie habe. So was, habe ich gedacht, jetzt hatte diese resolute, stattliche Person ein Knallsyndrom. Ich wusste im Moment nicht, ob ich das auf der positiven oder negativen Seite verbuchen sollte.

Und dann hast du gedacht, du musst sie beschützen …

Blitz!

Der nächste Donnerschlag krachte ziemlich nahe. Evelin schluchzte auf und rutschte noch tiefer. Wilhelm ergriff ihre

Hand und versuchte, ihr gut zuzureden, dass sie sich in einem Faraday'schen Käfig befänden, dass das alles doch ganz ungefährlich und aufregend sei: ein Sommer-Mitternachts-Gewitter.

Rumms!

Jetzt begann Evelin, leise zu weinen. Wilhelm streichelte ihr dichtes Haar. Nach dem nächsten Blitz zählte er laut die Sekunden bis zum Donner: »einundzwanzig – zweiundzwanzig – dreiundzwanzig – drei Sekunden! Das heißt, das Gewitter ist schon tausend Meter weg!«

Evelin versuchte zu lächeln: »Aber das weiß ich doch alles. Es hilft aber nichts.«

Langsam entfernte sich das Gewitter. Wilhelm startete wieder den Motor und fuhr Evelin in die Lausitzer Straße. Vor ihrem Haus hielt er unter den triefenden Linden, die das Wasser in schweren Güssen auf das Autodach klatschen ließen. So saßen sie noch eine Minute. Wilhelm betrachtete Evelin. Ihr Haar hatte sich während des Gewitters leicht gekräuselt und hing in gedrehten Flechten vor ihrem Gesicht.

Wilhelm: »Hast du noch Angst? Ist dein Udo zu Hause?«

Evelin: »Der ist in Klagenfurt, bei seiner Verwandtschaft.«

Unregelmäßig pochend fielen die dicken Tropfen von den Zweigen auf das Autodach.

Wilhelm kramte unter seinem Sitz nach dem Knirps.

»Ich bring dich zur Tür.«

»Nicht nötig. Ich bring dir den Schirm am Montag mit in die Praxis.«

Richtig, es war Wochenende.

Evelin setzte sich auf, nahm den Schirm, und Wilhelm überlegte, ob er sie küssen sollte.

Beide lächelten, und Wilhelm gefiel es, ihr den üblichen Wangenkuss zu geben. Sie öffnete die Wagentür, spannte den Schirm auf und hievte sich aus dem Sitz. Wilhelm ließ das Fenster herunter, um besser zu sehen, wie die mächtige Frau, den winzigen Schirm an sich gepresst, durch den Regen eilig über das Trottoir trippelte – stramme Waden, der Rock verschoben –, um die Haustüre zu erreichen. Sie wühlte kurz in ihrer Handtasche, und bevor sie den Schlüssel ins Schloss steckte, winkte sie Wilhelm noch einmal zu.

Als er am nächsten Morgen die Wohnungstür in der Gervinusstraße öffnete, begrüßte ihn Katarina und bemerkte gar nicht, dass er nicht zu Hause geschlafen hatte. Dr. Cheran steckte den Kopf aus dem Behandlungsraum und forderte frische Handtücher. Sie war beschäftigt.

Die Nacht hatte Wilhelm friedlich auf dem Klappbett in der Besenkammer verbracht. Evelins flehendes Gewitterphobie-Gesicht stand vor ihm, bis es mit dem Einschlafen zerrann.

Beim Hochklappen des Bettes am Morgen war ein Flyer aus der Matratze gerutscht, auf dem ein Fortbildungsseminar in München angeboten wurde, und zwar schon ab dem nächsten Montag – für eine Woche. Auf der Fahrt in die Gervinusstraße hatte er sich entschlossen, auf gut Glück zu versuchen, daran ohne Anmeldung teilzunehmen. Es ging um Stoffwechsel, und der ist schließlich hochinteressant, fand Wilhelm.

Da dürfe er die rasante Entwicklung der Forschung nicht verschlafen, erklärte er Katarina seinen plötzlichen Plan.

»Wie, du fährst schon wieder weg? Und wer macht die Praxis? Können wir uns das leisten, dass du so wenig arbeitest?«

»Seit der blödsinnigen Reform verdiene ich im letzten Quartal sowieso fast nichts, wie du weißt. Da arbeite ich doch eh nur aus reiner Menschenfreundlichkeit, und das kann Gundula übernehmen. Hat sie mir schon angeboten!«

Kavi balancierte vom Herd aus dem Berliner Zimmer eine Schale mit heißem Öl vorüber – das sah riskant aus – und versuchte, mit dem Ellenbogen die Klinke zum Behandlungsraum herunter zu drücken.

»Please, Ma'am!« Dabei ließ er einen breiten Streifen der bräunlichen Essenz an der Türe hinablaufen. Katarina eilte hinzu, öffnete die Tür.

Mit den Worten: »Wir sprechen später weiter ...«, verschwand sie im Behandlungsraum.

»Rollt bitte den Karabach zusammen«, rief ihr Wilhelm nach. Er meinte den Kelim mit den großen Rosen auf schwarzem Grund, den sie mal in Budapest ertrödelt hatten.

»Ja, ja!«, klang es leicht gereizt durch die Türe.

Wilhelm stand da und sah dem Öl zu, wie es auf dem weißen Lack der Tür hinablief. Es kostete ihn einige Anstrengung, ihm seinen Lauf zu lassen, es nicht wegzuwischen.

Gundula war am Telefon erstaunt: »Nein, ich habe kein Problem wegen der Patienten. Du wirkst nur so rastlos. Ist alles in Ordnung?«

»Du bist wirklich ein Schatz. Mach dir keine Sorgen. Nach dem Seminar geht alles weiter wie gehabt, und ich kann dir noch was Neues über den Stoffwechsel erzählen!«

»Ja, da bin ich allerdings wahnsinnig gespannt.« Und sie lachte in ihrer besonderen, tief glucksenden Art.

10. KAPITEL

Und wieder fuhr Wilhelm die Avus hinab Richtung Süden, und wieder hörte er den dunkel grollenden Goyeneche sein »Vuelvo al sur« zelebrieren.

Und doch war es anders als vor vier Wochen. Inzwischen hatte sich dieser Schwebezustand, diese Zeit zwischen den Zeiten, normalisiert. Was ihn noch vor einem Monat große Gefühlsanstrengungen gekostet hatte, ging jetzt ohne größere Erregung seinen Gang.

Er hatte sich nicht einmal richtig von Katarina verabschiedet. Natürlich war er weiterhin gekränkt, so wenig wahrgenommen zu werden. Die beiden Inder saßen auch weiterhin abends lieber mit seiner Frau auf dem Balkon, als sich mit ihm zu unterhalten. Dabei hätte es doch genügend Stoff gegeben. Schließlich war er Mediziner und offen allen ganzheitlichen Ansätzen gegenüber!

Ayurveda, das ist die heilige Weisheit (veda) vom langen

Leben (ayus). Das interessierte ihn alles – und nicht nur, weil es aus Indien kam. Und warum eigentlich sollten nicht auch die Inder vom Europäer etwas lernen?

Er beschloss, Katarina anzurufen.

»Du hättest dich wenigstens verabschieden können! Nicht mal das Öl an der Türe hast du weggewischt! Und vergiss nicht, in der Isabellastraße nach dem Rechten zu sehen. Dort müsste der Balkon gereinigt werden – die Hausverwaltung hat sich schon beschwert!«

Immerhin, sie hatte ihn doch wahrgenommen, empfand Wilhelm mit Genugtuung.

»Also, ich bleibe weg, bis dein Praxisbetrieb in der Wohnung vorbei ist. Ich störe da nur.«

Katarina musste unterbrechen. Ein Kunde rief sie. Das war es also.

Das wäre vor einem Monat noch nicht denkbar gewesen.

Da hatte sich etwas verschoben! Das, was beiden so wichtig war, war weg! Und schon taten beide so, als ob es nie anders gewesen wäre!

»Das ist doch nun wirklich ein Fortschritt«, stellte Wilhelm für sich fest.

Gleichzeitig hatte er das Gefühl, nicht drinnen und nicht draußen zu sein. Ein Leben zwischen Tür und Angel. »So kann es nicht bleiben. Die Tür schlägt irgendwann zu. Da bin ich sicher.«

Wilhelm fuhr dahin und dachte darüber nach, wie sehr sich der Mensch verändern könne.

»In Ordnung«, dachte Wilhelm, »also keine Umarmungen mehr am Morgen, aber auch kein Ölabwischen! Schluss mit den Ritualen!«

Da war er schon hinter dem Fläming. Die nächsten vierhundert Kilometer aber kreiste Evelin in seinem Kopf. Er konnte es nicht verhindern. Sie drängte sich geradezu schamlos in ihn, von oben nach unten. Schließlich rief er sie an.

»Praxis Dr. Merkatz und Gundula Hauschild, bitte!?«

Wilhelm: »Was ist mit meinem Knirps?«

Pause, dann ein erstaunlich leises Lachen. »Der liegt hier. Aber so dringend scheinen Sie ihn ja nicht zu brauchen.«

Pause.

»Im Juli sind heftige Gewitter angesagt!«

»Wirklich? Wollen Sie mir Angst machen?«

»Du solltest jemanden haben, der dir die Hand dann hält.«

»Hab ich, meine Schwester. Ich fahr nach Würzburg, sie besuchen. Gleich morgen.«

»Was macht Udo?«

»Hat'n Projekt.«

Ja, jetzt war vieles plötzlich möglich. Nicht drinnen – nicht draußen. Die Türe halb offen oder halb zu?

Wilhelm wohnte bei Claudia und Martin in Schwabing, gleich hinter dem Schwabinger Krankenhaus. Sie staunten, dass Wilhelm sich schon wieder im Süden der Republik herumtrieb. Hörten freundlich seinen Bericht an und waren froh, dass es ihnen nicht so ging wie ihm, dass ihr Leben ruhig dahinging, auch wenn Claudias Neugier an allem, was die Inder betraf, deutlich zu spüren war. Wilhelm beneidete sie um ihr ruhiges Leben, und gleichzeitig brüstete er sich vor ihnen mit seinem momentanen »Geworfensein«.

Noch in das Seminar zu rutschen, war kein Problem. Zu seiner großen Überraschung stieß er dort auf Heinrich Felber, einen Freund aus Nürnberger Tagen, als sie gemeinsam das Abitur gemacht hatten. Ein paar Jahre waren sie unzertrennlich gewesen. Heinrich war damals schon erfüllt von der »Weisheit des Ostens«, lange vor der Hippie-Bewegung und der folgenden Esoterikwelle. Er hatte nach dem Abitur versucht, von Genua aus als blinder Passagier auf einem Frachter nach Indien zu reisen. In Alexandria wurde er geschnappt und zurückgeschickt. Während der Studentenbewegung hatten sich dann ihre Wege getrennt. Heinrich empfand die Gesellschaftslehre und das Menschenbild von Marx als zu kurz gegriffen.

Wilhelm hatte ihn immer für seine Intelligenz bewundert und dafür, mit welcher Konsequenz er das, was er für sich erkannt hatte, auch lebte. Da sah sich Wilhelm ganz anders. Allein schon, wie seine Frau über sein Leben bestimmte. Das hätte sein Freund nie mit sich machen lassen. Er lebte allerdings allein. Ohne Frau oder Frauen zu leben, das war eine Möglichkeit. Wilhelm hatte oft darüber nachgedacht, wie die Sache mit den Frauen am besten zu händeln wäre, war aber zu dem Schluss gekommen, dass das nichts für ihn wäre.

Heinrich war kein Arzt, er war Religionsphilosoph und lebte in äußerst bescheidenen Verhältnissen. Er war ein unverbesserlicher Idealist, das heißt, bei ihm bestimmte das Bewusstsein das Sein. Wilhelm amüsierte sein Bericht über die Gymnastik, die er sich verschrieben habe, da er doch die meiste Zeit sitzend in der Bibliothek verbringe. Um seinen kleinen Bauchansatz unter Kontrolle zu halten, kräftige er seine Schultern, um daran, so sein Konzept, seinen Bauch besser aufhängen zu können und ihn so am weiteren Hervortreten zu hindern.

»Also den Bauch, den Sitz der Gefühle, hängst du an deinen Kopf?«

»Warum nicht?«

In seiner Suche nach Erkenntnis hatte sich Heinrich, ohne zu bezahlen, in dieses Seminar geschwindelt. Er wollte den Stoffwechsel besser verstehen, um sich weiter an die Seele heranzuarbeiten, an das, was uns im »Innersten zusammenhält«. So war er!

Wilhelm bereitete es großes Vergnügen, seinen verehrten Freund wiederzutreffen, und er hatte den Eindruck, dass auch Heinrich sich freute. Er erschien Wilhelm noch genauso gekleidet wie 1973, als sie sich das letzte Mal getroffen hatten: dasselbe Colombo-Mäntelchen, dasselbe karierte Hemd, dieselbe beigefarbene Gabardin-Hose.

Sie gingen in ein Café, und es dauerte nicht lange, da berichtete Wilhelm über seine Ehe.

Heinrich kannte Katarina so lange wie Wilhelm. Eine Zeitlang war es nicht klar gewesen, wer von ihnen beiden das Rennen bei Katarina machen würde. Zu dritt waren sie durch die Kneipen Schwabings gezogen.

Zwischendurch bat Heinrich mit sanfter Stimme die Bedienung, die Musik abzustellen, was auf völlige Verständnislosigkeit stieß, da es doch nur Hintergrundmusik sei, die man kaum höre. Ja, das sei es ja gerade, vertiefte er seine Bitte. Jedenfalls blieb sie an. So machte Heinrich den Vorschlag, doch lieber im nahegelegenen Englischen Garten spazieren zu gehen.

Offensichtlich genoss Heinrich es trotz der vorbeijagenden Inline-Skater und der Trupps von Joggern, die sie keuchend überholten, von Wilhelm mit den Banalitäten und der Exotik des bürgerlichen Lebens traktiert zu werden. Offenbar hatte er die leise Sehnsucht, an der Hand des Freundes aus seiner selbstgewählten dünnen Gipfelluft des Geistes für einen Moment herabzusteigen in die bunten, stickigen Gefilde des gewöhnlichen Lebens.

Sie saßen auf einer Bank. Die Schilderung der Ayurveda-Klinik in der Gervinusstraße, von Wilhelm farbig vorgestellt, ließ ihn derart lachen, dass er mit dem Oberkörper seitlich auf die Bank sank und stöhnend nach Luft rang.

Als er mit rotem Kopf wieder hochkam, fragte er: »Jetzt sag mal, hat denn Katarina was mit dem Inder? Betrügt sie dich?«

»Ach, was verstehst denn du davon, mein Philosoph«, dachte Wilhelm und antwortete laut lachend: »Ach nie! Mit dem Inder?! Katarina doch nicht! – Dass ich sie betrüge, betrügen könnte, ist das Generalthema unserer Ehe! Was glaubst du, welche finsteren Täler ich schon deswegen durchwandern musste. Sie würde so was nicht tun. Ja, ich kann dir sagen: Manchmal hätte es mich sogar entlastet, wenn auch sie mich mal betrogen hätte!«

Zwei Stunden später kauerte Wilhelm auf dem Balkon der Wohnung in der Isabellastraße 19, dritter Stock, und war damit beschäftigt, die faustdicke Schicht Taubendreck vom Boden in einen Plastiksack zu kratzen.

In dieser kleinen Mietwohnung hatten Wilhelms Söhne Christian und Sascha während ihres Studiums einige Jahre gewohnt. Für Münchener Verhältnisse war sie ungewöhnlich günstig, weshalb Familie Merkatz beschlossen hatte, sie nicht aufzugeben, um noch einen Fuß im freundlichen München zu haben. Zurzeit allerdings war sie untervermietet – an eine gewisse Frau Meise. Wilhelm hatte sich den Schlüssel bei ihr im Büro abgeholt.

»Ich weiß nicht, aber warum trifft es immer mich, bin ich dazu verdammt, den Dreck der anderen wegzuräumen …«, grummelte er vor sich hin.

Da läutete das Handy. Nach einigem Suchen fand er es in der Küche, wo er es zwischen allerlei Kram mitten auf dem Esstisch platziert hatte. Niesend, die Hände weiß gepudert, hielt er es sich mit zwei Fingern ans Ohr.

Es war Katarina.

»Ja?«

»Wo bist du?«

An der klagenden Stimme merkte Wilhelm, dass es um etwas Besonderes ging.

»Ich stehe mitten in der Taubenscheiße. Knöcheltief steht hier der Dreck! Kein Wunder, dass sich die Hausverwaltung bei uns gemeldet hat. Und wer macht ihn weg? Ich natürlich!«

»Hast du einen Moment Zeit! – Ich muss mit dir reden«, kam es gequält von Katarina.

»Was ist denn? Sag schon!«

»Na ja …, wie geht es denn weiter mit uns?«

»Wie soll es schon weitergehen? Wenn es so bleibt zwischen uns, werde ich mir ein kleines Zimmer nehmen in Berlin, wenn ich zurück bin.«

Wilhelm kam sich ungewohnt resolut vor. Er hörte, wie Katarina am anderen Ende der Leitung schluchzte – aber es gab ja gar keine Leitung mehr! Katarinas Schluchzen war elektronisch zerlegt, in den Äther zu einem Satelliten geschickt und von dort zurück, im Hörer wieder in menschliche Töne umgewandelt, an Wilhelms Ohr gesendet worden.

Plötzlich fragte Wilhelm: »Sag mal, fickst du den Inder!?«

Katarinas Antwort war kurz und klar: »Ja.«

Da sagte Wilhelm: »Spinnst du?!! – Und ich klemm mir seit fünfundzwanzig Jahren den Schwanz ab!«

– Und: »Mich hast du für immer verloren!«

Und, nach einer kleinen Pause: »Wirtschaftlich brauchst du dir keine Sorgen zu machen.«

Dann legte er auf.

Wilhelm legte sein Handy auf die Töpfe zurück und ging wieder auf den Balkon, kratzte konzentriert weiter den Taubendreck vom Boden und füllte ihn in den blauen Plastiksack. Als er damit fertig war, schüttelte er den weißgrauen Staub aus Hose, Jacke und Haaren, verließ die Wohnung, ging die Treppe hinunter in den Hof, warf den Müllsack in die Tonne, den Wohnungsschlüssel in den Briefkasten und ging hinaus auf die Isabellastraße. Es schien die milde Nachmittagssonne.

Auf die Nachricht, dass seine Frau mit einem anderen schläft, ihn womöglich liebt, hatten Wilhelms Körper, Geist und Seele reflexartig ein Notprogramm aktiviert: Es hatte ihn daran gehindert, direkt zu reagieren.

Seine Seele empfand im Moment noch nicht die Tiefe der Kränkung, aber auch noch nicht den Eishauch der Freiheit. Seine Gliedmaßen zitterten nicht. Sein Verstand hatte gemeldet: »Nicht vergessen, den Schlüssel in den Meisenkasten zu schmeißen! Nicht vergessen, den Schlüssel ...«

Obwohl Wilhelm seine drei Sätze nicht vorher zurechtgelegt hatte, waren sie ihm wie vorgefertigte Statements entfahren. »Entfahren«, ja, das war das richtige Wort.

Während er die Georgenstraße entlang zur Leopoldstraße ging, wunderte er sich über diese Sätze. Das mit der ökonomischen Sicherheit hatte Wilhelm, allerdings für den umgekehrten Fall, nämlich dass er Katarina betrügen und sie verlassen würde, bisweilen überlegt. Er wollte nicht so kleinlich dastehen, wie viele seiner Geschlechtsgenossen.

In Höhe der Münchener Freiheit begann sich der paralyseartige Zustand, in dem er sich befand, langsam aufzulösen. Der Nebel der letzten Wochen war zerstoben. Die Welt klarte auf. Der Blick weitete sich.

Wilhelm sah deutlich eine unendliche Ebene vor sich. Fröstelnd blieb er kurz stehen. Da stand der kleine Willi mit seinen Einsneunundsechzig auf dieser endlos weiten Fläche. Da war nichts, soweit das Auge reichte. Er stand und konnte nicht weiter.

Kurz bevor er in Panik ausbrach, schoben die kleinen Heerscharen, die zu seinem Schutze in ihm tätig waren – die Endorphine, Botenstoffe, Hormone –, unter großer Anstrengung aus der Tiefe seiner Bauchhöhle das Bild von Evelin empor.

Er musste zu Evelin!

Das ist nicht dein Ernst!

Wilhelm kann sich nicht mehr erinnern, wie Claudia und Martin in der Kurvenalstraße auf seine Nachricht reagierten. Die Eindrücke der Außenwelt standen unter der strengen Zensur seines Innenlebens

Er rief kurz Heinrich an.

»In einem halben Jahr seid ihr wieder zusammen. Das wird in eurem langen Eheleben eine Episode bleiben«, meinte der mit einem aufmunternden Lachen.

»Das glaube ich nicht«, antwortete Wilhelm.

»Also bis morgen beim Stoffwechsel!«, wollte sich Heinrich verabschieden.

»Nein, ich muss weg! Ich kann nicht mehr kommen. Du musst mir alles, wenn wir uns wiedersehn, erklären. Wie damals im Gymnasium!« Das Programm in Wilhelm arbeitete bewunderungswürdig, vertiefte in der drohenden Situation bereits feinfühlig den neu geknüpften Kontakt.

»Fährst du mit dem Auto?«

»Ja.«

»Das ist schlecht. Ich wurde mal ohnmächtig vor Eifersucht.«

»Du?«

»Ja, vor langer Zeit.«

»Zum Glück bin ich robuster.«

Den Abend verbrachte Wilhelm in aufgekratzter Stimmung mit Martin und Claudia. Beim Rotwein definierte er seinen Zustand bereits als ambivalent, ohne ihn dergestalt zu fühlen: Also als Getroffener und Verletzter durch, aber auch als Befreiter von der Ehefrau.

Doch in der Nacht setzte sich der Alb auf die Brust von Wilhelm. Nahm ihm den Schlaf und auch den Verstand. Wilhelm pendelte leise, um die Freunde nicht zu stören, anderthalb Dutzend Mal zwischen Bett und Toilette hin und her. Seine Blase wollte sich ununterbrochen entleeren.

In der Frühe, er hatte bereits seinen Koffer zum Auto geschleppt, bekam er einen Schwächeanfall, wurde käseweiß und wollte sich dennoch nicht davon abbringen lassen, sich auf die Autobahn zu begeben.

»Im Sitzen geht's mir besser«, begründete er sein Vorhaben und musste sich an der Tür festhalten.

Da nahm ihn Claudia und führte ihn wie ein Kind zurück zum Bett.

»In einer Stunde darfst du los, aber nicht früher!«

Sie legte ihn aufs Bett, und Wilhelm zog sich gehorsam die

Hosen wieder aus. Sie deckte ihn zu, und so blieb er auf dem Rücken eine Stunde liegen. Dann stand er auf, verabschiedete sich ein zweites Mal mit vielen Entschuldigungen für seine Unpässlichkeit, öffnete die Wagentür und bekam einen plötzlichen Krampf im rechten Bein. So heftig, dass es ihm unmöglich war, sich hinter das Steuer zu setzen. Steif wie ein Holzbein stand es von ihm ab.

»Du solltest wirklich nicht fahren«, meinte Claudia.

Martin pflichtete ihr bei.

Der Krampf ließ nach. Wilhelm klemmte sich hinter das Lenkrad und ließ den Motor an.

»Wenn er wiederkommt, der Krampf, dann hat er den Bleifußeffekt. Du verstehst, der Bleifuß auf dem Gaspedal!«

Claudia und Martin verstanden nicht, wovon Wilhelm sprach, doch der polterte den Bordstein hinunter und entschwand um die nächste Straßenecke.

So saß Wilhelm also wieder im fahrenden Wagen. Diesmal ohne Musik.

»Nur nicht ankommen«, dachte er. Ständig wurde er angeblinkt, die Überholspur nicht zu blockieren.

»Bitte sehr, bitte sehr!« Er drängelte sich nach rechts zwischen das rollende Blech, nur um im nächsten Moment den Wagen mechanisch wieder nach links zu ziehen. Alle seine Sinne waren ausgerichtet auf die Frau in Würzburg. In seinem Hirn pulste nur der Wunsch, sie zu sehen. Punkt dreizehn Uhr fuhr er Würzburg Ost ab, hinunter in die Stadt.

Er hatte nicht angerufen, um die Fahrt auf keinen Fall infrage zu stellen. Jetzt war er hier, höchstens tausend Meter von ihr entfernt – »und die werden zu überwinden sein«, summte es in seinem Schädel.

Schwierig, sich in diesem Kaff zurechtzufinden! Er fuhr zwei Runden durch die engen Einbahnstraßen, bis er einen Platz zum Halten fand und sein Handy, das vom Sitz gerutscht war, hervorfingern konnte.

Evelin antwortete sofort, sehr erstaunt, aber nicht unwillig. Wilhelm glaubte, ihre Freude zu spüren. Gierig sog sein Herz ihre Worte auf. Er täuschte sich nicht: Sie freute sich.

Klar, da ist sie mitten im Urlaub und freut sich, dass ihr Chef sie anruft. Was soll sie denn sagen?

Nein, ehrlich: Sie hat sich wirklich gefreut. Insgeheim war sie doch schon lange in mich verschossen.

Einbildung ist auch Bildung.

Du wirst schon sehen!

Evelin war mit ihrer Schwester und zwei Nichten unterwegs beim Einkaufen. Sie wohnten etwas außerhalb, in Randersacker. »Kennst du nicht? Musst du kennenlernen!«

Wilhelm hört die Schwester im Hintergrund lachen. »Gut, ich bringe Kuchen mit.«

So hatte Wilhelm sich das nicht vorgestellt, aber es half nichts: Die Schwierigkeiten mussten aus dem Weg geräumt werden.

Er suchte einen Parkplatz, lief von dort wieder ins Zentrum, kaufte einen Käse-Mohn-Kuchen, lief wieder zurück zum

Wagen. Der Wagen war weg. Auf dem nächsten Polizeirevier erfuhr er, dass sein Wagen abgeschleppt wurde. »Warum?« Stand mit den Hinterrädern in der angrenzenden Grünanlage. Umwelt! Wilhelm hatte zum Glück seine Papiere dabei. Er zahlte, bekam die Quittung über 140 Mark, ließ sich die Adresse des Abstellplatzes geben, verließ das Revier, suchte ein Taxi, wollte gerade einsteigen, da rannte er zurück ins Revier. Sein Käse-Mohn-Kuchen war inzwischen sichergestellt. »Der wäre nicht verdorben«, lachten die Beamten. Wilhelm lachte nicht, nahm seinen Kuchen, rief ein neues Taxi und landete nach komplizierten Kreuz- und Querfahrten auf der Sammelstelle, zahlte dem Taxifahrer 38 Mark …

Wie alt bist du?
Was meinst du?

Da stand er mit seinem Kuchen und suchte unter der Menge buntblinkendem Metall seinen staubigen Cadillac. Er fand ihn, stieg ein. Mindestens zweimal kam er an dem unseligen Parkplatz in der Innenstadt vorbei, bis er auf der Straße nach Randersacker war. Rechts floss der Main.

»Jetzt ist der Kaffee kalt!«, begrüßte Evelin ihn in der Wohnungstür.

Mit seinem dämlichen Kuchen kam sich Wilhelm vor wie ein Konfirmand, der guten Eindruck zu machen hatte. Sich einzufügen in die Familienidylle, in der Evelin ihren Urlaub verbrachte, so etwas war Wilhelm nicht gewohnt. Das drückte seine Brust für die nächste Stunde zusammen wie ein Korsett.

Die Familie Weyer wohnte im Parterre eines Mietshauses am Hang des Ortes. Sie lebte dort seit der Erbauung des Hauses in den Achtzigerjahren.

Evelin nahm Wilhelm den Kuchen ab und führte ihn durch den dunklen engen Flur, in dem sich auf Schränken Kartons, Koffer, ausrangierte Spielsachen bis zur Decke stapelten, in das Wohnzimmer, das Nest einer Hamsterfamilie. Die Wände über und über bestückt mit Hängeregalen voller Krimskrams, die spärlichen Flächen dazwischen voll gerahmter Kinderbilder. Mehrere Sofas mit übergeworfenen bunten Decken zwangen den Eintretenden, sich niederzulassen, um nicht im Weg zu stehen.

»Wir haben den Moment zum Umziehen verpasst!«, rief lachend Renate, Evelins ältere Schwester, von der kleinen Veranda herein. Etwas aus dem Leim gegangen, mit dichtem Wuschelhaar bat sie, sitzen bleiben zu dürfen, als Wilhelm zu ihr an den gedeckten Tisch unter einer üppigen Geißblattlaube trat, da sie es an den Bandscheiben habe.

»Wir können sie nicht auslichten, weil eine Amsel darin brütet«, reagierte sie auf den erstaunten Blick Wilhelms in das Gestrüpp über ihm. »Noch dazu liebt sie es, ihr Geschäft auf den Tisch hier zu platzieren.«

Evelin machte in der Küche frischen Kaffee, schnitt den Kuchen auf, und Wilhelm saß mit Renate in der kleinen Wildnis. Ohne Aufgeregtheit unterhielt sie sich mit Wilhelm, hielt die rechte Balance zwischen Anteilnahme und Neugier: Man konnte nicht anders, als sich hier wohlzufühlen. Ab und zu erschien eine der blonden Töchter, fragte nach etwas, bekam Antwort und verschwand wieder.

»Ein Hort des Friedens«, ging es Wilhelm durch den Kopf.

Evelin kam zurück. Sie saßen, tranken Kaffee und aßen Kuchen und blickten auf das nächste Mietshaus etwas unterhalb, ebenfalls am Hang, und darüber hinweg auf die gegenüberliegende Höhe des Main-Tales. Der Verkehrslärm der Uferstraße dröhnte herauf.

»Gleich kommt Jörg«, bemerkte Evelin. Jörg, Lehrer und Mann von Renate.

»Dort drüben auf dem Plateau«, plauderte Renate munter, »auf der anderen Mainseite, wo jetzt die Autobahn gebaut ist, wollten die Amerikaner nach '45 Würzburg neu gründen, weil das alte von den Engländern so zerbombt war, dass sie einen Wiederaufbau für sinnlos hielten. Doch da sind ihnen die Würzburger Trümmerfrauen zuvorgekommen. Wie die Ameisen den zerstörten Haufen emsig wieder aufbauen, ohne Überlegung, so hatten diese Frauen aus dem Schutt Würzburg schon 1947 weitgehend wieder hingebaut: an der alten Stelle.«

»Allerdings entschieden hässlicher, als vorher«, konnte Wilhelm es sich nicht verkneifen, einzuwerfen.

»Das war nicht das Problem dieser Leute«, erwiderte Renate lächelnd.

Evelin sagte fast nichts. Ging es ihr wie ihm? Empfand sie dieselbe Beklommenheit?

Was hatte er sich eingebildet? Er kannte Evelin doch gar nicht!

Was gab ihm das Recht, sich hier reinzudrängen? Er würde sich jetzt den Mund abwischen, vom Tisch aufstehen und wegfahren. Er spürte, wie das Blut aus seinem Kopf wich, hatte Angst, beim Aufstehen umzukippen. Das hätte noch gefehlt!

Da langte Evelin leicht auf seine Hand und fragte: »Chef, gehen wir noch ein bisschen? Ich zeige Ihnen Randersacker, wenn Sie Lust haben.«

Schnell stimmte Wilhelm zu.

An der Wohnungstür begegnete ihnen Jörg mit Rucksack auf den Schultern und zwei Lidl-Tüten in den Händen. Er kam von der Schule, hatte schnell noch eingekauft. Sein Fahrrad lehnte an der Außentreppe zum Hauseingang.

»Schade«, meinte er, »ich hatte mich schon gefreut, mit Ihnen Silvaner zu trinken.« Dabei schlug er mit der Hand auf seinen Rucksack, anscheinend voller Schülerhefte. »Warten Sie! Sie müssen wenigstens e Fläschle Silvaner vom Pfülben mitnehmen!« Er legte eilig alles ab und verschwand in der Küche.

»Pfülben?«, wiederholte Wilhelm.

»Ja, der Pfülben, das ist der Hügel gleich hinterm Haus. Die beste Lage hier in der Gegend, besser als der Würzburger Stein, behaupte ich«, tönte es aus der Küche. »Trinken Sie ihn auf unser Wohl! Aber erst kaltstellen – nicht vergessen!« Damit drückte er Wilhelm die Flasche in die Hand, dann wurde er von Renate gerufen. »Ade!«, rief er und eilte nach hinten in die Tiefe der Grotte. Und während Evelin die Tür schloss, hörte Wilhelm noch, wie Jörg die Töchter zum Auspacken der Tüten abkommandierte.

Wilhelm wollte Randersacker von oben sehen. Sie fuhren eine schmale asphaltierte Straße in engen Kurven den Hang hinauf. Rechts und links standen dicht die Weinstöcke. An einer Ausweichstelle hielten sie an. Evelin hängte sich bei Wilhelm ein, und so gingen sie weiter bergauf. Der Asphalt brach ab, und der Weg wurde steinig. Sie gingen still.

Wilhelm hätte den Rest seines Lebens so weitergehen mögen. Doch da lag die Anhöhe bereits vor ihnen. Schnaufend setzten sie sich auf eine gemauerte Böschung am Wegrand.

Von der Spätnachmittagssonne mild überglänzt lag das Maintal unter ihnen. Nur gedämpft drangen die Geräusche herauf. Direkt hinter ihnen saß eine Goldammer auf einem Zaunpfosten und ließ ihr eintöniges Tzitzitzitzitzitzitzi vernehmen. Die Aussicht auf die spitzgiebeligen roten Dächer des Ortes zu ihren Füßen, die ordentlichen Weinberge zu ihrer Rechten und das schimmernde Band des Flusses schienen Wilhelm wie dem Bild eines deutschen Romantikers entsprungen. Selbst die Autos waren merkwürdigerweise nicht zu sehen. Wilhelms Abgleiten ins Assoziative wurde durch Evelin unterbrochen. Sie nestelte Zigarettenpapier mit Tabak hervor und fabrizierte zu Wilhelms größtem Erstaunen routiniert einen perfekten Joint. Den Shit dazu verwahrte sie in einem silbrigen Pillendöschen.

»Seit wann kiffst du denn?«

»Na hören Sie mal, schon immer! Aber nicht während der Arbeit!«, antwortete sie unbekümmert. Sie rauchte konzentriert paffend die Tüte an und reichte sie Wilhelm.

Der tat es ihr gleich und musste als langjähriger Nichtraucher prompt erst einmal kräftig husten. »Ein raubeiniger Stoff, den du da hast!«, krächzte er, um Lässigkeit bemüht.

Evelin lächelte freundlich ironisch und blickte ihn an.

Nachdem er ein zweites Mal inhaliert hatte, ließ er sich auf den Rücken in die Magerwiese sinken – und wartete. Sie schwiegen, und Wilhelm war das geradezu eine Lust. Nach dem dritten Zug spürte er ein sanftes Strömen in seinen Adern. Er blickte in den Himmel. Golden überstrahlt spannte der sich immer weiter über ihm. Kleine Wolken standen weißlich-gelb, friedlich im hellen Blau. So lange schon hatte er nicht mehr gekifft! Und wie damals immer rührte sich auch jetzt seine Kundalini-Schlange schläfrig in seinem Becken.

»Wo ist denn jetzt der Pfülben?«, fragte er und musste grinsen, wie langsam sich das seltsame Wort aus seinem Munde schälte.

»Sie liegen darauf«, antwortete Evelin.

»Du auch!«

Und mit einer entschlossenen Bewegung zog er die Frau zu sich herunter ins Gras und küsste sie. Sie richtete sich auf und blickte mit schmalen Augen nachdenklich freundlich ins Tal hinaus. Der Joint war aufgeraucht.

Sie gingen zurück zum Auto. Das lag schon im Schatten. Sie lehnte sich an den hinteren Kotflügel, ihr Gesicht von den letzten Strahlen der Sonne bestrahlt.

»Noch einen?«, und sie griff in ihre Leinenjacke nach Tabak, Blättchen und Shit. Sie sah ihn an und ließ die Hand in der

Jackentasche. Wilhelm verstand. Er umarmte sie, drückte sie fest gegen das Autoblech. Sie schlang ihre Arme um ihn und küsste ihn.

Und für einen Moment gab es kein Vorher und Nachher.

Wilhelm gelang es, mit seiner Rechten von oben in ihre Hose zu fahren und schnell den Bauch hinab, sie zum Zeichen seiner Absichten zwischen ihre Beine an ihren pelzigen Hügel zu pressen. Evelin entzog sich seiner Hand, aber doch um die halbe Sekunde zu spät, die ihm ihr Einverständnis signalisierte. Zwei bergan wandernde Touristen zwangen die beiden auseinander.

Wilhelm war fast erleichtert, weil es ihn nach allem, was an diesem Tag geschehen war, womöglich überfordert hätte, Evelin jetzt und hier zu vögeln.

Langsam fuhren sie die vielen Kurven hinab nach Randersacker. Dank des Stoffes erschien das Rollen im Wagen Wilhelm wie ein seliges Abwärtsgleiten.

»Kann ich dich morgen sehen?«

»Wenn, dann abends. Ich hab' Renate versprochen, ihr nachmittags im Garten zu helfen, wegen ihrer Bandscheiben.«

»Dann abends. Wo? Was essen?«

»Treffen wir uns im Juliusspital.«

»Einem Krankenhaus?«

»Nee, das ist ein großes Weinlokal. Das kennt jeder. Was machst du den ganzen Tag?«

»Schnell vorbei. Um 19 Uhr?«

Evelin blickte ihn eine Sekunde an, lächelnd und voll Verwunderung, bevor sie die Haustür aufschloss und im Hausflur verschwand.

Wilhelm hätte auch drei Tage auf sie gewartet und ungeduldig jede Minute gezählt.

Er setzte sich in seinen Wagen und saß dort noch leicht angeturnt eine gute Stunde. Er versuchte, Ordnung in seinen Kopf zu kriegen. Sicher hatte Evelin alles sofort kapiert. Sicher war ihr klar, dass Wilhelms Frau sich mit dem Inder eingelassen hatte. Deswegen ihre Vorsicht.

Klar, sie weiß auch, dass du nur einen Lückenbüßer suchst, dass du dich an deiner Frau rächen willst.

Womöglich beides: Rache an Katarina und Liebe zu Evelin!

Mhm … Verstehe … Und Evelin? Sie ist nicht nur liiert, sie ist auch deine Angestellte.

Ach, Quatsch! Ich habe nur Angst, dass Evelin merkt, dass ich mit dem Mut der Verzweiflung um sie kämpfe … Aber sie kann mir nicht entkommen! Das schwör' ich dir. Meine Sinne sind in höchster Alarmstufe. Alles, was mir zur Verfügung steht, physisch, psychisch ist auf sie fokussiert. Es gibt kein Zurück im Moment. Ob das Liebe, Geilheit, Rache, Panik ist: mir egal!

Wilhelm blickte auf. Inzwischen war es dämmrig draußen. Er startete den Motor und fuhr in der Gegend herum. Er hatte keine Lust, einen Gasthof zu suchen. Die Enge eines Zimmers, die Bettvorleger, die Duschmatte und Ähnliches würde er heute schlecht ertragen. Irgendwann landete er wieder oben, auf halber

Höhe in einem Weinberg. Neben einer gemauerten Winzerhütte konnte er parken. Wilhelm holte eine Decke aus dem Kofferraum und legte sich, so gut es ging, auf die Rückbank.

Das war ein heftiger Tag. Mit einem leichten Grinsen über seinen Zustand und das Leben ganz allgemein schlief er tatsächlich ein. Da war es noch nicht einmal 22 Uhr.

11. KAPITEL

Vielleicht hätte man die Stadt doch aufgeben sollen, überlegte Wilhelm, als er am nächsten Morgen fröstelnd durch die schmalen Straßen von Würzburg lief. Die Fünfzigerjahre-Häuschen standen in ihrer Hässlichkeit alle an denselben Stellen, an denen vor dem Krieg ihre mittelalterlichen und barocken Vorgänger gestanden hatten. Inzwischen waren sie schon zweimal modernisiert worden. Schöner waren sie dadurch nicht geworden, fand Wilhelm. Er lief alle wiedererrichteten Sehenswürdigkeiten ab. Konnte sich auf nichts konzentrieren. Seine Unruhe trieb ihn zur Veste Marienberg hinauf. Er löste eine Eintrittskarte fürs Mainfränkische Museum mit all den Riemenschneider-Madonnen, -Adams und -Evas. Und war nach zehn Minuten wieder draußen, um Evelin anzurufen. Es meldete sich die Mailbox. Zweimal schnaufte er. Dann legte er auf.

Der Tag wollte nicht vergehen. Wieder und wieder griff er nach seinem Handy und steckte es wieder weg. Er gab sich viel Mühe, ein angenehmes Hotel zu finden. Da durfte jetzt nicht gespart werden.

»Und was ist, wenn Evelin nicht mitgeht, sondern sich nach dem Essen verabschiedet – zurück in die schwesterliche Höhle? Dann war diese Investition umsonst! Es lebe das Risiko!« Er entschied sich für das größere der beiden Zimmer. Als er den Preis hörte, war er sicher, die beste Unterkunft in ganz Würzburg für diese Nacht zu bezahlen. Das Ungewisse an dieser Aktion hob seine Stimmung.

Es fing zu nieseln an. Er nahm einen Hotelschirm und verließ sein trockenes, mit Barockmöbeln garniertes Kabinett, um weiter in der Stadt herumzulaufen. Am besten bergauf! Also nochmals über den Main. Auf der Brücke zog es knochenerweichend. Den Stationsweg mit den vielen sanften Stufen hoch zum Käppele. In den Pavillons auf den kleinen Plätzen quälten nahezu menschengroße Figuren wie in einer erstarrten Pantomime den Heiland oder halfen ihm in seiner Qual. Eine charmante Inszenierung des Leidens.

»So geht's auch«, kommentierte Wilhelm etwas atemlos die Szenen.

Da klingelte das Handy. Wilhelm musste nach ihm suchen und fand es zunächst nicht in seinen Manteltaschen. Dann erkannte Wilhelm auf dem Display, dass es Katarina war, die ihn hatte sprechen wollen. Keine Nachricht! Umso besser!

Oben in der Wallfahrtskirche überkam Wilhelm inmitten der

unzähligen Votivbilder und Opfergaben im schummerigen Mirakelgang Beklommenheit. Er floh ins Freie.

Trüb verhangen lag die Stadt unter ihm. Er ging die Treppen wieder hinunter, vorbei an dem hübschen Figurentheater der Qual und der Tortur. »Zumindest friert ihr nicht!«, grüßte Wilhelm die Figuren. Am Main entlang, über die alte Brücke wieder zurück in der Stadt landete Wilhelm fußlahm in einem dunklen Winkel hinter dem Dom am Grab von Walther von der Vogelweide. Wilhelm musste sich setzen. Die Bänke waren nass. Er wischte kurz darüber und ließ sich auf der äußersten Planke nieder. Wie bei einer Beerdigung stand eine Gruppe von Touristen mit Regenschirmen um den Steinsarg.

»Begraben zwölfhundertdreißig hier im Lusamgärtchen«, tönte der Fremdenführer, da klingelte Wilhelms Handy erneut.

Und wieder fuhr der Ton, obwohl doch zart, Wilhelm mitten ins Herz und riss ihn hoch.

Irritiert durch den plötzlichen Sprung des gerade noch so erschöpft dasitzenden älteren Mannes blickte sich die Trauergemeinde geschlossen zu Wilhelm um. Der suchte Schutz hinter einem der zierlichen Säulenpaare des romanischen Bogenganges, der den kleinen Hof gegenüber dem Chor der Neumünsterkirche abschließt.

Ein Griff und er hatte das Gerät am Ohr!

Es war Evelin! Sie hatte vergessen, ihr Handy mitzunehmen. Die Gartenarbeit hatten sie wegen der Nässe abgebrochen. Sie dusche jetzt und freue sich auf das Essen mit ihm.

»In einer Stunde?«

»Ja, in sechzig Minuten«, japste Wilhelm und ging unter den strengen Blicken der Touristen möglichst gelassen durch das kleine Tor wieder hinaus auf die Straße.

Im Hotel angekommen stampfte Wilhelm schnaufend die Treppe hoch in sein Zimmer, riss die Tagesdecke vom Bett, verstaute sie zerknüllt im Schrank. Das Zimmer sollte nicht so unbewohnt wirken. Er warf sich aufs Bett, um noch fünfzehn Minuten auszuruhen, und starrte zur Decke. Fünf Minuten hielt er durch. Dann stand er auf und hielt es plötzlich für wichtig, heiß zu duschen, um einer möglichen Influenza vorzubeugen.

Das Hotel lag in der Neubaugasse, im südlichen Teil der Altstadt. Das Juliusspital an der Juliuspromenade Ecke Klinikstraße am nördlichen Rand der Altstadt. Nun hatte Wilhelm es furchtbar eilig. Mit nassen Haaren lief er im Sturmschritt durch die Stadt. 18 Uhr 45 stand er vor dem Eingang in der Klinikstraße. Groß stand in Stein gemeißelt darüber: Für Arme, Kranke, Presshafte und Alte.

Die Tür war verschlossen. Spital? Klinikstraße? Links herum um die Ecke! Da war offen. Er trat ein und befand sich tatsächlich im Krankenhaus.

»Der Eingang ins Lokal? Übernächste Ecke links!«

Und siehe da, halb Würzburg saß dort in einem riesigen Gewölbe, trank Wein und unterhielt sich in ungeheuerer Lautstärke, dass es von den bemalten Decken widerhallte. Das dröhnende Gelächter erschreckte Wilhelm. In jeder anderen Situation hätte sich Wilhelm mit Vergnügen ins Gewirr gestürzt. Jetzt machte ihm das angetrunkene Volk Angst. Er fühlte sich unsicher, nicht dazugehörig. Wie sollte er hier intime Gespräche führen, wo er jedes Wort brüllen musste? Er kehrte um zum Ausgang – und stand Evelin gegenüber.

»Ich wollte Sie, ähm du, dich, nicht warten lassen ...«, sagte sie. Dann bemerkte sie Willis Beklommenheit. »Bisschen laut hier, oder? Ja, so ist das hier. Sollen wir woanders hin?«

»Ich weiß nicht ...«

»Woanders ist es auch nicht anders, nur enger und bieder still. Komm!« Sie griff nach Wilhelms Arm und nahm ihn mit sich. »Wir ziehen erstmal einen durch!«

»Gute Idee«, stammelte Wilhelm und ließ sich nach draußen führen.

Sie stellten sich unter einen Torbogen, und Evelin klebte und befüllte den Joint.

Da bemerkte Wilhelm erst, dass sie geschminkt war mit zu roten Lippen und ein tief ausgeschnittenes Oberteil unter ihrer Kostümjacke trug, das ihre Brüste halb sehen ließ.

Wilhelm fand Evelin in der ihm gewohnten Aufmachung schöner. Gleichzeitig machte ihn stolz, dass sie sich, doch wohl für ihn, etwas vulgär zurechtgemacht hatte.

Dazu glänzte ein leichter Schweißfilm auf ihrem Gesicht, weil sie sich anscheinend beeilt hatte, und ihre Haare hatten sich in der Luftfeuchtigkeit kräuselig eingedreht, was Wilhelm gefiel.

Sie gingen rauchend den halben Kilometer bis zur berühmten Residenz. Die Wolkendecke war aufgerissen. Sonnenstrahlen ließen den Sandstein unter dem schwarz glänzenden Schieferdach golden aufscheinen. Die vielen Fenster blitzten. Wilhelm durchliefen wohlige Schauer. Er stand neben der Frau und blickte stumm, mit weit geöffneten Pupillen auf das Schauspiel, das die Abendsonne ihm bot.

Evelin legte einen Arm um seine Schulter. »Ich hab jetzt einen Bärenhunger!«, sagte sie und führte Wilhelm zurück ins Gewühl des Juliusspitals. Sie fanden Platz an einem kleinen Tisch in einer Nische neben einer riesigen Weinpresse, und Wilhelm konnte nicht verstehen, welches Problem er hier noch vor einer Stunde gehabt hatte.

Sie redeten viel. Unwichtiges. Sie lachten und tranken den hauseigenen Silvaner vom Stein. Eine Flasche – und dann die nächste, und unterschieden sich nicht wesentlich von ihren zechenden Mitmenschen. Bald triefte Evelins Kinn vom Fett des Schäufele. Das hielt sie aber nicht ab, weiter ihren Fleischbrocken zu bearbeiten, faserige Klumpen aufzuspießen und sich in den Mund zu stopfen.

Wilhelm stellte sich vor, wie er ihr das Gesicht sauberleckte … So beugte er sich über die Tischplatte und küsste sie zumindest auf ihren rotverschmierten, glänzenden Mund.

»Sünde macht das Leben erst schön«, schnaufte sie, »ohne Sünde keine Freude!« – und meinte damit … Ja, was meinte sie damit? Wilhelm langte unter der Tischplatte hindurch auf ihr Knie und schob seine Hand höher und höher, ihr Schenkel wollte kein Ende nehmen, herrlich wundersame, bekiffte Wahrnehmung! Endlich kam er mit der Hand nicht weiter, da lag er mit seinem Gesicht fast in den Kartoffeln auf seinem Teller. Er zog seine Hand den weiten Weg zurück, griff nach seiner Serviette, hob sie hoch und feixte: »Da ist sie ja!«

Und sie: »Was'n Glück!«

Kein hoher Gedanke drängte sich störend zwischen sie. Da war die zweite Flasche leer.

»Ich will dich ficken.«

Wilhelm wunderte sich, wie leicht er diese Worte aussprach.

Und Evelin antwortete: »Ich weiß«, und es klang nach Einverständnis.

Evelin war etwas größer als Willi, aber es war für ihn nichts Neues, dass er der Kleinere war. So war es ganz natürlich, dass er seinen Arm um ihre Hüfte legte, als sie ins Freie traten und in Richtung Hotel gingen. Um keine feierliche Stimmung aufkommen zu lassen, plapperte Evelin von Gott und der Welt, vor allem von ihrer Schwester. Dass Renate das Gras wachsen höre und dass sie deshalb Wilhelm heute bereits habe abfahren lassen und für diesen Abend eine Ausrede erfunden habe, die Renate zwar nicht unbedingt glaube, die aber den Anschein aufrecht erhalte.

»Welchen Anschein?«, fragte Wilhelm.

»Na, dass ich mich nicht mit fremden Männern einlasse.«

Sie würde ihre Schwester, die sie sehr liebe, nie zur Mitwisserin von Heimlichkeiten machen.

»Welche Ausrede hast du denn erfunden?«

»Ach, ich gehe heute Abend in ein Rockkonzert im Kulturspeicher, und dort habe ich dann, falls ich spät nach Hause kommen sollte, zufällig einen Musiker aus Berlin wiedergetroffen.

Ich kann gut lügen, bin eine Meisterin im Lügen!« Beim zweiten Satz hatte sie Wilhelm eng an sich gezogen, um in sein Ohr zu flüstern.

»Wirklich?«, staunte Wilhelm und mochte sie noch mehr.

Während Evelin duschte, ging Wilhelm im hoteleigenen weißen Bademantel im Zimmer herum, legte sich aufs Bett und hörte zu, wie die Dusche im Bad rauschte. Da musste er daran denken, wie er vor Kurzem erst unter der Dusche zusammengesunken war.

»Ganz nüchtern betrachtet«, dröhnte es hinter seiner Stirn, den zugleich anschwellenden Tinitus übertönend, »ganz nüchtern betrachtet: Was will ich eigentlich von dieser Frau, welche chemische Reaktion hat eingesetzt, nachdem ich mich gestern noch winselnd bei Claudia und Martin auf dem Bett krümmte. Was treibt Evelin, ihren Typen zu betrügen? Welches Programm läuft bei ihr ab? Sie weiß doch, wie es um mich steht …« Die Schraube im Hirn drosselte die Blutzufuhr in den Unterleib, verödete den Ort zwischen seinen Schenkeln.

»Toll, die Bademäntel!«, meinte Evelin, als sie aus dem Bad kam, und bemerkte augenblicklich Wilhelms Zustand. Sie legte sich zu ihm und löschte das Licht. So lagen sie nebeneinander im dicken Frottee.

Sie griff nach seiner Hand und sagte: »Ich kann mir gut vorstellen, was mit dir los ist. Mach dir keine Sorgen.«

Wilhelm sagte nichts und glaubte ihr.

»Ich fühle mich sehr geschmeichelt«, sprach sie weiter, »dass du mich so begehrst. Ich habe gar nicht mehr damit gerechnet, dass mir so was noch einmal passiert. Das hätte ich mir wirklich niemals träumen lassen!«

Sie drehte sich ihm zu, um ihn zu betrachten, wie er zur Decke starrte.

»... wo ich doch schon ziemlich aus dem Leim bin.« Es klang nicht kokett.

»Und jetzt kann ich nicht!«, entrang es sich ihm.

»Lass uns beieinander liegen und etwas schlafen. Ich habe eh meine kritische Zeit.«

Sie legten sich zueinander, und Evelin schlief ein.

»Unglaublich, diese Frauen! Jetzt schläft sie einfach«, dachte Wilhelm und versuchte, im Dämmerlicht ihr Gesicht zu erkennen. Evelin schlief tatsächlich.

Wilhelm deckte sie zu. Er konnte nicht einschlafen.

Irgendwann aber ließ seine Anspannung nach und prompt begann sein Geselle sich zu rühren. Er roch die Frau, zwängte sich von hinten zwischen ihre Backen, fand, was er suchte. Mit einem schmerzvollen Seufzer erwachte sie – oder hatte sie darauf gewartet? –, drehte sich stöhnend auf den Bauch und sagte in das anhebende Rammeln: »Du brauchst nicht aufzupassen. Du bist in meinem Arsch!«

Von den zahlreichen Kirchen schlug es fünf Uhr. Evelin stand auf und zog sich an.

»Das Rockkonzert ist zu Ende«, sagte sie, beugte sich zu Willi hinab und gab ihm einen Kuss.

»Soll ich dich nicht fahren?«

»Danke, bleib bitte liegen. Ich nehm' mir ein Taxi.« Und schon hatte sie die Tür leise hinter sich geschlossen.

Wilhelm blieb mit seinen Fragen zurück.

12. KAPITEL

Es nieselte wieder. Wilhelm fuhr auf der Autobahn zurück nach Berlin. Er wusste nicht, was er denken sollte. Andauernd zogen die Szenen des gestrigen Abends an ihm vorbei. Er wusste nicht, wie er sie einschätzen sollte. Oder gab es noch eine Chance?

Nach der Blamage im Bett würde sie sich wohl zurückziehen. Ihre Beziehung zu ihrer Schwester würde das sicher forcieren.

Andererseits: Als die verständnisvolle Frau, als die er sie kannte, würde sie sein Versagen vielleicht nicht so hoch bewerten wie er. Ihr Udo frustrierte sie trotz seiner sexuellen Fähigkeiten, und zwar so, dass sie sich auf ihn, Willi, eingelassen hatte. Und schließlich war er ja auch in der Lage, eine Frau zu befriedigen, wahrscheinlich sogar besser als andere. Er brauchte eben mehr Gelegenheiten.

Schließlich flossen alle seine wirren Gedanken zusammen und bündelten sich in einer Wut auf seine Ehefrau Katarina. Sie war schuld an dem Schlamassel!

Aha, und warum das?

Weil …, ja, weil durch diesen rigorosen Anspruch auf Treue wurde ich doch vollkommen unfähig, mit anderen Frauen umzugehen. Dasselbe Problem bei der Hure in Turin!

Ich denke, du hast auch bei deiner Frau des Öfteren nicht gekonnt.

Na, das ist doch wohl normal nach dreißig Jahren Ehe!

Du hast mir doch mal erzählt, dass du schon am Anfang eurer Beziehung oft lieber mit jeder anderen geschlafen hättest.

Ja, das stimmt, und das tut mir auch leid. Aber wenn ständig eine fordernd neben mir liegt, dann macht mich das zumindest zeitweise unfähig.

In seiner Wut hatte Wilhelm beschlossen, Katarina anzurufen, um klare Verhältnisse zu schaffen: »Ich komme nach Berlin. Ich muss dich sprechen. … Am Winterfeldtplatz. … Linkes Café an der Ecke, morgen elf Uhr. … Nein, ich möchte dich nicht in der Wohnung treffen.«

»Das ist genauso gut meine Wohnung. Du kannst sie mir nicht verbieten.«

»Ich schmeiß dich die Treppe runter, wenn du da bist!«

»Das darfst du nicht …«

»Also bis morgen!«

Ende des Gesprächs.

»Das darfst du nicht … Das darfst du nicht!«, äffte Wilhelm die Antwort seiner Frau nach.

Das Nieseln war in ordinären Regen übergegangen.

Wie eine Gebetsmühle drehte Wilhelm dieselben Sätze in seinem Hirn: »Diese Scheißtreue! Alle haben sie mich bewundert für meine Willensstärke. Dabei hat der Gedanke allein, Katarina beichten zu müssen, mich erschaudern lassen und jede Frau stehen lassen. Trübe, trübe! Die Treue hat meiner Männlichkeit geschadet, mein Selbstverständnis als Mann angefressen, die Potenz beschädigt, sie anfällig gemacht …«

Es ging bergauf, die Steigerwaldhöhe hinauf, rechter Hand Abtswind.

»Doch damit ist jetzt Schluss! Ich bin frei! Von allem, zu allem!«, mahlte es in seinem Hirn. Er beschleunigte. Der Verkehr war dicht. »Zu allem? Zu was allem? Frei, es zu versuchen wenigstens … Verfluchter Verkehr! Was wollen die eigentlich alle auf der Straße bei diesem Wetter?«

Das Wasser lief die Spurrinnen bergab. Mit einer ungeduldigen Bewegung zog Willi den Wagen nach links, um sich auf die Überholspur zu drängeln. Der Wagen brach aus der Spur, schleuderte nach links, auf den Mittelstreifen zu, krachte über den scharfen Bordstein vor der Leitplanke. Dann stellte sich der Wagen auf seine beiden rechten Räder. Wilhelm spürte keine Angst, nur Wut, womöglich in seinem Vorhaben, die Angelegenheit mit Katarina zu klären, gestört zu werden.

Der Wagen schlitterte in extremer Schieflage schräg zum Bordstein weiter, prallte auf die Leitplanke, krachte wieder auf alle Viere und schleuderte von dort zurück, durch die hupenden Autos über beide Fahrspuren und kam rechts, auf dem Standstreifen, knapp vor der rechten Leitplanke rumpelnd zum

Stehen. Links raste dichtgedrängt der blecherne Bandwurm weiter den Berg hinauf, ohne sich um sein ausgestoßenes Glied zu kümmern.

»Respekt!«, sagte Wilhelm laut, meinte seinen Wagen und zog den Zündschlüssel ab. Die Fahrertür klemmte, ließ sich aber mit einem entschiedenen Drücken öffnen. Wilhelm stieg aus, warf einen kurzen Blick auf die eingedrückte Tür und den schräg hängenden Kotflügel vorne und stellte sich vor den Kühler. Ruhig betrachtete er die Bescherung. Der rechte Vorderreifen war geplatzt. Demütig neigte sich die Kühlerhaube zur Seite. Und im Kühlergrill hingen dicke Büschel Gras.

Der ADAC versprach, gleich da zu sein, ein Leihwagen sei auch kein Problem. Christian reagierte mit einem Aufstöhnen auf den Anruf. Mit solchen Eltern komme man einfach nicht zur Ruhe!

Wilhelm holte den Knirps von der hinteren Ablage, spannte ihn auf, stellte das Warnschild auf und setzte sich auf die rechte Leitplanke. Die Polizei fuhr vor, nahm alles auf, war freundlich, hatte Verständnis: »Die Spurrinnen, ja, ja, übel hier. Für die Beschädigung der Leitplanke auf dem Mittelstreifen bekommen sie eine Rechnung.« Auch das noch! Immerhin kein Bußgeld!

Wilhelm überlegte, ob er Evelin anrufen sollte. Nein, das würde sich nicht gut machen. Es würde Niederlage an Niederlage reihen! Erst aus Berlin würde er sie anrufen, beschloss er.

Da fuhr der ADAC-Abschleppwagen vor. »Was glauben Sie, was ich nicht schon alles hier aufgelesen habe!«, begrüßte der professionell hilfsbereite Franke Wilhelm, der immer noch unter seinem Knirps auf der scharfen Leitplanke kauerte. Ächzend ließ sich der Wagen auf die Ladefläche ziehen. Während der Franke ihn festzurrte, nahm Wilhelm im Führerhaus Platz und auf ging's nach Wiesentheid.

Da läutete das Handy. »Evelin?«, erschrak Wilhelm. Es war Katarina, inzwischen von Christian informiert.

»Mein Gott, ist dir was passiert? Du musst dir doch nicht den Stress machen! Du musst jetzt nicht kommen!«

»Natürlich komme ich! Morgen elf Uhr. Linkes Café Ecke Winterfeldtplatz!«

Der Fahrer blickte kurz zu Wilhelm, erstaunt über die Heftigkeit des Tonfalles.

»Ja, da staunst du, was?! So rede *ich* mit meiner Frau!«, dachte Wilhelm.

Auf dem Hof der Autovermietung im ausufernden Gewerbegebiet von Wiesentheid angekommen blickte Wilhelm, als er aus dem Gefährt geklettert war, hoch zu seinem Cadillac auf der Ladefläche und sah er auf dem rechten hinteren Kotflügel den Abdruck von Evelins Hinterbacken. Deutlich glänzten zwei stattliche Ovale auf dem karminroten Blech – trotz des Regens. Anscheinend hatte ihre Körperwärme den Lack imprägniert und ihr Hinterteil das farbige Blech poliert! In einer Anwandlung von Selbstvergessenheit hob Wilhelm beide Hände, um sie auf die beiden Hinterbackenstempel zu legen. Doch sie waren hinter dem Gestänge unerreichbar.

»Das wird alles wieder gut«, unterbrach der Fahrer Willis Andacht. Er hatte ihn schon im Büro angemeldet. »Mit Geld ist alles zu richten! Ich brauch' noch ihre Werkstatt in Berlin, wenn wir den Wagen zur Reparatur überführen sollen.«

Wilhelm setzte seine Unterschrift auf das Formular. Der Regen hatte aufgehört. Es nieselte wieder. Während die Papiere für einen VW Polo fertiggemacht wurden, ging Wilhelm auf die Toilette. Dünn und zweistrahlig plätscherte sein Urin ins Becken. Wilhelm kannte das und schätzte es gar nicht. Wieder mal ein Anlass, sich vorzunehmen, Heinz, einen befreundeten Urologen, aufzusuchen, wegen Prostataprophylaxe. Doch bevor ein Arzt als Patient einen anderen aufsucht, muss viel Wasser durch die Harnröhre fließen.

Der Unfall hatte seine heroische Stimmung gesteigert. Der dünne Urinstrahl und der mickrige, schwarze Polo aber dämpften seinen finsteren Höhenflug.

In Berlin angekommen stieg er die Treppe zu seiner Wohnung hoch und mit jeder Stufe sank sein Herz tiefer. Die Vorstellung, in der Ayurveda-Praxis die Nacht verbringen zu müssen, hatte ihn plötzlich überfallen und nahm ihm alle Kraft. Womöglich hatte sich Katarina im Ehebett mit dem Inder amüsiert! Daran hatte er noch gar nicht gedacht. Womöglich hatten die beiden sich auf dem Sofa befingert! Gemeinsam indisch gekocht, von seinem Teller gegessen!

So machte er kehrt, um sich über die Hintertreppe in den hinteren Teil der Wohnung zu schleichen, wo bis vor Kurzem noch Christian mit seiner Freundin gewohnt hatte, um sich auf deren harten Futon zu legen. Schnaufend stand er dann mit seinem Koffer und diversen Tüten vor der ehemaligen Dienstbotentüre und kam sich wie ein Eindringling vor. Zehn Sekunden stand er bewegungslos da. Draußen dämmerte es bereits. Dann lief er die Treppe wieder hinab, ging durch den Hof, durch den Durchgang im Vorderhaus auf die Straße und fuhr nach Kreuzberg in die Besenkammer. Er spürte, dort in der Gervinusstraße würde er all die Energie verlieren, die er doch am kommenden Tag brauchte.

Er klappte das Bett von der Wand. Wilhelm hatte Sehnsucht nach Evelin. Leise winselnd lief er durch seine Praxis. Er versuchte, sie zu riechen, beugte sich schnüffelnd über ihren Arbeitsplatz. Vergeblich. In der abgestandenen Luft war Evelin nicht auszumachen. Er setzte sich erschöpft auf die Liege. Er war sehr allein. Nicht traurig, nur allein.

Eine besondere Stille herrschte in der Praxis. Die Geister der Kranken und Süchtigen hatten sich während der Urlaubszeit aus den Räumen verzogen. »Das tut ihr gut«, fand Wilhelm.

Die Müdigkeit kroch über ihn. Stumpf blickte er vor sich hin. Er griff nach seinem Handy und legte es wieder weg.

»Warum ruft sie nicht an? Sie weiß nicht mal, dass ich nicht mehr in Würzburg bin. Das sollte ich ihr schon sagen! Dann höre ich, wie sie es aufnimmt, und kann daraus schließen, wie sie zu mir steht.«

Wieder griff er nach seinem Handy und wählte. Evelin reagierte etwas zu munter. Sie saß gerade mit der Familie ihrer Schwester beim Abendessen. Sie versprach, ihn zurückzurufen.

Das Warten fiel ihm schwer. So ging er noch mal aus dem Haus, die Schlesische Straße hinunter bis zum Kanal, an ihm entlang zum Paul-Lincke-Ufer, vor bis zur Manteuffelstraße und durch die Skalitzer zurück zum Schlesischen Tor. Er schlurfte.

Das Handy hielt er in seiner Hand. Trotzdem klingelte es nicht. Oben in der Praxis suchte er in den Arzneiproben nach einem Schlafmittel, nahm zwei Pillen, trank ein Glas Wasser, putzte sich die Zähne und legte sich aufs Bett.

Die Zeit der falschen Bemühungen, der Rücksichtnahmen, des schlechten Gewissens war vorüber. Wilhelm hatte immer behauptet, dass es einfacher sei, verlassen zu werden, als geliebt zu werden und nicht verlassen zu können. Nun erwies es sich als wahr: Sein Leben war einfacher geworden. Jetzt konnte er hemmungslos sein Elend auskosten, seine Rache planen, die neue Frau mit aller Energie zu sich ziehen. Alles war klar. Die Welt wartete darauf, von ihm ergriffen zu werden.

Die Borromäischen Inseln! Da wollte er schon immer hin. Er würde Evelin fragen, ob sie ... Wenn sie nur anriefe! Doch selbst diese unklare Situation war nicht verbunden mit schlechtem Gewissen. Alle seine Sinne konnten ungebremst an der Erfüllung seiner Pläne und Wünsche arbeiten.

Wie oft hatte ich all meine Willenskraft aufbieten müssen, um meine Frau nicht zu betrügen! Wie oft hatte ich den Ansprüchen meiner Frau willfahren müssen, um nicht als Unterdrücker dazustehen. Und die ökonomische Abhängigkeit der Frau, die mir wie ein Mühlstein um den Hals hing. Nicht, dass es mich gestört hätte, das Geld mit ihr zu teilen, und das bei einer prachtlieben-

den Frau wohlgemerkt! Nein, ihre Abhängigkeit bedeutete eine ständige Verpflichtung für mich. Und am schlimmsten die angebliche seelische Abhängigkeit! Sie eben nicht auszunutzen! Andere Männer mag das mit Genugtuung erfüllen, wenn die Frau behauptet, nicht ohne einen leben zu können. Mir geht es anders! Zumal wenn du gleichzeitig ihren Forderungen zu entsprechen hast, nicht als der Macho dazustehen ...

Aber merkst du nicht, dass deine Raserei mit einem freien Leben nichts zu tun hat? Und fühlst dich noch wohl dabei!?

Ich warte ab!

Endlich piepste das Handy. Es war eine SMS: »Schlaf gut! Wir telefonieren morgen!« Immerhin!

Wilhelm wurde euphorisch, sodass er sich nicht beherrschen konnte und eine SMS zurücksandte. »Ganz kurz und lakonisch«, befahl er sich und schrieb: »Du auch. Wilhelm.«

Die beiden Pillen begannen zu wirken. Wilhelm dachte an sein Auto. An die drohenden Kosten wollte er nicht denken. So etwas interessierte ihn in jetzt nicht. Bald schlief er ein.

Um 10 Uhr 45 am nächsten Morgen kurvte Wilhelm im Leihpolo am Winterfeldtplatz herum auf der Suche nach einem Parkplatz. Punkt 11 Uhr nahm er Platz an einem der vielen runden Metalltische und bestellte einen Cappuccino.

Die Kellnerin brachte ihn. Da kam Katarina um die Ecke.

»Sie ist ziemlich klein«, dachte Wilhelm bei sich. »Und ziemlich stämmig.«

Seine Frau nahm Platz, und beide blickten sich flüchtig an. Während sie sich eine Zigarette anzündete, bestellte Wilhelm einen Cappuccino für sie. Sie wechselten ein paar belanglose Worte.

Sie sah blass aus. Blass hatte sie ihm immer schon am besten gefallen. Das machte sie zarter, fand er. Und sie sah ziemlich alt aus. Das war ihm bis jetzt noch nicht so aufgefallen. Das hätte er hingenommen. Schließlich war er auch nicht mehr der Jüngste.

Die Bedienung brachte den Cappuccino für Katarina.

Wilhelm hatte vorgehabt, einiges zu besprechen. Wie die nächste Zukunft zu regeln sei. Er wollte Organisatorisches abhaken. Stattdessen rutschte ihm heraus: »Dass du in unserer Wohnung mit dem Inder fickst, finde ich besonders geschmackvoll.«

»Tu ich nicht!«, antwortete sie.

»Wo dann?«

Katarina zog heftig an ihrer Zigarette. Da zog Wilhelm in einer plötzlichen Aufwallung seinen Ehering vom Finger und knallte ihn auf den Tisch zwischen ihnen, sodass er auf dem eingeschliffenem Schlierenmuster kurz zappelnd tanzte.

Gleichzeitig fand er diese Theatralik lächerlich. Aber etwas anderes brachte er nicht zustande. Er wollte deutlich sein. Sein Bauch hatte sich diese Szene ausgedacht.

»Zieh ich ihn ab oder nicht? Und welchen unwiderruflichen Punkt setze ich damit? Du entscheidest über dein Leben, dein weiteres Leben und ihres auch!«, versuchte sich Wilhelms Verstand zu melden. Vergeblich, es war nicht aufzuhalten. Noch zwei eiernde Kreise, dann lag der Ring still auf dem Tisch.

Diese Tat ließ das Nachfolgende mechanisch ablaufen:

1. Der Satz: »Hier, kannst du haben. Ich brauch ihn nicht mehr!«
2. Das Aufstehen.
3. Das heftige Stoßen an den Tisch.
4. Das schnelle Greifen nach der Tasse.
5. Der hektische Schluck Kaffee. (Dabei verschluckte sich Wilhelm. Doch das registrierte er kaum.)
6. Das Kramen im Portemonnaie nach fünf Mark.
7. Der Satz: »Ja, das war's.«
8. Die fünf Mark auf den Tisch legen.
9. Der Satz: »Den Cappuccino bezahl ich dir.«

Dann ließ Wilhelm Katarina allein mit Cappuccino und Ring.

Fast hätte er den Satz Katarinas nicht mehr gehört: »Du machst kaputt, was zwischen uns war.«

Er stürmte davon. »Nichts ist geklärt, aber die Hauptsache ist klar«, dachte er. Er stieg ins Auto und kam beim Wenden noch einmal am Café vorbei. Katarina saß am Tisch, den Kopf in den Nacken gelegt, und blickte unter ihren schweren Augenlidern vor sich auf den Tisch.

Sie tat Wilhelm leid.

Er hielt nicht an. Er fuhr weiter und zwang sich, sich daran zu erinnern, was er sich auf der Fahrt nach Berlin vorgenommen hatte: Fortan lieber andere zu quälen als sich quälen zu lassen.

Er fuhr ziellos durch die Straßen, hielt schließlich irgendwo in Charlottenburg am Straßenrand an und starrte eine halbe Stunde trübe vor sich hin. Dann rief er Evelin an: »Hast du Lust, mit mir zu den Borromäischen Inseln zu fahren?«

»Wohin?«

»Die liegen im Lago Maggiore, nicht so weit von Würzburg.«

»Wo bist du denn eigentlich?«

»In Berlin. Ich muss hier ein paar Dinge klären.«

»Ja. Schade, dass du weg bist.«

Das saß! »Schade hat sie gesagt«, jubelte es in ihm. Er setzte nun seine ganze Überredungskunst ein.

»Da muss ich zweimal lügen, bei Renate und bei Udo«, kam es freundlich, aber doch bedenklich von Evelin.

»Zum Glück bist du gut darin«, drängte Wilhelm weiter, bis sie zugab, dass es ihr gut täte, sich für ein paar Tage aus dem Dunstkreis ihrer Schwester zu entfernen.

»Gut, dass es diese Schwester gibt!«, dachte Wilhelm bei sich.

Diese emotionale Stärkung hielt bis zum nächsten Morgen vor.

Da parkte Wilhelm wieder in der Winterfeldtstraße. Er suchte die Nr. 12. Hier hatte Katarina für den Arzt und seinen Masseur zwei Zimmer gemietet. Auf der Straßenseite schräg gegenüber bezog er Posten und wartete. Zwischen 9 und 11 Uhr mussten Katarina und ihr Inder aus der Haustür treten und ihm auf dem Weg zur Praxis in der Gervinusstraße entgegenkommen. Praxisöffnung war zwischen 10 und 12 Uhr, wie er wusste.

Wilhelm hatte den schwierigen Entschluss gefasst, den Liebhaber seiner Frau zu verprügeln. Das war sich Wilhelm schuldig. Dass er keinen Hass verspürte, empfand er als für das Vorhaben förderlich. Er wollte ihm lediglich mit ein paar präzisen Schlägen einen Denkzettel verpassen. Das war das Konzept.

Eine solche Aktion hatte Wilhelm noch nie ausgeführt. »Etwas spät, aber nun eben doch«, sagte er sich.

Sehr zugute kam Wilhelm dabei, dass er in seiner Jugend eine Zeitlang fleißig Karate geübt hatte. Die Schlagfolge stand fest: Zwei kurze Oi-Zuki Jodans ins Gesicht: Etwas Blut aus der Nase muss schon sein! Die Schläge werden ihn leicht nach hinten taumeln lassen. Dann ein durchgezogener Oi-Zuki auf den Solarplexus. Der wird ihn nach vorne klappen lassen. Und dann, wenn möglich, sehr schnell, ein harter Mae-Geri zwischen seine Beine. Auf den Kiai-Schrei würde er verzichten.

Das fand Wilhelm angemessen. Damit wäre der Punkt Liebhaber bereinigt.

Es war ihm klar, dass er wegen Katarina äußerst schnell zu Werk gehen müsste. Ihm war klar, dass sie sich nach der ersten Schrecksekunde wie eine Löwin auf ihn stürzen würde. Allein schon deshalb gefiel Wilhelm die Vorstellung des Fußtrittes. Katarina würde sich ihrem stöhnenden Liebhaber spontan zuwenden und so ihm die Möglichkeit eines würdigen Abganges erlauben, ohne Gezerre.

Wilhelm wollte nichts dem Zufall überlassen. Er hatte nachts in der Praxis Dehnübungen gemacht, bevor er vor dem Spiegel stehend die Schlagfolge durchgegangen war. Die heftigen Karateschläge schmerzten in seinen Gelenken. Sie waren das Kime, das abrupte Abstoppen, in dem sich alle Energie vernichtend bündelt, nicht mehr gewohnt. Bei jedem Schlag vor dem Spiegel hämmerte er sich ein, nicht den Schlag vorm Gesicht abzustoppen!

Er hatte bereits im Bett gelegen, war dann aber nochmals aufgestanden, um vor dem Spiegel das unverfängliche Gesicht zu üben, das er zeigen wollte, wenn er dem Paar entgegengehen würde. Nicht zu freundlich. Das wäre verdächtig. Er durfte auch nicht zu früh in ihr Blickfeld treten. Alles wollte wohl überlegt sein. So hatte er nackt vor dem Spiegel gestanden und versucht, unverfänglich zu blicken. Das wollte nicht zu seiner vollen Zufriedenheit glücken. Unter dem realen Druck würde es dennoch klappen.

Wilhelm schaute auf seine Uhr. 11 Uhr bereits – und kein Inder in Sicht. Im Schatten der Häuser war es kühl. Ihn fröstelte. Er beschloss, auf die Sonnenseite zu wechseln. Es war ihm klar, dass er vor dem Angriff möglichst unbemerkt wieder die Straßenseite wechseln musste.

Sein leichtes Schlottern gefiel ihm nicht. Er hätte es sich sparen können, am Abend zuvor bei seinem peinlichen Auftritt vor seinen Söhnen und deren Frauen einen Liter schlechten Rotwein in sich hineinzuschütten. Er hatte sie zum Italiener gebeten, um sich zu erklären. Die Situation war sehr schnell entgleist. Schnell war er ins Ordinäre abgerutscht, als er die Beziehung des Inders zu Katarina beschrieb, sodass seine beiden Schwiegertöchter, die eine aus Peru, die andere aus Korea, die Augen verdrehten.

Inzwischen war es 11 Uhr 30!

Womöglich hatten die beiden in der Gervinusstraße geschlafen! Aber da hätten sie doch mit ihm rechnen müssen!

Du kannst von Glück reden, dass er nicht gekommen ist.

Bis heute weiß ich nicht, was den Inder damals vor den Schlägen bewahrt hat.

Wilhelm zog ab, in einem uneingestandenen Gefühl der Erleichterung. Er beruhigte sich: »Ich hab' es versucht. Ich war zur Stelle, stand auf dem Posten. Es sollte nicht sein. Fügung!«

Um 12 Uhr hatte er einen Termin bei Heinz, der versprochen hatte, für ihn trotz Urlaubs die Praxis zu öffnen. Ein Freundschaftsdienst. Das konnte Wilhelm nicht absagen.

So hatte Wilhelm es nicht geschafft, die Ordnung zu schaffen, die er sich vorgestellt hatte. Das Tor zur Freiheit stand offen, doch davor lag der tiefe Graben der Eifersucht. Dieser Graben musste überwunden werden.

Während Wilhelm ins Ärztehaus am Ku'damm fuhr, erinnerte er sich an die Schilderung der Eroberung von Tenochtitlan durch Cortés. Die Stadt lag in diesem großen Salzsee, und ihr Zentrum lag inmitten quadratisch angelegter Kanäle. Die Brücken waren hochgezogen oder abgerissen. Um ins Innerste vorzustoßen, füllte der Eroberer die Wassergräben mit den Leichen der Azteken und verbündeten Völker, bis er sie überqueren konnte. Er, resümierte Wilhelm, hatte zu wenige Leichen.

Die Untersuchung war Wilhelm sehr zuwider, sie passte nicht zu seinem neuen Leben. Sich von Heinz im Enddarm herumfingern zu lassen, der Vorsteherdrüse wegen, fand er deprimierend. Dazu kam, Freund hin, Freund her, dass der Arzt Wilhelm Merkatz sich nicht als Patient zu verhalten wusste.

Während Heinz eine Brandyflasche aus seinem Schreibtisch hervorzog und zwei Gläser füllte, versuchte Wilhelm, sich als Kollege zu positionieren: »Also, imperativer Harndrang bei häufig gleichzeitig auftretendem zweistrangigem Harnstrahl. Lässt auf eine vergrößerte Prostata schließen, oder einen Harnwegsinfekt. So weit meine Selbstdiagnose.«

Heinz reichte ihm als Antwort ein Glas: »Na, dann erst mal Prostata, mein Lieber!« Er lachte schallend, während er den Brandy hinunterkippte.

»So, und jetzt lass die Hosen runter! Dann wollen wir mal sehen.«

Wilhelm stellte sein leeres Glas auf dem Schreibtisch ab, tat wie befohlen und versuchte, souverän zu bleiben: »Wie ich dich kenne, hast du mir den Brandy nur angeboten, um diesen blöden Uraltwitz machen zu können.«

»Schon möglich. Vergiss nicht, du bist ein Urlaubsbesuch!«

Wilhelm lag inzwischen auf der Liege, die Unterhose zu den Knien heruntergezogen, und Heinz betastete das Skrotum seines Freundes.

Im Gespräch streiften sie kurz ihrer beider Eheleben. Heinz erzählte, dass er zwei Geliebte habe, geheim natürlich! Sich trennen von Eleonore? Nein! Sex mit den Freundinnen, Vertrautheit mit der Frau! Nicht die schlechteste Art zu leben! Die Sache mit der Liebe sei ausgestanden. Trennung wäre auch ein finanzielles Fiasko. Allerdings belaste es ihn als fairen Mann, dass seine Frau nicht auch einen Lover habe. Dann würde sie vielleicht davon ablassen, ihn ständig zu kritisieren.

»Wer weiß, vielleicht hat sie doch einen.«

»Was, einen Lover?«

»Ja, und kritisiert dich trotzdem ... Ich war jetzt 25 Jahre Katarina treu«, gestand er plötzlich.

»Ist nicht dein Ernst!«, gluckste Heinz ungläubig, während er mit dem Schallkopf über Wilhelms Oberbauch fuhr.

»Na, die ist zumindest in Ordnung.«

»Wer?«

»Hab' gerade deine Leber geschallt.«

»Bitte, Heinz, es geht um die Prostata.«

»Service des Hauses, Freundschaftsdienst. 'ne Schrumpfleber würde ich dir echt nicht wünschen.« Er nahm einen anderen, langen, stählern glänzenden Schallkopf, steckte ihn in eine feine Plastikhülle, schmierte Vaseline darauf und schob ihn in Wilhelms Rektum.

»Ich hatte es Katarina versprochen, um die Ehe zu retten.«

»Aha, und du hast es tatsächlich eingehalten?«

Das selbstironische Lächeln, das Wilhelm versuchte, war nicht überzeugend: »Jeden Fehltritt hätt' ich beichten müssen. So war das ausgemacht.«

»Ausgemacht ist zwischen Eli und mir auch so einiges ... Das ist ja geradezu heroisch von dir!«, lachte Heinz.

Doch Wilhelm kam sich elend vor. Er hätte nicht davon anfangen sollen! Wenigstens warten sollen, bis er die Hose wieder oben hatte! »Das finden manche wirklich, ich fand es nicht so bewundernswert.«

»Doch, doch, das ist bewundernswert!«, Heinz lachte wieder schallend, zog seinen OP-Handschuh an und forderte Wilhelm auf, sich auf die Seite zu drehen.

»Und jetzt?« Heinz war neugierig geworden. Mit seinem Zeigefinger tastete er unterdessen an der Bauchseite seines Enddarmes herum.

»Ja jetzt ... Jetzt fühle ich mich unsicher durch die lange Entwöhnung.«

»Du willst sagen«, versuchte Heinz, auf Wilhelm einzugehen, »jetzt hast du Angst, keinen hochzukriegen?«

Er zog über den langen, stählern glänzenden Schallkopf eine feine Plastikhülle, schmierte Vaseline darauf und schob ihn in Wilhelms Rektum. Wilhelm stierte auf die Kabinenwand, während Heinz den Schallkopf leicht bewegte und das Bild, das die Sonografie auf dem Monitor produzierte, kontrollierte. »Nimm doch Viagra! Ich nehm' es auch. Ich brauche es nicht, aber ist einfach besser mit.« Er zog nochmals seinen OP-Handschuh an, forderte Wilhelm auf, in der Seitenlage zu bleiben, und rammte zum zweiten Mal seinen Zeigefinger in Wilhelms Anus.

»Was soll denn das? Will er mich ärgern?«, tickte es kurz in Wilhelm.

Heinzens Zeigefinger wollte sich von Wilhelms vorderer Darmwand nicht trennen.

»Ein Elend ist das. Das habe ich jetzt von der Treue«, ächzte Wilhelm.

»Weiber hin, Weiber her, Wilhelm, sie ist zu dick.«

»Wer?«, fragte Wilhelm und wusste doch gleich, um wen es ging.

»Na, deine Prostata ist vergrößert.«

»Ist bei 50 % der Erwachsenen so«, konterte Wilhelm augenblicklich.

»Richtig, mein Freund. Doch wir werden sie punktieren.«

»Kommt überhaupt nicht infrage! Für so was habe ich im Moment wirklich nicht den Kopf frei«, ereiferte sich Wilhelm.

»Du brauchst deinen Kopf nicht dazu. Nächste Woche arbeite ich wieder. Also schieb es nicht auf die lange Bank! Kein Mensch behauptet, dass du Krebs hast.«

»Sterben müssen wir alle. Ich eben mit dünnem Pissstrahl«, nörgelte Wilhelm, wischte sich die Vaseline aus seiner Gesäßritze, verabschiedete sich schnell, eilte aus der Praxis, schwang sich ins Auto und fuhr aus der Stadt Richtung Würzburg.

13. KAPITEL

Bei 180 auf dem Tacho des kleinen Polo hatte Wilhelm keine Zeit, über seine Prostata nachzudenken.

Er träumte von Evelin. Sah sich mit ihr auf den Borromäischen Inseln breite Treppen, die Terrassen voller Blumen verbanden, hinauf- und hinabwandeln, den Arm um ihre Hüfte. Er träumte sich in einen Kahn, in dem er die Frau über die glänzende Wasserfläche ruderte. Und er träumte sich ins Bett mit ihr.

Wilhelm erreichte die Stadt am frühen Nachmittag und suchte als Erstes eine Apotheke, um eine Großpackung Viagra zu kaufen. Das Rezept hatte er auf den Namen eines Patienten ausgestellt. Den Apotheker gingen seine Männlichkeitsprobleme nichts an, fand er. Er zahlte 153 Mark für die zwölf Tabletten und begann zu rechnen, wie teuer eine Nummer komme: »Und was ist, wenn ich eine schlucke, in der festen Absicht, mit einer Frau zu schlafen, und es kommt etwas dazwischen? Da wird es noch viel teuerer! Eine ungute Sache.«

Nach einigen Umwegen fand er endlich die Straße nach Randersacker. Er war zu früh. Ein Treffen war erst für den nächsten Morgen ausgemacht.

Wilhelm war unruhig. Hastig verzehrte er in einem Lokal Blaue Zipfel, die er von früher her sehr mochte, Bratwürste in einem saueren Wurzelsud. Doch er konnte sie nicht genießen. Hatte sie besser in Erinnerung.

Zwei Schoppen Sylvaner sedierten ihn etwas. Er ließ seinen Blick auf dem Ofenrohr, das quer durch den Gastraum ging, hin- und herwandern: Fast zwanzig Mark pro Liebesakt! Das ging ihm nicht aus dem Kopf.

Und was wäre, wenn Evelin es sich anders überlegt hat? Wenn ihre Entscheidung mit Geld beeinflussbar gewesen wäre, hätte sich Wilhelm gerne für sie ruiniert. Er stützte den Kopf in beide Hände und glotzte vor sich hin. Da kam ihm die Idee, per SMS nachzufragen.

»Ich sitze unter'm Ofenrohr und komme mir sehr einsam vor! Morgen 11 Uhr am Brunnen?«

Die Antwort kam prompt: »Ja, ich freu mich.«

»Das Leben ist schön«, durchströmte es ihn nun. Er bestellte einen weiteren halben Liter. Er lehnte sich zurück. Nichts störte. Weder die harte Holzbank, noch das Gelärme der Gäste.

Das Wetter war gut. Den Schlafsack hatte er aus dem Cadillac genommen. In größter Sorgfalt fuhr Wilhelm die vielen engen Kurven den Pfülben hinauf und parkte an dem Weinberghäuschen. Er ließ sich auf der Steinmauer nieder, stützte sich auf einen Ellenbogen, ließ ein Bein baumeln und kam sich vor wie Goethe in Italien. Zum zweiten Mal innerhalb einer Woche blickte er hinunter auf das Tal. Es lag im letzten Zwielicht. Violett mit silbrigen Streifen floss ruhig der Main.

Er ließ seine Gedanken schweifen und landete bei Walther von der Vogelweide, der in der Stadt in seinem Steinsarg lag. Er setzte sich aufrecht »ûf dem steine«, um ihm zu entsprechen »und dahte bein mit beine.« Und wie ging es weiter? »darûf satzt ich den ellenbogen; / ich hête in mîne hant gesmogen / daz kinne und ein mîn wange. / dô dahte ich mir vil ange, / wie man zer welte solte leben. / deheinen rât konnt ich gegeben.«

Weiter kam Willi nicht. Das störte ihn nicht.

Er ließ seinen Gedanken freien Lauf. Vor ein paar Jahren hatte er auf dem Bauernhof seiner Freunde in Niederbayern geholfen, die großen Tontöpfe mit Blumen einzuwintern, hatte die große zweihenkelige Tonvase, in der ein dichter Rosenstock wuchs, etwas gekippt, um die bereitstehende Sackkarre darunter zu schieben. Als er einen Arm löste, um nach der Karre zu greifen, verlor er unter dem Druck des schweren Topfes das Gleichgewicht. Der Topf drohte zu kippen. Das wäre sehr peinlich gewesen. Der Topf war vom Freund in Italien gekauft und über die Alpen geschafft worden und wurde seitdem mit Stolz den Besuchern präsentiert. Mit einer schnellen Bewegung schaffte es Wilhelm, den Topf an sich zu ziehen und sich so zu drehen, dass der Topf auf ihn kippte, er mit seinem Körper das wertvolle Tongefäß schützte, während sie zu Boden gingen.

Da lag er wie ein Käfer auf dem Rücken unter dem geretteten Topf. Die Erde rieselte in sein Gesicht, und die Rose riss mit ihren Stacheln Nase und Stirn blutig. Wilhelm kam sich lächerlich vor: halb zerquetscht, gefangen unter der schweren Last, unfähig, sich aus den Dornen zu befreien. Zum Glück war niemand da, der ihn so kläglich sah. Unter Ächzen gelang es ihm, sich mühselig von Rose und Vase zu befreien. Letztere war unversehrt. Er richtete sie auf, hievte sie auf die Sackkarre und schob sie frohgemut über die Wiese abwärts zur Scheune.

»Na also, warum nicht gleich«, sagte er zu sich und schob sie mit Elan auf die schmale Rampe, die in den frostfreien Raum hinabführte, kam mit dem rechten Rad aus der Spur, und Karre und Topf stürzten auf den Betonboden. Da war Wilhelms erster Gedanke gewesen: »Na endlich!«

Hinter den Hügeln gegenüber verblasste das Gelb am Himmel endgültig. Wilhelm stand mit steifen Knochen auf und ging ein paar Schritte auf und ab. Hinter der Hütte fand er ein Stück Plastikplane, die hinter ein paar Gerätschaften geklemmt war. Er breitete sie zwischen Wagen und Steinmauer auf den Boden. Dann rollte er seinen Schlafsack darauf aus, warf Hose, Hemd, Jackett und Schuhe auf den Rücksitz des Autos und schlüpfte wohlig zitternd in den Schlafsack. Murmelte noch einige Schmeichelworte an die »gute, alte Erde«, fand sie aber dann doch ziemlich hart und wartete darauf, dass er warm wurde. Seine Fantasien flogen vom Pfülben an den Lago Maggiore auf die Borromäischen Inseln. Sie lagen im hellen, warmen Sonnenlicht. Die Strahlen wärmten Wilhelm in seinem Schlafsack, und er schlief ein.

Ist ja wohl klar, was dieser zerbrochene Topf bedeutet! Und die vergebliche Bemühung!

Aber warum fiel mir diese Episode, die schon lange zurücklag, an die ich nie mehr gedacht hatte, da oben auf dem Weinberg ein?

Viel merkwürdiger ist, dass dich die Mitteilung deines Kollegen deine Prostata betreffend anscheinend nicht beunruhigte.

Dafür war einfach kein Platz in meinem Programm.

Der kleine Polo schnurrte gen Süden nach Ulm und weiter nach Lindau, Bregenz, das Rheintal hinauf in die Berge.

Evelin mochte das kleine Auto. Sie war in aufgekratzter Stimmung. Die Heimlichkeit der Unternehmung erregte sie.

»Eigentlich ja ein Blödsinn, so weit zu fahren, oder? Auf der Mainau im Bodensee wachsen auch Palmen!« Sie lachte.

»Klingt aber nicht so gut wie Borromäische Inseln!«, entgegnete Wilhelm und gab ihr im Stillen recht. Was zum Teufel ritt ihn wieder?

Vor dem langen Tunnel durch den San Bernadino hatte Evelin Angst. Wilhelm bot ihr an, die lange Strecke über den Pass zu fahren, »durch Schnee und Eis!«

»Nein, bitte nicht!«

So fuhr er langsam, ohne zu überholen, mit beiden Händen am Lenkrad, die knapp 7 km durch die Röhre.

Je näher sie ihrem Ziel kamen, desto mehr wuchs in Wilhelm Beklommenheit. Würde er liefern können? Kurz vor Bellinzona, auf der Abfahrt hinunter ins Tal, fasste er sich ein Herz und teilte sich Evelin mit.

»Darf ich ganz offen sprechen?«, begann Evelin und klärte den praktischen Arzt Wilhelm Merkatz über weibliche Bedürfnisse auf. Es war ein kleiner Vortrag, den die Arzthelferin ihrem Chef hielt. Evelin gab Wilhelm nicht mehr und nicht weniger zu verstehen, als dass seine Befürchtungen überflüssig seien. Sie seien erwachsene Menschen, Fixierungen auf Leistungen jedweder Art nur störend. Und außerdem gebe es bekanntlich viele, viele Möglichkeiten, eine Frau zu befriedigen – wenn ihm das so wichtig sei.

Sie hat gesagt, wenn dir das so wichtig ist?

Ja, wenn mir das so wichtig ist! Und dabei hatte ich geglaubt, ihr sei es so wichtig.

Nein, du hattest nur Angst vor der Blamage!

Und die hat sie mir durch den kleinen, freundlich ernsten Vortrag genommen! So was können nur Frauen! Wir Männer sind Holzklötze dagegen!

Wilhelm atmete dankbar aus. Sein Blick weitete sich. Er genoss die Fahrt am Ufer entlang, zwischen üppigen Gärten vorbei an den Villen aus der Gründerzeit. Und links immer wieder die blinkende Wasserfläche des Sees.

Sie tranken in Cannobio einen Cappuccino, als ob es das Normalste der Welt wäre. Hinter Intra öffnete sich der See nach Westen. Die Sonne blendete die beiden. Wortlos lieh Evelin ihm ihre Sonnenbrille. Wilhelm nahm sie stumm, voller Verzückung.

Sie fuhren weiter. Und da lagen sie, die beiden Borromäischen Inseln! Im Nachmittagsdunst fast verschwimmend im See. Einzelne Zypressen stachen dunkler aus den zerfließenden Farben und Konturen.

»Morgen rudere ich dich da hinüber.«

»Lass uns lieber ein Tretboot nehmen. Dann kann ich mithelfen.«

»Kommt nicht in Frage, ein Tretboot! Wir sind doch nicht am Wannsee!«

»Vielleicht gibt's ja auch 'nen Dampfer.«

Sie hielten Ausschau nach einem Hotel. Wilhelm hatte es versäumt, sich kundig zu machen. Da fiel ihm der Lago di Orta ein, knapp neben dem Lago Maggiore gelegen. Er erinnerte sich, vor vielen Jahren dort ein Hotel gesehen zu haben, direkt am See. Das hatte ihm damals gefallen. Willi drückte aufs Gas.

Natürlich war bis auf den See alles anders, als Wilhelm dachte. Doch das Hotel, in dem sie landeten, gefiel ihnen. Das alte fand Wilhelm nicht mehr, oder es war dieses, inzwischen saniert? Vom Balkon des Zimmers blickte man hinab auf den Lago di Orta, der klein und rund in den Bergen lag, mit einer steilen Insel in seiner Mitte. Darauf ein Kloster.

Es wurde Abend. Sie aßen und tranken auf dem idyllischen Platz des Ortes. Sie gingen umschlungen zurück ins Hotel. Das Bett war komfortabel. Sie umschlangen sich aufs Neue und blieben so, bis Wilhelm der Arm unter der Last von Evelins Schulter einschlief. Sie lösten sich voneinander und schliefen nebeneinander ein. Im Morgengrauen stand Wilhelm auf, warf sich seinen Lungi über die Schultern und trat auf den Balkon.

Diesig lag der See im Morgennebel unter ihm. Die Insel schwamm im Dunst. Einzelne Kiefern und die Spitze des Kirchturmes lösten sich daraus. Die Silhouette der Berge stand dunkel vor dem grauweißen Himmel. Wilhelm schlang fröstelnd die Arme um sich, die Morgenkühle drang in ihn, er ließ es zu, er erzitterte und fühlte sich leicht. Seine Seele war wach.

Da trat leise Evelin hinter ihn und lehnte sich leicht an ihn. Er spürte ihren bettwarmen Bauch an seinem Rücken. Er zog den Lungi von seiner Schulter, um die Wärme ihrer Brüste auf seiner Haut zu spüren, und legte ihn um ihre Schultern.

»Ich habe dich im Bett vermisst«, sagte sie nahe seinem Ohr. »Komm mit zurück!«

Sie legte ihren Arm um ihn, drehte ihn sanft und führte ihn zurück ins warme Bett. Da liebten sie sich.

Sie schliefen wieder ein. Als sie aufwachten, hatte Willi die Idee, das Frühstück aufs Zimmer zu bestellen. Doch Evelin zog ihn an sich, und sie liebten sich wieder. Dann frühstückten sie.

»Was ist jetzt mit deinen Borromäischen Inseln?«

Wilhelm blickte sie an. War die Frage ernst gemeint? »Die können warten«, sagte er und zog Evelin an sich und liebte sie heftig.

Am Abend saßen sie wieder am gleichen Tisch am Platz, aßen und tranken, und Wilhelm hatte Sehnsucht, konnte es nur mühsam erwarten, bis sie wieder im Bett lagen.

Am nächsten Tag mussten die Borromäischen Inseln wieder warten.

Am dritten Tag rief Udo an. Er wähnte Evelin in Würzburg, meinte, er würde gerne mal wieder ihre Schwester sehen, sein Projekt lasse es zu. Übermorgen sei er da.

»Das heißt, sein Projekt ist gescheitert.«

Es hieß auch, dass sie am nächsten Tag abfahren mussten, ohne die Inseln der Seligen, als die Wilhelm die zwei Inseln im Lago Maggiore immer erschienen waren, betreten zu haben.

Lange standen sie die letzte Nacht auf dem Balkon und blickten hinüber zur Klosterinsel.

»Komm ins Bett«, sagte Evelin schließlich leise, und Wilhelm spürte die Wärme ihres Körpers und folgte ihr ins Zimmer.

14. KAPITEL

»Ich erkenne sie alle an ihrem Gemächt. Dazu brauche ich keine Gesichter.«

Wilhelm lag wieder mit dem Gesicht zur Wand, seitlich auf der schmalen Untersuchungsliege, hatte Hose und Unterhose bis zum Knie herabgestreift und bot sein Hinterteil dem Freunde dar. Er hasste die derben Sprüche, im Augenblick umso mehr, da Heinz gerade dabei war, reichlich Vaseline auf das Punktionsgerät zu schmieren und sich so bewaffnet seinem Rektum zu nähern. Kalt drängte sich der Stahl durch den Schließmuskel und glitschte in die Darmhöhle. Willi empfand die Glätte des Stahls nicht als Vorteil gegenüber dem körperwarmen Finger im Gummihandschuh, mit dem Heinz den Befund nochmals ertastete und ihn bestätigt fand.

Willi starrte auf die Wand vor sich.

»Verkrampf dich nicht, Alter! Es tut nicht weh, gleich vorbei.«

Willi meinte etwas wie Sadismus im Tonfall seines Freundes zu hören.

Da drückte dieser auf den Auslöser zur ersten Punktion.

Es war, als hätte jemand kurz an seinem Lebensnerv gezupft. Dabei hatte die Punktionsnadel nur kurz die Darmwand durchschlagen, war in die Prostata gefahren und hatte dort ein Stückchen Gewebe herausgestanzt. Und trotz dieses kurzen technischen Vorgangs in seinem Unterleib spürte Willi ein innerliches

Erschauern. Es tat nicht weh. Es war tiefer als Schmerz. Das heftige Erzittern ließ schnell nach. Da kam der zweite und dann der dritte Schuss.

»So, fertig! Die Proben genügen. Na, siehst du, tut nicht weh. In vier, fünf Tagen wissen wir Bescheid. Am besten, du rufst mich an.« Heinz wischte mit zwei routinierten, kräftigen Bewegungen die Vaseline mit Haushaltspapier aus seiner Gesäßritze. »Wenn du etwas Zeit hast, solltest du dich zu Hause hinlegen. So was schadet nie in unserem Alter. Also mach es gut. In einem halben Jahr kommt Katarina zurückgekrochen. Das garantiere ich dir.«

Blass stieg Wilhelm die Stufen aus dem vierten Stock hinab. Er benutzte nicht den wartenden Lift, um zu beweisen, dass er noch dazu in der Lage war. Er wollte es der aufgeschreckten Lebensenergie leichter machen, sich wieder in ihm festzusetzen, wollte sie mit jedem Schritt abwärts wieder festklopfen im Raum zwischen Herz und Geschlecht.

Er ging den Ku'damm hinunter und nutzte die Gelegenheit am Olivaer Platz in seiner Bank Kontoauszüge auszudrucken. Zu lange schon hatte er sich um nichts Irdisches dieser Art mehr gekümmert. Er stutzte: Es waren 10.000 Mark abgehoben worden. Daran konnte er sich nicht erinnern. Voller Misstrauen setzte er seinen Weg fort. Sicher war das wieder eine seiner Fehlleistungen. Sicher würde ihm in ein paar Augenblicken einfallen, wofür er 10.000 Mark gebraucht hatte. Dann könnte er erleichtert über sein zerrüttetes Gedächtnis lamentieren und Besserung geloben.

In der Sohneswohnung in der Gervinusstraße hatte Wilhelm das Bedürfnis sich hinzulegen, um seine noch flatternden Lebensgeister zu besänftigen. Doch er stand abrupt wieder auf: Ohne Klarheit keine Ruhe!

Rief die Bank an, fragte nach dem Stand des Tagesgeldkontos, verglich ihn mit dem auf dem abgelegten Auszug und musste feststellen, dass 15.000 Mark abgehoben waren! Das war allerdings nicht beruhigend. Es scheuchte die Lebensgeister taumelnd auf. Wilhelm spürte einen unguten Druck im Kopf. Er musste sich setzen, als er zum Hörer griff, um Katarina anzurufen.

Heiser fauchend fuhr er sie an.

Natürlich, sie war es! Weinerlich erklärte sie, er habe ihr gedroht, sie nicht mehr in der gemeinsamen Wohnung zu lassen, sie eigenhändig die Treppe hinabzuschmeißen! Sie habe Existenzangst bekommen.

Den Rest des Nachmittages verbrachte Wilhelm damit, sämtliche Konten zu durchforsten. Ihre unsinnige Anzahl, das Ergebnis einer langen Ehe, ließ ihn maulen, während er die Ordner durchblätterte, Sachbearbeiter, Telefonnummern suchte und die Kontoauszüge studierte. Er entzog seiner Ehefrau sämtliche Kontovollmachten.

»Nicht mal auf diesem Sektor ist ihr noch zu trauen. Existenzangst! Soll doch der Inder für sie sorgen!« Solche Dinge zu organisieren, war Wilhelm seit jeher ein Gräuel. Doch die Wut stabilisierte ihn so weit, dass er durchhielt.

Danach legte sich Wilhelm erschöpft auf das Sofa und verfiel in Düsternis. Er begann zu ahnen, was es bedeutete, sich von der Frau seines Lebens zu trennen: nicht nur Qual, Hass, Eifersucht, Einsamkeit, Leidenschaft, Hoffnung, sondern auch banales Auseinanderdividieren des gemeinsam angehäuften Ehemülls, wie Tassen, Teller, Teppiche, Bücher, Bilder, Bettbezüge, Kisten, Kissen, Kellerkram, Kunst, chinesische Teekännchen, chinesischer Tisch, chinesischer Schrank, chinesischer Stuhl, chinesischer Hocker ...

Die Reihe nahm kein Ende. An jedem Stück hing eine Geschichte. Das Gemüsemesser zum Beispiel, das sie beide während eines heftigen Streites vor Jahren in Wien gekauft hatten, oder der einfache Hocker, der noch aus seiner Studentenbude stammte und den Katarina immer an den Ölofen geschoben hatte, weil ihr ständig zu kalt war. Inzwischen lag er ausrangiert auf dem Hängeboden. Solche Dinge konnten gefährlich werden, konnten ihn umschlingen und fesseln, bis er sich in ihrem Netz zu Tode gezappelt hätte.

Wilhelm erhob sich schwerfällig, ging zum Telefon und rief seine Frau nochmals an, um ihr mitzuteilen, was er die letzten Stunden getrieben hatte. Gleichzeitig betonte er, dass sie sich finanziell keine Sorgen machen müsse. Da er ihr aber nicht trauen könne, müsse sie ihn ab jetzt immer fragen, wenn sie Geld brauche. Das sei nach ihrem Raubzug ja wohl nicht so schnell der Fall!

»Ja, ja, ich überweise es dir zurück! Ich hatte eben Angst.«

»In Ordnung! Gut.« Wilhelm hängte ein. Brütete darüber, wie es zugehe, dass sich Angst im Leerräumen von Konten äußerte, während es in der verlassenen Wohnung dämmerte. Er holte sich Decke und Kissen vom Futon und legte sich wieder aufs Sofa. Die Arme hinter dem Kopf verschränkt lag er und blickte zur Decke. Sein Atem ging ruhig und schaffte Raum für die Angst.

Zum ersten Mal fühlte Wilhelm konkret Angst. Zum ersten Mal seit er verheiratet war, wurde sie ihm bewusst – das erste Mal seit 39 Jahren. Er spürte, wie sie sich auf ihm niederließ.

Er stand wieder auf und rief Heinz an.

»Kein Problem, du störst mich nicht, du kannst mich jederzeit anrufen. Hör zu, Alter: Niemand sagt, dass du Krebs hast! Zu fünfzig Prozent hast du keinen, wird dich die Vergrößerung nur beim Pissen stören. Da kann man was machen. Und wenn sie krebsig ist, stirbst du zu fünfzig Prozent, aber auch das kann, wie du weißt, dauern, bis zu fünfzehn Jahre. Das heißt, es sieht nicht schlecht aus! Sterben müssen wir alle, und wie gesagt, in casu canceris besorg ich dir den besten Schnippler, der deine Nervenstränge nicht ruiniert, damit du weiterhin einen hochkriegst! Also, du kannst den Ball flachhalten! Bis bald! Grüße von meiner Frau!« Und leise: »Die wär' froh, wenn ich keinen mehr hochkriegte. Verstehst du?« Meckerndes Gelächter von Heinz.

Dieses Gespräch beruhigte Wilhelm nicht. Er verbrachte eine schlimme Nacht.

Die Auseinandersetzung mit dem Tod war Wilhelm seit einigen Jahren nicht fremd. Im Gegenteil, er versuchte mit zunehmendem Alter und dem damit einhergehenden physischen

Abbau, sich mit der Vorstellung vertraut zu machen, dass das Ende näher kommt. Und außerdem: sapientia non mortis sed vitae meditatio est. Der Satz stammte vom heiligen Augustinus.

Sich philosophisch Gedanken über den Tod zu machen, ohne konkreten Anlass, auf den Pfaden der Weisheit zu wandeln – das ist eine Sache. Eine andere ist es, wenn der Sensenmann direkt vor einem steht. Noch dazu, wenn man so sehr mit seinem Leben im Clinch lag wie Wilhelm. Und er seinen gesamten verbliebenen Willen für das Durchhalten aufzubieten hatte.

Das klingt nach Russlandfeldzug!

Meinetwegen! Es hat etwas Heroisches, sein Leben durchzukämpfen!

Ein Russlandfeldzug endet immer übel.

Mit Evelin, die schon längst wieder die Praxis regierte, war abgesprochen, am nächsten Morgen nach Halle zu fahren. Sie hatte dort einen Hypnosekurs belegt. Noch war Urlaubszeit und Udo wieder aushäusig beschäftigt.

Wilhelms Wagen war noch beim Mechaniker. Pünktlich um 8 Uhr saß Wilhelm, ein Haufen Elend, auf der Stufe vor dem Hauseingang und wartete auf den Golf von Evelin.

Geschlafen hatte er nicht.

Der silberne Golf fuhr vor. Evelin drückte von innen die Beifahrertür auf. Er sah sie lächeln. Er lächelte auch und warf seine Tasche auf den Rücksitz. Sie fuhren die Avus hinunter.

»Wieder mal«, dachte Wilhelm »wie oft wohl noch?«

»Ich weiß nicht, ob es klug ist, jetzt mit nach Halle zu fahren …« Sie blickte ihn kurz von der Seite an. Ihre Augen waren hell und ihr Gesicht so offen fragend, dass es Wilhelm nicht schwer fiel, ihr seinen Zustand zu erklären.

Evelin beschleunigte.

»Komisch, wie ich dich auf der Stufe sitzen sah, habe ich mir genau so was gedacht. Umso besser, dass du mitkommst.«

Wilhelm schob sich so tief in den Sitz, dass er nur noch die Wolken draußen vorbeiziehen sah.

»Ich glaube, du musst das Hypnotisieren nicht mehr lernen«, grummelte er.

»Leider reagieren nicht alle auf mich wie du, Doktorchen.«

»Gott sei Dank!«

»Ich will lernen, durch Schnellhypnose deinen Patienten die Angst zu nehmen, sie locker zu machen. Dann empfinden sie den tatsächlichen Schmerz, nicht den, den sie sich eingebildet haben. Ich mach' das auch für mich, damit sie mich nicht so nerven.«

Sollte das ein Hinweis für ihn sein? Entschlossen schob Wilhelm den Verdacht beiseite, zog seine Basecap tief ins Gesicht, schloss die Augen und legte seine Hand auf den Schenkel der Frau, um ihre Wärme in sein fröstelndes Innere zu leiten. Ihm wurde warm, und er döste ein.

Die Tage in Halle verbrachte Wilhelm mit Wanderungen durch die Stadt, wartend. Sobald Evelin aus dem Kurs zurück war und das Hotelzimmer betreten hatte, liebten sie sich: Wilhelm mit einer Verbissenheit, die Evelin, wie sie bei einem Abendessen lächelnd erwähnte, fast überanstrengte. Das hörte Wilhelm sehr gerne.

Beim einzig akzeptablen Italiener der Stadt genoss es Wilhelm, Evelin zuzuhören. Er staunte über sich selbst, dass er sie nicht ständig unterbrach. Sie stellte fest, dass sie noch nie so viel erzählt hattee. Das sei allerdings bei Udo auch nicht möglich, der sie schon fast mundtot gemacht habe.

»In der Praxis bist du doch munter und stets gesprächig!«

»Aber nicht zu Hause.«

Wilhelm erinnerte sich an Vorwürfe von Katarina, zu Hause so muffelig zu sein. Da gäbe es nichts zu lachen, während er in der Praxis ja bekannt sei für seine witzige Art.

Am Morgen, nachdem er in der Nacht erneut über Evelin hergefallen war, zog Wilhelm wieder durch die Straßen. Er rief seine Kollegin Gundula an. Er erwischte sie lesend zu Hause. Lesen war ihre Lieblingsbeschäftigung.

Sie versuchte, ihn auf ihre Weise zu beruhigen. Das Ganze sei auch im schlimmsten Falle, wenn rechtzeitig diagnostiziert, und davon gehe sie jetzt aus, nicht tödlich. Und in ihrer beider Alter, sei ja auch ein Leben ohne Erektion möglich, vielleicht sogar besser.

Wilhelm bedankte sich wortkarg. Er beschleunigte seine Schritte und gönnte sich Gereiztheiten gegen seine alte Vertraute: »Blödsinn, Schwachsinn, hätte ich mir denken können, weiß ich doch selber alles!« Er versuchte, sich in der Saline abzulenken, zu erkunden, was es mit den Halloren, den Hallenser Salzmenschen, auf sich hatte.

Mittags hatte er Evelin eine SMS geschickt: »Halle macht mich alle – Ich geh umher und denk an dich. Was will ich mehr? Ich küsse ich.«

Am Samstag, Wilhelm war wieder in der Stadt unterwegs, rief ihn eine alte Freundin an, zu der bereits die Kunde von Katarinas indischer Liebe gedrungen war. Sie fungierte gerne als Verteiler von Neuigkeiten, und Wilhelm ließ sich von ihr aufklären, dass diese Ayurveda-Behandlungen äußerst lukrativ seien, da die Klientel betucht und die Linderung aller physisch-psychischen Qualen, die diese Frauen umtrieben, Gegenstand der Behandlung sei. Das möge Wilhelm bedenken bei seinen finanziellen Regelungen, die ja wohl bevorstünden.

Da war sie wieder, die unterste Ebene in der Krise, um die Wilhelm so gerne einen Bogen machen würde. Er ahnte: Diese Ebene war nicht zu umgehen. Er würde sich mit Rechtsanwälten herumquälen müssen, mit Notaren Listen schreiben, die Altersversorgung auseinanderklamüsern, um Besitz und Rechte streiten, und wäre zu allem Überfluss abhängig von den guten und schlechten Ratschlägen von Freunden.

Diese Ebene war sumpfig. Wilhelm überfiel die panische Vorstellung, in ihr steckenzubleiben und langsam in ihr zu versinken. Die triviale Seite der Beziehung würde ihn zermürben!

Ausgerechnet da rief Katarina an. Zum Zeichen ihres guten Willens, mache sie den Vorschlag, eine Mediatorin aufzusuchen …

»Was ist das denn?«

»Na, jemand, der ausgebildet ist, in Streitigkeiten zu vermitteln. Ich habe gedacht …«

»Für Geld natürlich!«

»Natürlich, was denkst du denn? Aus reiner Menschenliebe, oder was? Sie könnte in unserem Streit vielleicht vermitteln, sodass auch du damit leben kannst.«

»Ja, meinetwegen. Vielleicht … ich glaube ja nicht … aber ich will nicht der Spielverderber sein. Vielleicht nützt es ja. Eine Frau?«

»Ja, eine Frau.«

»Auch das noch. Und wann?«

»Nächsten Donnerstag, 16 Uhr, Grunewaldstraße 12 in Steglitz, Frau Hintzig.«

»Ach, alles schon geregelt!«

»Ja, für alle Fälle habe ich schon einen Termin gemacht. Die sind überlaufen.«

»Ja, ja, nichts als Probleme in der Welt! Und alle unfähig, damit alleine zurechtzukommen …«

»Also: Donnerstag, 16 Uhr.«

Wilhelm versuchte, nicht schon an diesem Samstag an den nächsten Donnerstag zu denken, er lief herum, bis er fußlahm war, und schlurfte mit schmerzenden Gelenken zurück ins Hotel, um auf Evelin zu warten.

15. KAPITEL

Der Inder und sein Masseur waren abgefahren, zurück nach Indien. Das Ayurveda-Projekt in Europa war ein Erfolg gewesen.

Das wusste Wilhelm nicht, als er am Steglitzer Kreisel aus der U-Bahn stieg und am Schlossparktheater vorbei die Grunewaldstraße hochging, um pünktlich um 16 Uhr bei der Mediatorin zu läuten.

Wilhelm hatte sich nicht vorbereitet auf das Gespräch. In Gedanken war er bei Evelin. Der Abschied von ihr, die letzte Nacht, das war schwer gewesen. Beide spürten, dass ihre »Beziehung« – Evelin rutschte das fürchterliche Wort heraus – nicht ohne Probleme so fortgesetzt werden konnte. Da war Udo, und da war die Praxis, in der jetzt einer der beiden Chefs ein Verhältnis mit der Angestellten hatte. Wilhelm hatte insgeheim zu hoffen gewagt, Evelin ganz für sich gewinnen zu können. Evelin hatte versucht, ihm zu erklären, dass sie »vernünftig« sein müssten. Sie hatten sich versprochen, sich bis Praxisbeginn nicht mehr zu sehen. »Warum eigentlich?«, fragte Wilhelm laut, während er in den dritten Stock stieg.

Katarina war schon da, lächelte ihm etwas schief aus einem Sessel entgegen.

Noch im Hinsetzen riss Wilhelm die Situation an sich, er wollte dieser Mediatorin ein möglichst negatives Bild von sich geben: »Also, wie soll das gehen? Zu zweit in der Wohnung! In Ordnung, einer schläft im Wohnzimmer vorne und einer im

Schlafzimmer hinten. Zwei Klos sind auch da. Von mir aus dusch' ich auch im Gästebad« Und mit Blick auf Katarina sagte er: »Eben doch gut, dass ich da eine Dusche hab' einbauen lassen! Was musste ich mir dafür wieder anhören! Gut, zwei Eingänge sind auch da. Von mir aus gehe ich hinten hoch und leg mich dort ins Schlafzimmer. Dann hast du die Dusche im Gästebad! Von mir aus aber auch anders rum!«

»Kann ich vielleicht auch mal was sagen?«, versuchte Katarina mit auffallend sanfter Stimme, Wilhelms Wortschwall zu unterbrechen.

»Warte, bis ich fertig bin! Dann kannst du reden, solange du willst.«

Hilflos lachender Blick von Katarina zur Mediatorin. Diese versuchte zu besänftigen, doch Wilhelm ließ sie nicht zu Wort kommen.

»Ihr habt euch wohl schon abgesprochen? Von mir aus! Was ist mit dem Umstand, dass die Wohnung nicht abzutrennen ist. Vielleicht will ich ja hinten im Schlafzimmer mit einer Frau vögeln. Soll ich ihr den Mund zuhalten?«

»Herr Merkatz ...«

»Der Inder jedenfalls kommt nicht in die Wohnung!«

»Herr Merkatz, so geht das hier nicht ...«

»Warum nicht? Erst stelle ich meinen Standpunkt dar. Dann sie!«

»Wir sollten ins Gespräch kommen, um eine Lösung zu finden.«

»Ich will mich hier nicht unterhalten, gute Frau! Schließlich zahle ich diese ganze Veranstaltung. Meine Frau, ist sie ja noch, hatte wieder mal eine tolle Idee, und ich zahle!«

Da läutete das Handy. Wilhelm kramte es mit dem üblichen Gezerre hervor, entschuldigte sich und stürmte ins Nebenzimmer. Es war nicht Evelin. Es war Heinz.

»Hey Alter, hast du eine Minute?«

»Ich ruf dich gleich zurück. Ich bin gerade bei einer Mediatorin.«

»Bei was?«

»Mediatorin! Konfliktbewältigung!«

»Gibt's das? Also vergiss nicht! Bis gleich.«

Wilhelm trat zurück ins Besprechungszimmer.

»Könnte man nicht einen Vorhang im Gang aufhängen, der den hinteren Teil der Wohnung abtrennt?«, versuchte es Katarina.

»Einen Vorhang?«, bellte Wilhelm, »tolle Idee! Und wer macht den hin? Der muss ja an was hängen! Vorhangstange, Vorhangringe, Dübel in die Wand, wer macht das? Ich natürlich, damit ich dann deine indischen Mahlzeiten riechen darf, die ihr da kocht!«

»Falls du Cheran meinst, der ist abgereist.«

Wilhelm stutzte einen Moment. »Aha, und deine beiden Fickbuden zahle ich weiter?«

»Herr Merkatz …«

»Was ist mit der Küche?« Katarina wurde nun auch wütend.

»Könnte man nicht provisorisch einen Kocher im Bad aufstellen?«

»Ich soll im Bad kochen? Tolle Idee!«

»Du kochst doch eh' nie. Du kannst ja gar nicht kochen!«, schrie Katarina.

»Aber Abspülen! Abspülen! Das erledige ich am besten in der Kloschüssel! Ist ja toll!«

Wilhelm sprang auf, zog so heftig seinen Mantel über, dass der Kragen nach unten klappte, griff sein Basecap, fuchtelte mit seinem Handy, blickte mechanisch rabiat auf seine Uhr. »Tut mir leid, ich muss weg! Schicken Sie die Rechnung!«

Er rannte aus der Praxis, in schnellen Schritten die Treppe hinunter. Da bemerkte er, dass er seinen Schal oben vergessen hatte, rannte wieder hoch. Katarina stand schon in der Tür und reichte ihn Wilhelm mit einem angestrengten Ausdruck, der Wilhelm vor Augen blieb, während er die Treppe wieder hinuntergaloppierte.

»Ich rufe dich an!«, hörte er noch von oben, riss die Haustür auf und trat auf die Grunewaldstraße.

Die Sonne schien. Hinter dem Schlossparktheater liegt ein kleiner Park. Dorthin lief Wilhelm mit seinem Handy. Wilhelm wählte, und Heinz nahm ab. Er erklärte ihm, dass der Befund positiv sei. Wilhelm verstummte. Er hatte Krebs.

»Hör mal, Alter, der ist noch nicht mal in den Lymphen, bin ich sicher. Keine Metastasen! Du lebst weiter. Du wirst operiert und lebst gesund noch dreißig Jahre.«

»Ohne Schwanz«, sagte Wilhelm tonlos.

»Mit Schwanz ...«

»Ich meine: ohne Erektion.«

»Mit Erektion! Wilhelm! Ich schicke dich zu Professor Prätorius nach München. Der macht nichts anderes. Der schnippelt um deine Nervenstränge herum. Komm morgen um 15 Uhr in die Praxis.

»Und Orgasmus?«

»Ist möglich, trocken.«

»Ohne Sperma, meinst du?«

»Ja, ohne Sperma.«

Wilhelm stand im Park. Vom nahen Spielplatz drang das Kindergeschrei gedämpft zu ihm. Da stöhnte Wilhelm laut auf wie ein zu Tode Getroffener. Erschrocken drehten sich eine Mutter und ihr Kind, die auf dem Weg vor ihm gingen, zu dem Mann um, der da so laut war. Sie fasste ihr Kind an der Schulter und schob es eilig auf seinem Dreirad weiter Richtung Spielplatz.

Wilhelm ging hinunter in die U-Bahn. »Ich hatte ja mal ein Auto«, dachte er. Das war jetzt weit entfernt, kam aus einem anderen Leben. Er stand auf dem Bahnsteig und wartete mit den anderen Erdbewohnern. Er schaltete sein Handy aus. Er hatte das Gefühl, allein zurechtkommen zu müssen. Er wurde ruhig. Es wurde still um ihn. Kein Gedanke, keine Überlegung störte. Da war kein bestimmtes Gefühl, das ihn bedrängte.

Ein Bild mit Kühen tauchte vor ihm auf. Sie waren, erst eine, dann eine nach der anderen, die steile Wiese in aller Ruhe heraufgekommen bis direkt an den Drahtzaun und hatten ihn betrachtet, wie er allein an der Wegböschung saß, in die Landschaft schaute und etwas aß. Sie blickten ihn ruhig an, und er blickte sie an. Und für einen langen Moment war das alles, war Ruhe und Nähe. Das war im Burgund gewesen vor acht Wochen.

Er hatte kein Empfinden, wie lange er gewartet hatte, bis das Röhren aus dem dunklen Loch zu ihm drang und der kalte Lufthauch ihn streifte. Er trat vor dem einfahrenden Zug etwas zurück, wartete, bis sich die Türen öffneten, und stieg ein. Er hatte viel Zeit. Am Bahnhof Zoo stieg er aus, ging zum Eingang des Zoos und kaufte sich eine Eintrittskarte. Die Frau am Schalter wunderte sich über den späten Besucher: »Noch fünfzig Minuten, dann machen wir zu.«

Wilhelm nickte freundlich und ging die fünfzig Minuten zwischen den Tieren herum, ohne sie wahrzunehmen. Da hörte er das Trompeten eines Elefanten. Als er an das Gehege kam, sah er noch das Hinterteil des Letzten aus der Gruppe mit wedelndem Schwanz im Tor zum Schlafgebäude verschwinden.

Wilhelm ist dann wohl in die Gervinusstraße gewandert. Er kann sich nicht mehr genau erinnern, aber offensichtlich hat er nach kurzem Aufenthalt dort die Wohnung wieder verlassen und ist zu Fuß bis zum Schlesischen Tor gelaufen, um dort in der Besenkammer die Nacht zu verbringen. Es muss ungefähr gegen 22 Uhr gewesen sein, als Wilhelm nochmals aufbrach und mit der U 1 zurück bis zum Wittenbergplatz und weiter zur Uhlandstraße fuhr, dort ausstieg und den Ku'damm hinunter wieder in die Gervinusstraße ging. Er kann sich daran erinnern, dass er bis in die Morgendämmerung in der Wohnung auf und ab gewandert war und dann in einen kurzen Schlaf fiel.

Als er in der Früh geduscht, seine verstreuten Kleidungsstücke eingesammelt hatte und sich an die Vorbereitung eines Tees mit Ingwer und Kardamom, wie gewohnt, machte, riss der Kokon. Die Schonfrist war vorbei.

Mit dem gleißendem Licht der Morgensonne fiel die Panik ihn an. Eine weitere Blase in seinem Leben war geplatzt. Und wie beim Anruf Katarinas, der ihn in der Taubenscheiße traf, war es ihm, als ob er den Befund schon lange vorher tief im Innern gespürt hatte.

Wie ein Tier im Käfig lief Wilhelm im Wohnzimmer im Kreis, warf sich dreimal aufs Sofa, um Klagelaute auszustoßen, sprang wieder auf und setzte seinen Rundgang fort.

Aber du hast doch gehört: Es war nicht lebensbedrohlich, oder doch?

Diese Attacke auf den wichtigsten Teil meines Körpers! Den Teil, den ich brauche, um in der menschlichen Gemeinschaft zu verbleiben: der Hebel mit dem ich den Ausbruch aus der Todeszelle erzwingen kann, die das Leben ohne Frau für mich bedeutet!

Rede mit Frauen, und sie werden dir erklären, und du wirst spüren, welch ein Neandertaler du bist!

Pünktlich und blass erschien er bei Heinz, um zu besprechen, was er schon wusste. Die grobe Art seines Freundes tat ihm jetzt gut. Er lechzte nach den derben Witzen, die ihm Heinz bereitwillig bot. Anscheinend war er zartfühlender, als Wilhelm vermutet hatte.

Sein Befund: Es war zu hoffen, dass die Krebszellen noch

nicht gestreut hatten, die Lymphknoten in der Leiste noch nicht betroffen waren. Der PSA-Wert allerdings war eindeutig. Wilhelm hatte sich vor sechs Monaten routinemäßig untersuchen lassen. Mit einer nervenschonenden Radikal-OP sei der Krebs wohl weg. Und wegen seiner Erektionsfähigkeit solle er sich keine Sorgen machen. Und was den Orgasmus betreffe, so sei ihm ja bekannt, dass Erektion, Sperma und Orgasmus keine sich bedingende Trinität darstellten. Das beruhigte Wilhelm ein bisschen.

Und die Aussicht, doch an deinem Krebs zu sterben, hat dich …?

Nein, zu diesem Zeitpunkt nicht!

Es war Mitte Juni, innerhalb von zwei Monaten sollte die Operation stattfinden. Wilhelm dankte seinem Freund und verließ die Praxis. Er wusste, was zu tun war. In der Apotheke im Erdgeschoss des Ärztehauses deckte sich Wilhelm mit einer Packung Viagra ein, eilte zum Bahnhof und kaufte eine Fahrkarte nach Halle.

Der Regionalexpress war überfüllt. Er fand keinen Sitzplatz. Es störte ihn nicht. Eingekeilt in der Menge hatte er still zu stehen. Er drückte sich zur Wagenmitte durch. Im Winkel neben der Toilette zog er sein Handy heraus, hörte die Mailbox nicht ab, sondern rief gleich Heinrich an. Die Verbindung war miserabel. Das Dröhnen des Zuges machte es noch schwerer, sich verständlich zu machen. Wilhelm wollte nicht schreien. Es musste nicht jeder wissen, dass er Krebs zwischen den Beinen hatte. Endlich verstand Heinrich, worum es ging.

Mit einem munteren Auflachen kam die Antwort: »Ha, du wirst ja zur Weisheit geprügelt!«

Wilhelm atmete schwer durch. Was hatte er erwartet von Heinrich? Trostworte?

»Jetzt hast du den Kampf mit dem Drachen kaum bestanden …«

»Von welchem Drachen sprichst du? Katarina ist kein Drache!«

»Natürlich nicht im Sinne eines Hausdrachens, metaphorisch gedacht, denk an den heiligen Georg und seinen Kampf, den Weg des Helden …«

»So komme ich mir wahrlich nicht vor im Moment.«

»Kaum hast du ihn besiegt, folgt schon die Zerstückelung!«

»Die Zerstückelung?«

»Ja, denk an Osiris, Dionysos, die Kreuzigung! Der Sieg über den Körper.«

Da riss die Verbindung ab. Wilhelm schaltete sein Handy aus und presste seine Stirn an die Fensterscheibe. Die Kühle des Glases, das Vibrieren seines Schädels, der Blick auf den rasenden Streifen Gegengleis sedierten ihn. »Zerstückelung! Zerstückelung!«, pulsierte es in seiner Hirnschale.

Als er in Halle ankam, war es Abend. Die Stadt lag in der Abendsonne. Sol lucet omnibus. Doch Wilhelm merkte nichts davon. Er war im Tal der Düsternis angekommen. Eilig drängte er sich durch das Gewimmel, trat aus dem Bahnhof und ging die hässlichen Straßen hinunter zum Hotel.

16. KAPITEL

Wieder hatte sich Wilhelm nicht angemeldet. Er ging langsam auf dem trüb erleuchteten Gang im zweiten Stock auf das Zimmer 24 zu. Kam es unter dem neuen Teppich hervor, oder drang es aus den Tapeten? Der unverkennbare Geruch von DDR-Fluren war immer noch anwesend. Für Wilhelm war er die chemische Entsprechung Osteuropas zum Verwesungs- und Fäulnisgeruch der Tropen. Vor Nummer 24 blieb er stehen und drückte sein Ohr an das holzgemaserte Furnier. Leise klang Radiomusik durch die Tür. Evelin war bereits zurück. Er wählte, hörte es im Zimmer läuten, hörte, wie sie »Ja, bitte?« sagte.

»Ich bin's.«

»Ach ,Willi, du?«

»Ich wäre so gerne bei dir.«

»Ich auch bei dir.«

Die Antwort kam direkt: »Dann geh zur Tür und mach sie auf!«

Sekunden später ging die Türe auf, und Evelin zog Wilhelm, wie er es sich vorgestellt hatte, in ihr Zimmer, während sie mit der freien Hand die Tür zuschob.

Sie umarmten sich. Wilhelm blieb stumm. Da wusste sie, dass der Bescheid positiv war, dass Wilhelm Krebs hatte. Sie schloss die Arme um ihn, und Wilhelm war es, als ob er in ihr mit Haut und Haaren versinken würde.

Es war schon dämmrig im Zimmer.

Als sie sich voneinander lösten, sah Wilhelm Tränen auf ihrem Gesicht.

Da hätte er alles hingegeben für diese Frau und war so elend wie nie zuvor.

»Wann lässt du dich operieren?«

»In zwei Monaten spätestens.«

»Das heißt …«

»… dass wir noch möglichst oft ficken sollten bis dahin.«

»Ach, das wirst du nachher auch noch können …«

»Wer weiß, und ohne …«

Sie drückte ihre Lippen auf seine, und wenige Minuten später lagen sie schon nackt beieinander.

Gegen 23 Uhr lagen sie noch auf dem Bett.

»Morgen ist Schluss mit dem Kurs.«

»Und?«

»Ich weiß jetzt Bescheid, aber deine wehleidigen Patienten werden weiterhin jammern müssen, weil in der Praxis …«

»Und meine Selbstheilungskräfte kannst du hypnotisch nicht so erwecken, dass sie für Ordnung hier unten sorgen?«

Sie schaute Wilhelm kurz an und merkte, dass der versuchte Scherz nur vorgeschoben war. »Lass uns noch mal rausgehen. Es ist ein so schöner Abend.«

»Ja, hier ist es stickig, oder es kommt mir so vor.«

Sie gingen Hand in Hand. Sie trafen auf ein großes Gartenlokal, in dem noch eine Schar Studenten saß und Bier trank. Wilhelm holte ebenfalls Bier und setzte sich neben Evelin auf die Bank. So nahe, dass seine Hüfte und sein Oberschenkel sie berührten. Sie duldete es. Sie tranken stumm ihr Bier und sahen dem Treiben um sie herum zu.

»Mein Gott, jetzt bin ich auch schon bald fünfzig.«

»Was heißt auch? Die sind zwanzig und ich sechzig!«

»Stimmt, wir sollten nicht jammern. Vergiss nicht, Montag ist wieder Praxis!«

»Bin da.«

»Sicher bist du da, Chef! Ich freu mich drauf.«

Wilhelm hörte gern, dass sie ihn aufforderte, das Leben, wie es anstand, weiterzuleben.

Zurück im Hotel, zurück im Bett, drängte er sich an sie. Sie erzählte ihm mit schläfriger, sanfter Stimme, dass Udo eine chinesische Liebestechnik gelernt habe, bei der der Mann beim Orgasmus sein Sperma zurückhalte. Dazu brauche es ein besonderes physisch-mentales Training. Ein trockener Orgasmus, der außerdem noch stärker sein soll als der übliche. Der Gedanke dahinter sei es, den extrem gehaltvollen Körpersaft nicht zu verschleudern. Die yogamäßige Beherrschung des Körpers werde als Voraussetzung einer »höheren, mehr spirituellen Existenz« angesehen – laut Udo. Dass Udo es war, der als Spezialist in Sachen Sex auftrat, ärgerte Wilhelm.

Gegen drei Uhr fuhr er hoch, wälzte sich schweratmend von einer Seite auf die andere, wollte die Frau neben ihm nicht im Schlaf stören und wollte doch, dass sie Anteil an seiner Not nehme. Sie nahm ihn schlaftrunken in ihre Arme. Es half nichts. Die Unruhe zwang ihn weg von ihr, aus dem Bett. Er ging auf dem knarzenden Boden auf und ab.

Sie machte ihm den Vorschlag, sich verkehrt herum, also mit dem Kopf am Fußende, wieder ins Bett zu legen. Das helfe manchmal.

»Stammt das auch von Udo?«

»Nein, von meiner Mutter.«

Wilhelm folgte dem Rat und verbrachte den Rest der Nacht mit dem Kopf an Evelins Füßen, während die seinen hinter Evelins Hinterkopf auf dem Leintuch scharrten.

Am Morgen entschuldigte er sich, sie so gestört zu haben.

»Du brauchst dich nicht zu entschuldigen. Du machst es bis jetzt sehr gut.«

Sie gab ihm einen Abschiedskuss und ging zur Tür hinaus.

Wilhelm streifte seinen Lungi ab und betrachtete die weißlichen Flecken, die sein Sperma auf der schwarzen Baumwolle hinterlassen hatte. Er würde ihn nicht waschen, beschloss er. Dann ging er ins Bad, um zu duschen. Er sah sich nackt im Spiegel: Eine doch recht kümmerliche Erscheinung. Alle seine körperlichen Defizite, die er sein ganzes Leben lang genau beobachtet hatte, hatten sich verstärkt. Klein war er schon immer. Doch inzwischen hatte er etwas Gnomhaftes angenommen. Er war geschrumpft, eindeutig. Nur sein eh zu großer Kopf leider nicht! Die Hüften waren breiter geworden, sein Hinterteil noch flacher, seine rechte Schulter hing noch mehr. Alles hatte eine Tendenz nach unten bekommen: zum Grab hin. Nicht mal wirklich intelligent sieht er aus, der Merkatz. Betrübt ließ er sich auf dem Wannenrand nieder.

Am Abend würden sie nach Berlin zurückfahren. Sie zurück zu ihrem Udo. Er in die leere Sohneswohnung und würde dort versuchen, die Nacht zu überstehen. Ab Montag dann wieder Praxis, mit Evelin als Angestellter. Und er würde beginnen, seine Operation zu planen.

Er stand nochmals auf und stellte sich vor den Spiegel. Wäre es nicht das Natürlichste, nichts zu tun? Sich dem Verfall, der ohnehin nicht aufzuhalten ist, nicht entgegenzustemmen? Warum diese Kümmerlichkeit erhalten? Das Schicksal anzunehmen und am Prostatakrebs zu sterben, wie es Jahrtausende üblich war, wäre das nicht auch würdiger? Und überdies: Niemand weiß, wann der Krebs sich entschließt, die Prostatadrüse zu verlassen, um weiter in den Körper vorzudringen.

Er setzte sich wieder auf den Wannenrand. Früher wurden die Menschen auch nicht so alt. Was sollte er hier in diesem Badezimmer oder sonst wo auf der Welt? Wie viel Energie war notwendig, um die Geschichte mit seiner Frau durchzustehen! Und jetzt sollte er seine ganze Kraft für den Kampf gegen den Krebs mobilisieren, der nur mit schlimmen Blessuren zu gewinnen war! Warum nicht einfach alles treiben lassen? Irgendwo würde er schon landen. Der Strom des Lebens würde ihn irgendwo abladen.

»Sterben müssen wir alle – und allein!«, dachte Willi. Die Aussicht, allein zu sein, allein das alles bestehen zu müssen, ließ ihn verzagen. Mit hängenden Schultern saß er da. Sein Bauch wölbte sich lasch über seinem Geschlechtsteil.

Selbst wenn es keinen Udo gäbe, durfte er nicht erwarten,

dass eine Frau, die 15 Jahre jünger war als er und vor Gesundheit strotzte, sich für ihn entscheiden würde. Und selbst wenn, hätte er die verdammte Pflicht, meinte er, sie abzuweisen, um sie nicht unglücklich zu machen. Dieser Edelmut ließ ihn sich ermannen und die Dusche aufdrehen, um für einen neuen Tag in der ostdeutschen Stadt wenigstens äußerlich gerüstet zu sein.

Im Hallenser Dom, der von außen mit seinen Renaissancegiebeln recht profan aussieht, kam Wilhelm mit einem Kunstfreund ins Gespräch, der ihm von einem wundervollen Höllensturz erzählte, den er in einer romanischen Kirche in den Alpen nahe Garmisch-Partenkirchen entdeckt habe. Und er empfahl ihm als Bayern, als den er ihn erkannte, dringend, beim nächsten Besuch in der Heimat einen Ausflug dorthin zu machen. Der Realismus der geschilderten Qualen, Ängste und Gräuel, die Raserei der Furien habe ihn begeistert, sei geradezu modern! Wilhelm notierte höflich die Wegbeschreibung zum Höllenschlund und ging ins Freie.

Auf der Mailbox beschwerte sich Christian mit gehobener Stimme über sein undiszipliniertes Verhalten. Er sei überhaupt nicht mehr greifbar. Seine Praxis lasse er wohl verrotten. Gerade jetzt in der Krise komme es darauf an, Vernunft zu zeigen.

Wilhelm lächelte. Schon als Kind hatte Christian seinen Eltern und dem älteren Bruder beim Frühstück Standpauken gehalten und mehr Ordnung eingefordert. So hasste er es etwa, seinen Vater in der Frühe mit struppigem Haar durch die Wohnung schlurfen zu sehen, während seine Unterhose halb in den

Kniekehlen hing. Kinder mögen so etwas nicht. Dass er dann noch auf Demonstrationen gegen Atomkraftwerke mitgeschleppt wurde, hatte dazu geführt, dass Christian konservativ geworden war und Jurisprudenz studiert hatte. Nicht aus Leidenschaft, wie er seinem Vater erklärte, sondern aus Vernunftgründen. Einer müsse ja den Durchblick behalten.

Wilhelm machte sich Sorgen um ihn. Und sich Vorwürfe. Er musste zugeben, dass er sich zwar immer angestrengt hatte, diese Familie zu ernähren, sich aber nach Möglichkeit herausgehalten hatte, wenn er Probleme bei seinen Söhnen ahnte. Das hatte er lieber seiner Frau überlassen, die sich darum kümmerte – allerdings …

Du meinst, die pädagogischen Ziele wurden nicht erreicht?

Schon diese Ausdrucksweise! Inzwischen bin ich überzeugt, dass Erziehung und das soziale Umfeld, wie es heißt, nur ein Faktor sind, der unsere Entwicklung bestimmt. Bestimmt nicht unwichtig, aber eben nur einer! Der genetische Faktor, die Veranlagung, die wir in den Siebzigerjahren nur für Physiologisches akzeptierten, gilt eben wohl auch für Geistig-Seelisches, Charakterliches. Es werden eben nicht alle gleich dumm geboren, gleich heiter, gleich musikalisch, gleich mutig. Mir fällt es schwer zu akzeptieren, dass meine Persönlichkeit nur ein Haufen biochemischer Reflexe sein soll. Und was ist mit der Seele? Wird die auch vererbt? Hat jeder dieselbe? Und was ist mit dem Schicksal?

Jetzt wirf doch nicht wieder alles durcheinander!

Das gehört alles zusammen! Und meines ist, dass mir in dem Augenblick, in dem mich meine Frau verlässt, die Eier abgeschnitten werden!

Aber werden sie doch gar nicht ...!

Ach, am einfachsten erklärt man das Leben mit den Worten Glück und Pech.

Wilhelm rief seine Söhne an und meldete sich für den nächsten Abend bei ihnen an.

Eine zweite Nachricht auf der Mailbox war von Katarina. Sie teilte ihm mit, dass ihre Idee mit dem Mediatorengespräch wohl falsch gewesen sei, und bat ihn um Rückruf. Er rief nicht zurück.

Erster Zettel:*

```
Was Fliegen sind für böse Buben,
sind wir für die Götter.
Sie töten uns zum Spaß!

(Shakespeare)
```

* Anmerkung: Willhelm hat mir vor seiner Einlieferung in die Klinik ein paar Zettel in die Hand gedrückt mit Texten aus dem »Tal der Düsternis«, wie er es nannte. Darauf hatte er – die Schrift teilweise offensichtlich durch Alkoholgenuss entstellt – Notizen gemacht.

Am Abend fuhr er mit Evelin nach Berlin. Sie lud ihn in der Gervinusstraße ab und fuhr weiter zu Udo.

»Bis morgen!«

»Ja, bis morgen!« Ein flüchtiger Kuss, und Wilhelm stieg aus.

Er ging in die gemeinsame Wohnung, neue Kleidung holen. Katarina empfing ihn freundlich. Wilhelm wehrte sich nicht dagegen. Schwach, wie er war, musste er mit seinen Kräften haushalten. Katarina machte ihm den Vorschlag, bis auf Weiteres gemeinsam in der Wohnung zu leben. Wilhelm spürte Wärme, die von ihr ausging. Er wies sie nicht ab und nahm sie auch nicht an.

Er entschuldigte sich mit dem morgigen Arbeitstag und zog sich auf das Sofa im mittleren Zimmer zurück. Durch die Tür fragte Katarina, ob sie zusammen frühstücken sollten. Wilhelm nahm den Vorschlag halbherzig an. Immer noch roch es leicht nach Ayurveda in der Wohnung, oder hatte Katarina Räucherstäbchen angezündet?

Er zog die alte abgesteppte indische Baumwolldecke über sich. Es war still in der Wohnung.

Zweiter Zettel:

> Narada hatte durch lange Askese Vishnus Gnade gewonnen. Der Gott war dem Heiligen in seiner Einsiedelei erschienen und hatte ihm die Erfüllung eines Wunsches gewährt. »Wenn ich dir wohlgefällig bin«, erwiderte der Heilige dem Herrn des Alls, »so lass mich deine Maya erkennen!«

»Was sollte es dir frommen, meine Maya zu erkennen? Niemand kann meine Maya verstehen. Niemand hat sie je verstanden, und niemals wird jemand sein, der in ihr Geheimnis eindringt«, antwortete der Gott. Und mit dem rätselhaften Lächeln auf seinen Lippen: »Ich will es dir gewähren. Komm mit mir!«
Aus dem freundlichen Schatten der Einsiedlerhütte führte Vishnu Narada über einen öden Streifen Land, der wie Metall unter der erbarmungslosen Sonne brannte. Die beiden hatten bald großen Durst. In dem gleißenden Licht gewahrten sie in einiger Entfernung die Strohdächer einer kleinen Ansiedlung. Vishnu fragte: »Willst du gehen und mir etwas Wasser holen?«
»Gewiss Herr«, erwiderte der Heilige und begab sich zu den Hütten in der Ferne, während der Gott sich im Schatten eines Felsen niederließ, um seine Rückkehr zu erwarten.
Als Narada den Weiler erreichte, klopfte er an der ersten Tür. Ein wunderschönes Mädchen öffnete ihm, und der heilige Mann erfuhr etwas, wovon er bisher nicht einmal geträumt hatte: Ihre Augen bezauberten ihn. Sie glichen denen seines göttlichen Herrn und Freundes. Er stand staunend und vergaß, weswegen er gekommen war. Das freundliche Mädchen bot ihm sanft den Willkomm, und ihre Stimme war wie eine goldene Schlange um seinen Hals. Wie im Traum trat er ein.
Die Bewohner des Hauses waren voller Höflichkeit gegen ihn, aber nicht im Geringsten verlegen. Er wurde ehrenvoll empfangen, aber nicht wie ein Fremder, sondern eher wie ein alter Bekannter, der lange fort war. Narada blieb bei ihnen, beeindruckt von ihrer Fröhlichkeit und

Anstand, und fühlte sich ganz wie zu Hause. Niemand fragte ihn, warum er gekommen sei; es war, als ob er seit unvordenklichen Zeiten zur Familie gehört hätte. Und als er nach einer gewissen Zeit den Vater um die Hand des Mädchens bat, war dies nicht mehr, als was jedermann erwartet zu haben schien. Er wurde ein Mitglied der Familie und teilte mit ihr die altehrwürdigen Mühen und einfachen Freuden des Bauernlebens.

Zwölf Jahre vergingen; er hatte drei Kinder bekommen. Als sein Schwiegervater starb, wurde er das Haupt der Familie, erbte das Land und verwaltete es. Er züchtete Vieh und bebaute den Boden. Im zwölften Jahr war die Regenzeit außerordentlich heftig: Die Flüsse schwollen an, Sturzbäche ergossen sich von den Himmeln, und das kleine Dorf wurde von einer plötzlichen Flut überschwemmt. In der Nacht wurden die Strohhütten und das Vieh fortgerissen, und jedermann floh.

Mit der einen Hand sein Weib stützend, mit der anderen zwei seiner Kinder führend, das kleinste auf der Schulter, schritt Narada eilends fort. Durch die pechschwarze Dunkelheit vorwärts hastend, von Regen gepeitscht, watete er durch schlüpfrigen Schlamm, wankte durch wirbelnde Wasser. Die Last war mehr, als er in den schwer an seinen Beinen ziehenden Strudeln bewältigen konnte. Er stolperte, das Kind glitt von seiner Schulter und verschwand in der tosenden Dunkelheit. Mit einem verzweifelten Schrei ließ Narada die anderen Kinder los, um nach dem Kleinsten zu greifen, aber es war schon zu spät. Inzwischen hatte die Flut die beiden anderen fortgenommen, und, noch bevor er das Unglück fassen konnte, sein Weib von seiner Seite gerissen, ihm selbst die Füße unter dem Leib fortgezogen und ihn kopfüber wie einen Klotz in den Sturzbach geschleudert. Bewusstlos wurde Narada schließlich an einen kleinen Felsen getrieben. Als er aus seiner Ohnmacht erwachte, sahen seine Augen auf eine weite Fläche schmutzigen Wassers bis zum Horizont, und er konnte nichts mehr tun als weinen.

»Kind!«, hörte er eine vertraute Stimme, die sein Herz fast zum Stillstehen brachte, »wo ist das Wasser, das du für mich holen wolltest? Ich warte schon länger als eine halbe Stunde.«

Narada wandte sich um. Anstelle des Wassers sah er die strahlende Wüste in der Mittagssonne. Neben ihm stand der Gott. Narada stand verwirrt und beschämt.

Die grausamen Linien des schönen Mundes, auf dem noch das Lächeln schwebte, teilten sich und der Gott sprach: »Dies ist der Schein meiner Maya, jammervoll, dunkel, fluchbeladen. Weder der lotosgeborene Brahma, noch ein anderer der Götter, nicht einmal Shiva, können ihre tiefenlose Tiefe ausloten. Warum und wie solltest gerade du diese Unermesslichkeit erkennen?«

(Aus: »Indische Mythen und Symbole« von H. Zimmer)

Beim Frühstück blieb Wilhelm freundlich wortkarg. Normalerweise hätte er einen Kommentar zu ihrer neuen Freundlichkeit seit der Abreise des Inders von sich gegeben.

Er erinnerte sich vage, dass eine seiner ersten Reaktionen auf

Katarinas Geständnis die Vorstellung war: Früher oder später würde sie weinend vor ihm stehen und zu ihm zurückwollen. Was dann?

Damit wollte Wilhelm an diesem Morgen keinesfalls konfrontiert werden. Dazu durfte er ihr keinen Anlass geben.

Den Krebs verschwieg er.

Sein Wagen war inzwischen repariert. Für den Preis hätte er sich einen kleinen neuen kaufen können. Doch davon wollte Wilhelm nichts wissen. Das wäre Untreue gewesen gegenüber dem Begleiter seines unsteten Lebens, das er seit zwei Monaten führte – in das er geworfen war, wie er formulieren würde.

Wilhelm fuhr wieder am Kanal entlang zur Arbeit in seine Praxis am Schlesischen Tor. Er wunderte sich, dass die Bäume unverändert in grüner Pracht das Ufer säumten, die Geländer weiterhin auf einen neuen Anstrich warteten, der Haufen Pflastersteine neben der Sitzbank immer noch dalag. Er hatte so viele Schrecknisse erlebt, und hier war noch immer derselbe Steinhaufen wie vor zwei Monaten.

Das kam Wilhelm seltsam vor.

Gundula, die Morgenzigarette im Mundwinkel, begrüßte ihn mit der ihr eigenen ruhigen Herzlichkeit: »Der verlorene Sohn kehrt zurück.«

»Wo sind die Schweine, die für mich geschlachtet werden?«

»Die sitzen im Wartezimmer und freuen sich darauf, von dir verarztet zu werden.«

»Hallo Chef!«, bog Evelin, bereits im weißen Kittel, um die

Ecke. »Schön, dass Sie da sind! Ich hab Sie vermisst!« Sie gab ihm einen flüchtigen Kuss auf die Wange und lief dann weiter, um ihre Lieblinge zurück ins Wartezimmer zu drängen.

»Hallo, das war neu!«, kommentierte Gundula den Kuss.

»Ja, man ist beliebt.«

Damit zog Wilhelm sich in seinen Behandlungsraum zurück. Er setzte sich hinter seinen Schreibtisch und glotzte einen Moment auf die Ansammlung indischer Götter, kleine, alte indische Messing- und Bronzefigürchen, die er von seinen Indienreisen nach und nach mitgebracht hatte, beugte sich vor, um den Staub zwischen ihnen wegzublasen und um dem Marmorshiva, der sich mit gekreuzten Beinen und sanft spöttischem Lächeln über die anderen erhob, die Stirn glatt zu streichen.

Evelin kam herein, legte ihm die Patientenkarten auf den Tisch. »Kann ich den Jahnke zuerst reinschicken? Der hat wieder jede Menge Rohypnol intus. Bevor er sich wieder auf den Teppich legt und einpennt?«

»Rein mit ihm!«

Sie lächelte freundlich und verschwand wieder.

Wilhelm saß wie in Trance. Da ging die Tür auf, und der erste Patient kam herein und dann der zweite, dann der dritte und so ging es weiter bis zum Sprechstundenende, und Wilhelm diagnostizierte, verschrieb, redete gut zu, gab Spritzen, befühlte Körper, überwies an Fachkollegen, alles in gewohnter Manier.

Er fühlte sich zweigeteilt und wunderte sich, dass er funktionierte. So kam er dem Geheimnis des Lebens etwas näher.

»Udo nervt. Ich muss los!«, verabschiedete sich Evelin. Gundula machte in der Besenkammer ihren »Arbeitsendekaffee« und lud Wilhelm ein, noch etwas mit ihr zu plaudern.

Wilhelm nahm ein Croissant aus der Tüte und meldete ohne Umschweife: »Ich habe nun also Prostatakrebs.«

Wie eine Schildkröte saß Gundula Wilhelm gegenüber, sagte nichts, zog lange an ihrer Zigarette, inhalierte tief und blies den Rauch schier endlos in breitem Strom in die Luft.

Wilhelm sagte: »Das heißt, wie du weißt, womöglich Inkontinenz, vielleicht Erektionsverlust, auf alle Fälle kein Sperma mehr.«

»Damit kann man leben. Auch die Inkontinenz – na ja, denk an unsern Sikorski, an den Bärmann ... Das geht!«

»Kannst du dir einen trockenen Orgasmus vorstellen? Ich nicht!«

»Männer«, seufzte Gundula und schüttelte leicht ihr mächtiges Haupt, »Orgasmus-fixiert.«

»Nein, das Wichtigste ist für mich die Befriedigung der Frau! Und ohne Ejakulation macht es doch wohl der Frau keinen Spaß!«

»Ich denke, Katarina ist weg.«

»Die Frau, ganz allgemein! Der Mann als soziales Wesen braucht eine Frau! So einfach ist das!«

»Aha, aber vielleicht ist deine allgemeine Frau froh, wenn du sie ohne Sperma befriedigst. Vielleicht mag sie dein Sperma gar nicht!«

Wilhelm dachte sich seinen Teil und ließ sie fortfahren.

»Und überdies, wenn es dir um ihren Orgasmus geht: Eine

Frau kann im kleinen Finger einen Orgasmus haben, wenn du es richtig anstellst und sie bereit ist. Dazu sind weder Schwanz noch Sperma deinerseits nötig.«

Wilhelm dachte sich wieder seinen Teil: »Ausgerechnet sie muss so reden, die doch den banalsten sexuellen Umgang verweigert.« Er antwortete leise: »Sie soll ihn nicht im kleinen Finger, sondern in ihrer Möse haben!«

Gundula schüttelte missbilligend ihren Kopf.

»Nun ja, ich muss eh los«, sagte Wilhelm, raffte sein Zeug zusammen und verließ grußlos die Praxis.

Verdrossen fuhr Wilhelm zurück in die Gervinusstraße. Katarina erwartete ihn und machte ihm heftige Vorwürfe, dass sie von den Söhnen habe erfahren müssen, dass er Krebs habe. Sie weinte und versprach, ihn zur Operation zu begleiten. Wilhelm verzog sein Gesicht zu einem schiefen Grinsen: »Du kannst zu meiner Beerdigung kommen. Da stört mich nichts mehr.«

»Sehr geschmackvoll! Kommt überhaupt nicht infrage. Ich komme mit.«

»Nein, ich gehe allein.«

Wilhelm empfand Vergnügen darin, Katarina damit zu quälen, dass er ihr Mitgefühl nicht annahm.

Sie gingen zum Italiener. Saßen dort wie früher, aßen Pasta. Wilhelm trank Rotwein und Katarina Weißwein.

»Ich hätte mehr fremdgehen sollen. Dann hätte ich womöglich jetzt keinen Krebs. Ich habe von einem amerikanischen Gangsterboss gelesen, der sich jeden Tag einen hat blasen lassen, um keinen Prostatakrebs zu bekommen.«

Er konnte nicht aufhören, möglichst geschmacklos zu sein.

Doch Katarina war klug. »Du bist kein Gangsterboss, du bist praktischer Arzt.«

Mehr sagte sie nicht. Sie aß und ließ ihn reden.

Sein Handy fiepte. Eine SMS von Evelin: »Wie geht es meinem Chef?«

»Eine Frau?« Katarina lächelte.

Wilhelm nickte, entschuldigte sich kurz und tippte die Antwort ein: »Danke, schlaf gut.« Katarina blickte solange versonnen in ihr Glas.

Dann fragte er seine Frau nach ihren Plänen.

»Cheran will, dass ich nach Kerala komme, nach Ende des Monsuns, so im September.«

»Vorher muss die Wohnung ausgeräumt und alles aufgeteilt sein. Willst du ganz in Kovalam leben?«

»Nein, ich weiß nicht. Sechs Monate vielleicht.«

Sie bestellte noch ein Glas Wein. Er tat es ihr gleich und machte ihr unversehens das Kompliment, dass die Radikalität, mit der sie ihr bisheriges Leben infrage stelle, genau das sei, was ihm an ihr immer so gefallen habe.

»Ach, ich weiß nicht. Ich muss meine alte Gammelseele wieder hervorziehen. Es bleibt mir nichts anderes übrig.«

Wilhelm sah versteckte Panik in ihren Augen.

Zu Hause in der Gervinusstraße meinte Katarina, sie könnten doch in ihrem gemeinsamen Bett schlafen. Wilhelm willigte ein. Schließlich lag Evelin sicher auch mit ihrem Udo in einem Bett.

Er konnte aber nicht schlafen. Dann merkte er, dass Katarina leise weinte. Er wusste nicht, ob wegen ihm oder wegen ihres unklaren Lebens.

Er nahm sie in seine Arme, ohne Mitleid zu empfinden. Eine nebelhafte Mattigkeit stieg in ihm auf. Weinte sie vielleicht, weil sie mit ihm schlafen wollte? Aus der Tiefe kroch klebriger Ekel in ihm hoch. Oder war es mehr eine Empfindung des Überdrusses, in die er sich wegen der verworrenen Situation, in die er sich eben wieder mal manövriert hatte, zurückzog.

In schneller Folge liefen Bilder der letzten Wochen durch seinen Kopf: Die letzte gemeinsame Nacht im Hotel in Colombo, sie flog frühmorgens zurück nach Kerala, er nach Berlin. Seine Fahrten durch die Hitze in Frankreich. Der bedrückte Spaziergang mit den beiden Indern und seinem Bruder in der Uckermark. Die Nacht zwischen Bett und Toilette bei seinen Freunden in München. Evelin mit ihm im Auto. Die Punktierung. Die dröhnende Freundlichkeit von Heinz.

Um den Film zu unterbrechen, drehte er Katarina vorsichtig auf den Rücken, um ihr zwischen die Beine zu greifen. Dabei stieß er sich heftig an ihrem Ellbogen. Nein, es hatte keinen Sinn. Da war nichts mehr selbstverständlich, nichts Weiches mehr zwischen ihnen.

Katarina drehte sich auf die Seite, weg von ihm. So schliefen sie ein.

Dritter Zettel:

Wenn alles um mich her in Ordnung war, wenn ich zufrieden war mit allem, was mich umgab, und mit dem Kreis, in dem ich leben musste, so erfüllte ich ihn mit meiner Zuneigung. Meine überströmende Seele dehnte sich auf andere Gegenstände aus, und da ich unaufhörlich durch hunderterlei Neigungen, durch liebenswürdige Bande, die mein Herz beschäftigten, von mir abgelenkt wurde, vergaß ich mich auf gewisse Weise selbst; ich gehörte ganz demjenigen, was mir fremd war, und ich durchlitt in der immerwährenden Bewegung meines Herzens alle Wechselfälle des menschlichen Lebens. Dieses stürmische Leben ließ mir im Inneren keinen Frieden, nach außen keine Ruhe. Scheinbar glücklich, hatte ich keine einzige Empfindung, die der Prüfung durch das Nachdenken standgehalten hätte und an der ich wirklich Gefallen hätte finden können. Nie war ich weder mit mir noch mit anderen vollkommen zufrieden. Der Lärm der Welt betäubte mich, die Einsamkeit machte mir Langeweile, ich musste immerfort den Ort wechseln *(Unterstreichung Wilhelms)*, und nirgends war mir wohl. Doch war ich überall willkommen, wohlgelitten, wurde wohl aufgenommen und mit Schmeicheleien bedacht. Ich hatte keinen einzigen Feind, keinen, der mir übel gewollt hätte, keinen einzigen Neider ... Ich kannte in keinem Stand einen Menschen, dessen Los ich dem meinigen vorgezogen hätte. Was fehlte mir also, um glücklich zu sein? Ich weiß es nicht; aber ich weiß, dass ich nicht glücklich war ... Ich will in meinem ganzen Elend immer noch lieber ich selbst sein, als einer jener Leute in ihrem ganzen Wohlergehen. Auf mich allein gestellt, nähre ich mich zwar von meiner eigenen Substanz, aber sie erschöpft sich nicht, und ich bin mir selbst genug, wie wohl ich gewissermaßen die Leere wiederkäue und meine versiegte Einbildungskraft und meine erloschenen Gedanken meinem Herzen keine Nahrung mehr gewähren. Meine verdunkelte, durch meine Sinne verschüttete Seele wird täglich schwächer und hat unter dem Gewicht dieser schweren Lasten nicht mehr genug Kraft, um sich wie ehedem aus ihrer alten Hülle emporzuschwingen. Wie kann man ... meine Lage betrachten, ... ohne vor Schmerz und Verzweiflung zugrunde zu gehen? Weit davon entfernt betrachte ich sie, ich, das empfindsamste aller Wesen *(Unterstreichung Wilhelms)*, und werde nicht bewegt; und ohne Kampf und ohne Überwindung meiner selbst, sehe ich mich fast mit Gleichgültigkeit in einer Lage, deren Anblick vielleicht jeder andere Mensch nicht ohne Entsetzen ertragen könnte ..., nachdem mir alles nach und nach entglitten war, fand ich meine natürliche Lage wieder. Von allen Seiten bedrängt, verharre ich im Gleichgewicht ...

(Rousseau - Die Träumereien eines einsamen Spaziergängers. Achter Spaziergang)

Am nächsten Tag, es war der 6. Juli, zog Wilhelm endgültig aus. Er packte ein paar Koffer und zog in die Besenkammer am Schlesischen Tor. Er hatte sich freundlich von Katarina verabschiedet. Fast tat sie ihm leid, allein in der großen Wohnung zurückbleiben zu müssen. Auf das gutmütige Erstaunen von Gundula antwortete er mit der Ankündigung, dass seine Bleibe in der Kammer nur vorübergehend sei.

»Stress?«, fragte Evelin.

»Nein, nur das Bedürfnis nach Kloster.«

Sie blickte ihn kurz mit forschenden Augen an und warf sich wieder ins Getümmel.

Und wieder zog der Zug der Armen und Kranken an Wilhelm vorüber. Langsam veränderte sich Wilhelms Blick auf seine Patienten. Bislang war er ihnen in der Position des Arztes, des Überlegenen, des Spezialisten, des wirtschaftlich Bessergestellten, des Gesunden gegenübergetreten, ohne Arroganz, entsprechend den realen Gegebenheiten, um ihnen zu helfen und sein Geld zu verdienen.

Jetzt hatte er das Ufer gewechselt. Er war auf der anderen Seite des Flusses gelandet. Er blickte nicht mehr von oben nach unten. Die kranken Mitmenschen standen ihm auf Augenhöhe gegenüber. Er war einer von ihnen geworden. Gleichmütig, ohne besondere Sympathie für sie und doch ihnen nahe, verrichtete er seine Arbeit.

Es war in Tumkur, in Indien, 60 Kilometer von Bangalore entfernt. Beim Verlassen eines Bhavans, wo er mit seinem Fahrer einen Masala-Chai getrunken hatte, bettelten ihn Kinder an. Zusammen mit einer jungen Frau, wohl ihrer Mutter. Sie hatte ein Kind auf dem Arm. Er gab ihr 20 Rupien aus seiner Hosentasche, in der er für solche Fälle ständig kleine Scheine parat hatte.

Die Frau war jung und von einer rohen Schönheit, wie sie, fand Wilhelm, nur Armut hervorbringt. Beim Einsteigen in den Wagen trafen sich ihre Blick. Sie schaute ihn intensiv an, so konzentriert, dass sie nicht merkte, dass sie sich in die Augen sahen. Sie dachte: »Warum steigst du in das Auto, und warum stehe ich hier im Dreck?« Der Blickwechsel hielt an, bis der Wagen anfuhr.

Bei Wilhelm hatte sich da inzwischen etwas verändert. Ob sie inzwischen einen reichen Mann gefunden hat? Wohl kaum.

Hat sich was verändert?

Vielleicht sah die Frau etwas, vielleicht war ich schon gezeichnet vom Kommenden? Wir alle tragen das Kainsmal des Unglücks auf der Stirn und sehen es nicht.

Geht es auch weniger pathetisch, Herr Merkatz?

Wilhelm besuchte einen weiteren Urologen, mit dem er seit seiner Studienzeit bekannt war, in der Turmstraße in Moabit. Der empfahl ihm das Krankenhaus gleich um die Ecke, die urologische Abteilung sei dort sehr gut, eine gute Adresse für die OP. Die beste allerdings sei die Eppendorfer Uniklinik in Hamburg. Er würde zu Professor Bonschlag gehen, der täglich diesen Eingriff mache und von A bis Z selbst operiere.

»Diese OP ist bekanntlich ziemlich diffizil, wenn die Erektionsfähigkeit erhalten bleiben soll, weil die entsprechenden Nerven dort sehr fein und empfindlich sind. Sie laufen ja durch die Prostata und müssen freigelegt werden. Einmal das Blut falsch abgetupft, und sie sind schon ruiniert. Dazu braucht es sensible Hände und viel Erfahrung.«

Dann erzählte er von einem Patienten, der dasselbe Problem wie Wilhelm habe. Dieser Mann weigere sich hartnäckig, sich operieren zu lassen. Er würde eher aus dem Fenster springen, lieber sterben, als auf sein Sperma verzichten.

Wilhelm erschrak vor dem Mut dieses Mannes.

Er ging zurück zu seinem Cadillac. »Ist das ein Ausdruck von Freiheit oder von Machotum? Sind es unsere zivilisatorischen Zwänge, die uns im Griff haben, während wir denken, uns frei zu entscheiden? Jedenfalls, dieser Mann weiß zu sterben. Bevor er seine Würde verliert, verzichtet er auf sein Leben! Das ist stark! Dazu wäre ich nicht in der Lage. Ich will lieber, durch tausend Krücken gestützt, weiter durch das Leben kriechen.« So grübelte Wilhelm.

Vierter Zettel:

Augustinus: ... so will ich doch sagen, dass unter den schrecklichen Dingen der Tod den Vorrang hat, und zwar so sehr, dass schon seit langer Zeit, allein nur das Wort TOD zu hören uns hässlich und bitter erscheint ... Wir müssen länger dabei verweilen und mit scharfem Nachsinnen die einzelnen Glieder Sterbender durchgehen: wie die Extremitäten schon erkalten, der Rumpf dagegen glüht und in lästigem Schweiß zerfließt, wie der Unterleib pulsiert, wie der Lebensgeist durch die Nähe des Todes ermattet. Und dann denke man an die tiefliegenden, schwimmenden Augen, den tränenverschleierten Blick, die verkrampfte, bleierne Stirn, die eingefallenen Wangen, die gelblichen Zähne, die steife und spitze Nase, die schaumtriefenden Lippen, die reglose und schuppige Zunge, den ausgetrockneten Gaumen, das müde Haupt, die keuchende Brust, das heisere Gemurmel und die trauervollen Seufzer, den widerliche Geruch des ganzen Körpers und vor allem an den entsetzlichen Anblick des entstellten Gesichts.

(Petrarca - Secretum meum)

Wilhelm wollte gerade in seinen Wagen einsteigen, da fiel sein Blick auf ein merkwürdiges Paar. In heftiger Erregung schob ein Mann eine Frau im Rollstuhl. Wie ein Ertrinkender, panisch gehetzt, mal taumelnd, mal wild ausschreitend, stieß er den Rollstuhl vorwärts. Die dickliche Frau zeterte, schrie angstvoll auf, wenn das Gefährt mit ihr umzukippen drohte. Es half ihr nichts, der schmächtige Mann stieß sie vorwärts den hohen Bordstein hinunter, brach kurz auf die Knie und rappelte sich wieder auf, um den Wagen mit der schweren Frau weiterzuschieben. Die Frau jammerte laut. Die Passanten blickten weg und beschleunigten ihre Schritte. Wilhelm ging hin und fragte die Frau, ob der Mann betrunken sei. Der Mann gurgelte eine Antwort. Wilhelm half ihm gegen seinen Willen beim Schieben. Die Frau sagte nun: »Nein, er hat Unterzucker. Er ist zuckerkrank. Ich hab's ihm gesagt! Aber er hört ja nicht. Er vergisst immer seinen Traubenzucker einzustecken.«

Wilhelm forderte den Mann auf, sich kurz auf der Bank niederzulassen, um auszuschnaufen und mit seiner Frau zu warten, bis er einen Traubenzucker organisiert habe. Er lief zu einem Kiosk, kaufte eine Rolle Traubenzucker und lief zurück. Da war der Mann schon wieder auf und davon, schob seine Frau mit Zuckungen, wie von Furien gehetzt, durch die Fußgänger. Manche erschraken, anderen war nichts anzumerken, wenn sie ausweichen mussten. In einer plötzlichen, rasanten Kurve bog er in eine Einfahrt und verschwand, wohl um seinen Verfolger abzuschütteln. Wilhelm fand die beiden im Hinterhof. Der Rollstuhl hatte sich verhakt, und der Mann zerrte besessen an ihm, ohne ihn wieder frei zu bekommen. Er keuchte. Wilhelm nötigte ihn, den Traubenzucker zu essen, und fast augenblicklich beruhigte sich der Mann, setzte sich schwer atmend auf eine Beeteinfassung. Die Frau berichtete, sie lebten auf Stütze, sie seien vor Kurzem zusammengezogen in eine Zweizimmerwohnung in Gropiusstadt im Norden, und betonte, dass er ein guter Mensch sei, wenn er keinen Unterzucker habe.

Beide waren arm. Der Mann schwieg erschöpft und blickte vor sich hin. Dann stand er auf und ging friedlich mit Wilhelm, der schob, zurück auf die Turmstraße. Sie hielten ein Taxi an. Wilhelm wollte zahlen. Das sei nicht nötig, die Fahrt zahle das Sozialamt. Der Fahrer hievte mit gottergebener Miene mit den beiden Männern die dicke Frau auf die Rückbank, der Mann klappte den Rollstuhl zusammen, der Fahrer verstaute ihn im Kofferraum, der Mann stieg ein, die Frau winkte kurz, und das Taxi fuhr los.

Man ging sachlich miteinander um. Wilhelm war jetzt einer von ihnen. Vor acht Wochen hätte er die beiden wahrscheinlich übersehen. »Die zwei leben nicht schlecht. Einer braucht den anderen. Wahrscheinlich lieben sie sich.«

Wilhelm fuhr in die Praxis und dachte an den Operationsverweigerer, während er diagnostizierte und behandelte. Und er wusste, dass er jeden Einzelnen bald wieder sehen würde. Reiche Patienten gab es nicht am Schlesischen Tor. »Leider!«, hatte er oft gestöhnt.

Am späten Abend räumte Evelin noch in der Praxis herum und erschien dann bei ihm in der Besenkammer. Wilhelm hatte die Liege heruntergeklappt und es sich darauf bequem gemacht. Sie legte sich zu ihm und beschwerte sich über Udo. Sie zogen sich aus und schliefen miteinander. Beide in einer Art aggressiver Verbissenheit.

»Ich mag deine Besenkammer. Stinkgemütlich hier.«

Sie glänzte vor Schweiß, zog sich an und eilte zu Udo. »Er quatscht mich tot.«

Wilhelm blieb liegen. Noch vor zwei Wochen hatte er gehofft, Evelin für sich zu gewinnen.

Als es dunkel war, zog er sich an und verließ die Praxis, weil er Hunger hatte. Er wanderte bis zur Oranienstraße und ließ sich einen Döner machen. Er setzte sich damit auf eine Bank am Mariannenplatz. Während er sich darauf konzentrierte, das unhandliche, triefende Paket in seinen Händen ohne größere Unfälle zu verzehren, kam ihm der Gedanke, dass es doch auch möglich sein müsse, allein zu leben, ohne Frau.

Schließlich muss auch allein gestorben werden, und schließlich verstehen sich Mann und Frau sowieso nur partiell, das sei ja erwiesen. Auch weiterhin würde ihm die Sonne scheinen. Da kam ihm der trübe Gedanke, dass »sol lucet omnibus« auch übersetzt werden könne: Die Sonne leuchtet allem! Statt allen! Es ist ihr egal: Sie leuchtet allem!

Das ist trostlos, fand Wilhelm und wischte das Fett von seinem Mund. Andere Menschen, zu anderen Zeiten, haben sich freiwillig in die Einsamkeit zurückgezogen. Die brauchten keine Operation, um sich um Erkenntnis zu bemühen. Dieses weite Feld galt es jetzt zu beackern. »Niemand kann mir nun Versagen vorwerfen, nicht mal ich selber, es bei den Frauen nicht so recht geschafft zu haben. Jetzt, wo das Schicksal mir bestimmt hat, mich von der Welt der Körper zu lösen. Heinrich hat recht!«

Ein Hund trottete die Straße entlang und ließ sich zu Wilhelms Füßen nieder. »Meinst du mich oder den Döner? Wo kommst du überhaupt her um diese Zeit?«

Der Hund reagierte nicht, blickte mit zusammengekniffenen Augen auf die Straße.

»Nicht umsonst ist die Wollust eine der sieben Todsünden! Wie viel Lebensenergie hat mir die Frau im Laufe der Ehejahre geraubt. Mit welcher Penetranz mich immer wieder in den Lebensalltag gepresst, mir meine Flausen ausgetrieben. Wer weiß, ohne sie wäre ich jetzt vielleicht Chefarzt der Charité! Ist ja auch möglich.«

Schwer zu ertragen, dein unverschämter Hochmut: Indem du deine Frau schlecht machst, willst du besser dastehen!

Der Hund erhob sich gähnend, dehnte sich und ging. Wilhelm stand ebenfalls auf, wusste nicht wohin mit seinen fettverschmierten Händen und wischte sie schließlich an der Rinde des Baumes hinter der Bank einigermaßen trocken. Die staubigen Rindenpartikel auf den Handflächen schlug er an Hose ab.

Auf seinem Heimweg zum Schlesischen Tor zählte er sich alle seine Gebrechen auf. Ein zwanghaftes Ritual, dem er sich häufiger hingab: Am Kopf waren die meisten Defekte zu finden. Haarausfall, die Augen: kurzsichtig und ständig triefend, die Ohren: verminderte Hörfähigkeit, dazu Tinitus, Nase: nur noch schwacher Geruchsinn, dasselbe galt für die Geschmacksnerven, zudem kaum noch ein heiler Zahn: Brücken, Kronen allenthalben. Fehlstellung des 4. Halswirbels. Rechter Ellenbogen: operierte Gelenkmaus, die zu einer Fehlhaltung seiner Schulter geführt hatte, er ließ die rechte hängen, die wiederum sein Rückgrat belastete und so die Ursache für seinen oft stechenden Schmerz im Iliosakralgelenk war. Die Leber geschwächt durch Hepatitis in der Jugend und Alkohol. Herzkranzgefäße leicht auffällig. Miserable Blase seit der Kindheit, ein lebenslanger Albtraum! Und jetzt bald: keine Prostata, kein Sperma, womöglich Inkontinenz und Erektionsunfähigkeit. »So sieht es aus! Schöne Aussichten! Zeit, sich um die Seele zu kümmern! Doch wer sagt mir, ob die nicht genauso defekt ist. Was, wenn der ganze Karren im Dreck steckt?«

Im Kato, dem Theater unter der U-Bahnstation Schlesisches Tor, war gerade eine Vorstellung zu Ende. Wilhelm drängte sich durch die Besucher in den Vorraum an die Bar und trank drei Gläser miserablen Rotwein, bevor er die dunkle Treppe zu seiner Praxis hochstieg.

»Willi Merkatz auf dem Weg zu Willi Merkatz«, stöhnte er und dachte an seine Methadonkunden.

Beim Ausziehen in seiner Kammer hörte er gedämpftes Schreien im Hinterhof. Er blickte durch das schmale Fenster, öffnete es und sah hinter einer erleuchteten Scheibe gegenüber im zweiten Stock die Silhouetten eines Paares, das stritt, sah die drohenden Bewegungen des Mannes, die Frau ausweichend, ab und zu die Hände zur Abwehr erhebend, vielleicht auch Gott oder Allah anrufend. Minutenlang stand Wilhelm da, ohne ein Wort zu verstehen, und beobachtete das Schattentheater: ein Paar, sich ausgeliefert. Er empfand Mitleid, wunderte sich und schloss das Fenster.

Fünfter Zettel:

Augustinus: ... sollte aber irgendwann einmal das Aussehen deiner Körpergestalt beginnen, deine Seele zu versuchen, dann möge dir einfallen, wie eben dieselben jetzt anziehenden Glieder bald sein werden, wie hässlich, wie abstoßend, wie schrecklich für dich selbst, wenn du sie sehen könntest. Dabei sage dir selbst immer wieder jenes Philosophen Wort vor: Zu Größerem bin ich geboren, als ein Sklave meines Körpers zu sein. (Vergil) Es ist wahrhaftig der größte Wahnsinn, wenn Menschen sich selbst vernachlässigen, aber ihren Körper pflegen und die Gliedmaßen, in denen sie hausen. Wenn jemand für kurze Zeit in einen finsteren, feuchten Keller geworfen wird - gesetzt den Fall, er ist bei Verstand -, wird er sich da nicht nach Möglichkeit von jeder Berührung der Wände und des Bodens fernhalten und, wenn seine Entlassung naht, mit gespitzten Ohren die Ankunft seines Befreiers erwarten? Wenn ihn dagegen nichts kümmerte und er, beschmiert mit dem starrenden Schmutz des Kerkers, Angst hätte, ihn zu verlassen, und alle Sorgfalt eifrig darauf verwendete, die Mauern um sich herum zu bemalen und zu verzieren in der vergeblichen Absicht, dadurch die Beschaffenheit des triefnassen Ortes zu überwinden, würde er da nicht mit Recht für wahnsinnig und unglücklich gehalten werden? Doch ihr kennt ja euren Kerker und liebt ihn, ihr Unglücklichen! Und obwohl ihr mit Sicherheit bald aus ihm geführt oder auch gezogen werdet, hängt ihr an ihm und schmückt ihn sorgsam, wo ihr ihn doch lassen müsstet ...

(Petrarca - Secretum meum)

17. KAPITEL

Professor Dr. Aretin war ihm von Heinz empfohlen worden. Der Mann residierte in einem der schicken Vororte von München in seiner Privatklinik, konnte die meisten Radikal-OPs von ganz Mitteleuropa aufweisen. Erfolgsquote 90 %!

»Was heißt das: Heilung oder Erektionsfähigkeit?«

»Was regen sie sich so auf, Herr Kollege? Natürlich auch Erektionsfähigkeit. Wie alt sind wir denn? Sehn's, auf ihr bisserl Sperma müssen's eh verzichten.«

»Und wie ist das mit dem trockenen Orgasmus?«

»Mich dürfen's da nicht fragen, weil den nur einer erklären kann, der ihn hat, also der operiert ist. Aber auch der wird ihnen da nicht viel weiterhelfen. Beschreiben's mal einen feuchten Orgasmus einem, der so was nicht kennt! Mehr als Dichtung, im besten Fall, kommt dabei nicht heraus. Und im Übrigen gilt, aber das wissen wir doch alle, Herr Kollege: A bisserl was geht immer!«

Wilhelm verbitterte dieser Mensch, wie er so zufrieden in seinem sonnendurchfluteten Büro saß, sich ein goldene Nase verdiente, indem er täglich Samenstränge durchtrennte, Schließmuskel entfernte, seine Geschlechtsgenossen mehr oder weniger kastrierte.

Um ihr Leben zu erhalten! Das hast du vergessen!

Das war am 10. Juli. Wilhelm war nach München gefahren. Er durfte die Operation nicht auf die lange Bank schieben. Er musste möglichst bald zu einer Entscheidung kommen.

»Operieren Sie selbst?«

»Ned immer, aber wenn Sie's unbedingt wollen – natürlich! Ich kenn doch die Kollegen! Immer a bisserl auf'gscheucht! Im Übrigen machen das meine Assistenzärzte mindestens so gut wie ich!«

Wilhelm fuhr zurück in die Stadt. »Ist es anormal, dass ich so an meinen körperlichen Funktionen hänge? Es stimmt: Mit Katarina zusammen wäre alles leichter zu ertragen.«

Er suchte den Eingang zur Trivastraße, die sich hinter Einbahnstraßen und Abbiegeverboten in der Gegend um den Leonrodplatz versteckte. Dort wohnte Heinrich, der Philosoph.

Heinrichs Wohnung war spartanisch eingerichtet. Was an Regalen und buntgebeizten Schränken noch aus den Sechzigerjahren nicht zusammengebrochen war, tat hier weiterhin seinen Dienst, so wie der Sofaüberwurf und Gewebtes an der Wand aus dem frommen Elternhaus. Um Äußerlichkeiten kümmerte sich Heinrich nicht. Wilhelm fühlte sich in der kleinen Wohnung leicht beklommen. Er stellte für sich fest, dass es keine Frage des Geldes wäre, auch keiner großen Anstrengung, sich seine nächste Umgebung anders einzurichten, ohne den Dürerhasen, ohne das geerbte kantige Bettgestell. Dann lieber die Matratze auf den Boden und freie Luft zum Atmen und Denken. Doch Heinrich war der freieste Denker, den er kannte.

Auf dem Balkon hinter Blumenkästen, die bewachsen waren mit allem, was aus der Luft dahergeflogen kam oder von Vögeln hierher verschleppt war, ließ es sich aushalten.

Heinrich war besonders stolz auf eine Sonnenblume, die ihn beehrt habe, wie er sich ausdrückte, und die bereits einen halben Meter hoch war.

»Gießen? Nein. In der Natur werden sie auch nicht gegossen. Wer sich bei mir niederlässt, tut es auf eigene Verantwortung.«

»Aber es sind doch Pflanzen, die gar nicht entscheiden können, wo sie wachsen wollen.«

»Geht es uns anders?«

Auf Heinrich passt Zettel 6:

Sechster Zettel:

```
Seid überzeugt, dass das Geheimnis des Glückes
die Freiheit,
Das Geheimnis der Freiheit aber der Mut ist.

(Perikles)
```

Gespräch mit Heinrich, die Liebe Gottes betreffend:

Heinrich erwiderte auf entsprechendes Herumreden Wilhelms: »Frag mich jetzt nicht, ob es nach dem Tod hell oder dunkel ist, klare Sicht oder matt!«

»Schon merkwürdig, dass sich mein ganzes Erkenntnisstreben um meine eigene Befindlichkeit nach dem Tod dreht.«

»Damit stehst du nicht allein. Wahrscheinlich ist die Angst vor dem Tod der Hauptgrund für alle Philosophie.«

»Jedenfalls bin ich nun, wie man so sagt, aus der Liebe Gottes gefallen.«

»Man sagt auch: Wen Gott liebt, den züchtigt er.«

»Dann liebt er mich sehr. Mein Vater ist gestorben, da war ich noch ein Kind. Ein Jahr später meine Mutter. Von den Umständen seines und ihres Todes rede ich erst gar nicht. Ein Kind ist mir gestorben. Das hat mich jahrelang krumm gemacht. Jetzt hat die Frau mich verlassen – nach 39 Jahren. Und nun schneidet mir Gott in seiner Liebe noch den Schwanz ab. Hiob ist ein Scheißdreck gegen mich!«

»Es gibt die Geschichte von dem chinesischen Weisen, der eines Tages aufwacht und feststellen muss, dass sich alle seine Gliedmaßen verschoben haben: der Kopf zwischen die Beine, die Arme auf den Rücken, die Ohren an die Hüften, die Augen auf den Bauch … alles neu montiert. Er war weder zu einer einzigen koordinierten Bewegung in der Lage, noch zu einem zusammenhängenden Gedanken: ein Monster. Da pries er die Gottheit für dieses Geschenk der Prüfung, für diese neue Erfahrung auf seinem Weg.«

»Ich will aber kein chinesischer Heiliger sein, verdammt! Soll ich dir was über die Liebe Gottes sagen? Ich halte sie für ein Gerücht.«

Heinrich schlürfte seinen Pulverkaffee und schwieg.

Wilhelm fuhr fort: »Mir ist schon klar, dass der Mensch nicht nur übel ist, dass in der Welt nicht nur das Prinzip des Kampfes besteht. Die Behauptung, der Mensch sei von Grund auf schlecht, ist dumm und nur Ausdruck unserer Zeit, in der diese Seite von uns zum Prinzip gemacht wird – unter Begriffen wie Erfolg, Leistung, Individualität. Na ja, das ist bekannt. Wo doch das Prinzip der Aufopferung, der Fürsorge ebenso wirksam ist! Ohne die Folgen der uneigennützigen Liebe säßen wir hier vermutlich nicht, würde die Welt nicht existieren. Nur weil die Kräfte der Zerstörung …«

»Sie kommen aus der gleichen Quelle, wie die Liebe.«

»Meinetwegen! Nur weil sie so stark sind – wir brauchen uns doch nur die mutwillige Zerstörung unseres Planeten anzuschauen, deswegen müssen wir ständig die Gegenkraft der Liebe propagieren! Aber deswegen muss sie doch nicht von einer Gottheit kommen.«

Das Handy fiepte, eine SMS von Evelin: »Ich sitze in der Besenkammer und denke an dich.«

Da stieg in Wilhelm eine so verzweifelte Sehnsucht nach dieser Frau hoch, dass er fast aufgestanden wäre und sich in seinen Wagen geschwungen hätte, um die 600 Kilometer nach Berlin zu ihr zu rasen, sie zu spüren, zu schmecken, zu umarmen und nicht mehr von ihr aufzustehen.

»Eine neue Freundin?«, fragte der Philosoph.

Wilhelm nickte schwer atmend.

»Vorsicht«, mahnte der Philosoph.

Wilhelm blieb sitzen und versuchte, sich wieder auf die wichtigen Fragen des Lebens und Sterbens zu konzentrieren.

Heinrich behauptete: »Als der Weltgeist beschloss, sich auszudrücken, schuf er die Welt ...«

»Da fällt mir das Bild aus der indischen Mythologie ein: Vishnu schläft, auf die Weltenschlange Annanda gebettet, auf dem unendlichen, wüsten, finsteren Ozean. Alles ist ungeschieden. Er träumt, und eines schönen Tages wächst aus seinem Nabel ein Lotos, und auf seiner Blüte sitzt Brahma, taufrisch, und erschafft die Welt. Bis sie nach den vier Zeitaltern, nach vielen Millionen Menschenjahren und einem Jahr im Leben Brahmas, wieder zusammenschrumpft, sich auflöst, und Vishnu weiter zufrieden träumend auf dem grenzenlosen Wasser schwimmt.«

»Ja, so ungefähr. Im Alten Testament schwebt der Geist über den Wassern – der ursprünglichen Energie – und strukturiert sie, so wie Information ein Kraftfeld strukturiert, und daraus entsteht Licht, das heißt Bewusstsein ...«

»Und wo ist die Liebe Gottes?«

»Erst mal die Ursünde.«

»Klar, erst mal die Ursünde!«

»Mit der fortschreitenden Entfaltung der Welt, mit ihrer immer reicher werdenden Differenzierung, entfernt sie sich immer weiter vom reinen Geist. Steigt herab, wenn du so willst, in die Materialisierung.«

»Wohl zu Adam und Eva und dem Apfel?«

»Da ist sie im Grobmateriellen angelangt, mit dem wir uns seitdem herumschlagen müssen.«

»Leben und Tod, Plackerei, Armut, Krankheit, Krieg, Hass, Wollust. Na, die sieben Todsünden!«

»Aber auch Schönheit, Liebe, Kunst und Wissen. Dazwischen schlägt das Pendel hin und her.«

»Auf gut Deutsch, beziehungsweise Indisch: Maya, das üppige Reich unserer sinnlichen Wahrnehmung.«

»Die Schwingung ist das Gesetz des Lebens. Der Ausschlag auf die eine Seite trägt in sich bereits die potentielle Energie der anderen Seite. Deswegen hast du recht, dass die weitverbreitete Ansicht, dass der Mensch schlecht sei, dumm ist.«

»Es könnte doch auch so sein, dass eben wir Menschen, weil doch der negative, zerstörerische Aspekt zurzeit effektvoller daherkommt, dass Leid und der Schmerz sich heftiger äußern als das Glück und Zufriedenheit, wie schnell hat man doch die ruhigen, glücklichen Momente im Leben vergessen –, dass wir Menschen deshalb die Behauptung aufgestellt haben, zur Selbsterhaltung, dass Gott uns liebt. Dabei betrachtet der Weltgeist gelassen unsere Verrenkungen. Da gefallen mir die Shivafiguren besser als die Opabilder vom lieben Gott. Wenn der Gott mit leicht süffisantem, grausamen Lächeln als Yogi auf seinem Tigerfell sitzt, unnahbar, während aus seinem Haarschopf der Ganges sprudelt.«

»Es könnte ja auch sein, dass der Weltgeist – bei den Juden Elohim, übrigens <u>die</u> Elohim – im Gegensatz zu Jahweh, dem Schöpfergott, der wohl dem Brahma entspricht …«

»Und die Elohim dann dem Vishnu, oder Shiva?«

Heinrich überlegte nur kurz: »Ich glaube ja, dass also der Weltgeist im Bedürfnis, sich auszudrücken bis ins Grobmaterielle, die eigentliche Ursünde begangen hat. Und zum Ausgleich für seine Schöpfung, die irgendwann wieder ins Nichts zurückfällt, zurückschwingt …«

»Richtig, nach dem Kali Yuga, dem schwarzen Zeitalter, in dem wir uns schon seit Menschengedenken befinden …«

»Ja, dass er seiner Schöpfung etwas Liebe deshalb zukommen lässt. Sie ist wahrscheinlich mehr als potentielle Energie vorhanden denn als aktive Energie …«

Wilhelm war überzeugt: »Also die Liebe Gottes kommt aus seinem schlechten Gewissen, weil er uns diese ganze schwer genießbare Suppe eingebrockt hat. Akzeptiert!«

»Der Begriff Liebe muss wie die Sünde anders gefasst werden.«

Wilhelm nickte mehrmals und wusste nicht recht weiter.

Heinrich schwieg.

Eine längere Pause entstand. Die Sonnenblume war bereits wieder einige Millimeter gewachsen aufgrund eines unglaublichen inwändigen Betriebes von Enzymen, chemischen Prozessen, Zellvermehrung, auf und absteigenden Säften, Photosynthese und was man noch so alles herausgefunden hatte.

Heinrich schien nicht recht zufrieden mit ihrem Gespräch. Wilhelm, weniger erfahren in spirituellen Dingen, neigte dazu, von Heinrich ständig Endgültiges für sich zu fordern.

»Übrigens: Renate und ich treffen uns wieder.«

»Aha, wollt ihr wieder zusammenziehen?«

»Das glaube ich kaum.«

»Warum nicht?«

»Ich bin ein gebranntes Kind. Sie müsste akzeptieren, dass mir meine Studien das Wichtigste sind.«

»Sieh mal an«, dachte sich Wilhelm. »Da kannst du was lernen.«

Für die Rückreise nach Berlin hatte Wilhelm sich vorgenommen, die Knabenkrautwiese bei Lindenhardt aufzusuchen und dort zu picknicken, allein. Gerade jetzt sei es wichtig, gewisse Gepflogenheiten, kulturelle und zivilisatorische Standards, nicht aufzugeben, befand Wilhelm.

Die Nachmittagssonne schien, als Wilhelm von der Autobahn abfuhr, die schmale Teerstraße in das Tal hinunterfuhr und in den nasslehmigen Weg, der zur Wiese führte, einbog. Ein Bussard schwang sich aus einer Kiefer und flog missmutig klagend mit schweren Flügelschlägen den Waldrand entlang davon.

Wilhelm holte seine indische Decke aus dem Kofferraum und einen Karton mit Wasser, Rotwein, Melone, Parmaschinken, Baguette, Taleggio und Trauben. Er durchquerte die Wiese, hielt nach Knabenkräutern Ausschau. Doch er entdeckte nicht eines. Auf der leichten Anhöhe jenseits des schmalen, fast überwachsenen Wassergrabens, der die Wiese teilt, wollte er sich am Waldrand niederlassen, im Trockenen auf der Decke sitzen, in die warme Sonne blinzeln. Er hatte sich eine beschauliche Stunde verordnet. Er entkorkte die Flasche, schnitt die Melone auf, belegte sie mit Schinken, steckte sich Käse mit Trauben in den Mund, doch es wollte keine Beschaulichkeit aufkommen. Der Weltgeist, Professor Aretin und immer wieder Evelin, die drohende Wohnungsauflösung, die Teilung aller Verdinglichungen des gemeinsamen Lebens in zwei Haufen und der trockene Orgasmus ballten sich hinter seinen Augen zu Bildern, die sich ohne Unterbrechung gegenseitig verdrängten, überlagerten, verschwanden und wieder zurückkamen, während sein Blick über die Wiese streifte.

Ganz ohne Zweifel war sein Blick verstellt. Er nahm einen ordentlichen Schluck Chianti. Oder war sein Blick damals verstellt, auf eben dieser Decke mit Katarina, an eben dieser Stelle unter den Birken? »Ist unser Blick nicht immer verstellt«, fragte sich Wilhelm, »bestimmt durch unsere momentane Verfassung? Wir beladen die Welt mit unserem Seelenquark und wundern uns, wenn sie uns bedrückend erscheint. Die Wahrheit ist viel weniger dramatisch. Alles ist aufgeladen. Unsere innere Welt – die Welt des dreifachen Feuers, wie die Buddhisten sagen: Wunsch, Feindschaft, Wahn – regiert unser Handeln und ist viel reicher als die Wirklichkeit. So ist eben auch die nicht gelebte Sexualität im Kopf mächtiger als die reale zwischen den Schenkeln. Sie macht obsessiv …«

Ein Reh trat links zwischen den Erlen hervor, stakste langsam durch die Wiesen und verschwand rechts zwischen den Kiefern.

Wilhelm versuchte einen objektiven Blick auf die Kreatur, musste aber feststellen, dass der Chianti bereits seine Wirkung tat. Weiter rumorte es in ihm: »Alles nur Schein, nur Projektion, auch in der Gesellschaft! Wie wir uns unsere Denkmäler errichten! König David oder Alexander der Große – Fantasiefiguren! Kein Monotheist der eine, nichts Apollinisches war an dem anderen. Keine Lichtfiguren, brutale Machtmenschen! Oder Perikles, das Perikleische Zeitalter: ein Lichtpunkt in der Menschheitsgeschichte, Politik, Kunst, Philosophie vereint unter diesem großen Mann! Nichts davon stimmt, er war ein mieser humorloser Oligarch, von dem keine einzige selbstverfasste Zeile erhalten ist, der in erster Linie an Geld und seinem Machterhalt interessiert war. Im Altertum fast vergessen und erst vom deutschen Idealismus wieder aufs Schild gehoben, um die eigene Sehnsucht nach Reinheit, Größe, Schönheit und Edelmut zu befriedigen! Wo das dann geendet hat, daran haben wir heute noch zu beißen …«

Wilhelm zog Schuhe und Socken aus, stand auf und ging durch die Wiese zum Wagen, um die zweite Flasche, die er mit Evelin hatte trinken wollen, zu holen.

»Warten wir mal ab, bis der Zeitgeist sich Hitlers bemächtigt und seine eigenen dringenden Bedürfnisse nach Größe und Bedeutung über ihn stülpt!«

Wilhelm bot ein seltsames Bild, wie er vor sich hinbrabbelnd mit der Flasche zurück zu seinem Lager, das noch in der Abendsonne lag, durch das hohe Gras ging – halbwegs zufrieden in seiner Halbbildungsborniertheit. »Ich hätte den Schlafsack gleich mitnehmen können. Berlin ist heute zu weit weg. Das direkte Leben! Das direkt gelebte Leben!«

Wilhelm hatte es einmal gesehen: am Strand des Fischerdorfes bei Puri in Odisha. Das Fischerdorf übersieht man fast. Touristen sind unerwünscht. Die Bewohner wollen für sich leben, abseits des gewaltigen Rummels am Jagannath-Tempel in der Stadt. Die schilfgedeckten Lehm- und Bambushütten liegen verdeckt hinter grasbewachsenen Dünen und Schilf. Ungefähr viertausend Menschen wohnen dort.

Wilhelm machte an diesem Abend einen Spaziergang den Strand entlang. Er wohnte mit Katarina in einem ehemaligen kleinen Palast, so wurde das Gebäude jedenfalls angepriesen, in einem saalartigen hohen Raum. Er hatte die Lage des Bettes verändert, es aus der Ecke in die Mitte des Raumes gezogen, um es während des nächsten nächtlichen Regens reumütig wieder zurück in seine Ecke zu schieben, weil es von der Mitte der Zimmerdecke herab heftig auf Katarina tropfte. Es war ein melancholischer Ort. Am Abend von unzähligen Moskitos heimgesucht, die man inmitten der schrägen Vögel aus aller Herren Länder vergaß, eingehüllt in dichte Schwaden Cannabis. Vom Hotel aus ging ein breiter sandiger Abhang hinunter zum Meer. Ins Wasser ging niemand. Die Wellen waren zu heftig. Es war ein wüster Ort.

Nach einem Kilometer öffnete sich der Strand. Eine fremde Welt tat sich dem Spaziergänger auf, verschluckte ihn: überdeutlich, surreal, von der schrägstehenden Sonne farbig beleuchtet, von berstender Plastizität. Jeder Körper, jeder Gegenstand glänzend in Licht und Schatten, noch triefend vom Meer.

Der Strand war voller Menschen. Nackte Kinder mit silbernen Kettchen um die Hüfte rannten und spielten zwischen aufgebockten Booten und verrotteten Netzen, warfen mit Fischköpfen nacheinander. Eine Krähe auf einem Haikopf mühte sich, das Auge herauszuzerren. Inmitten anderer, die sich laut zeternd und heftig flatternd um Innereien stritten. Dazwischen gingen einzelne Kühe herum auf der Suche nach etwas Pflanzlichem. Im Schatten eines Bootes kauerte ein Alter und entleerte, die glimmende Zigarette im Mund, seinen Darm. Die nächste Flut würde die zahlreichen Kothaufen ins Meer spülen. Von dort waren gerade die Boote mit den Fischern zurückgekommen. Männer und Frauen standen im Wasser, hielten die Boote und nahmen Körbe mit dem Fang entgegen. Es herrschte Hochstimmung, die sich auf alle Lebewesen übertrug, der sich niemand entziehen konnte und wollte.

Die jungen Burschen in den Booten stemmten die Ruder in den Grund, um das heftige Schaukeln zu dämpfen. Ihre Rufe und die ihrer Frauen, die sich an die Boote drängten mit glänzenden Armen, ihre Saris klebten auf ihren Körpern, mischten sich mit dem Getöse der Wellen, schrillen Möwenschreien und dem Krächzen der Krähen. Auf dem Sand schlugen Mädchen den Fischen die Köpfe ab, rissen die Innereien aus den Bäuchen und warfen sie auf Haufen. Andere trugen den Fang die Böschung hinauf zu den Hütten, deren Dächer über dem Gras auf den Sandwellen zu sehen waren. Andere kamen eilig von dort zurück, um neuen Fisch zu holen.

Niemand kümmerte sich um Wilhelm. Niemand bettelte ihn an. Alle waren im festen Kreislauf ihres Lebens eingeschlossen:

Der Strand war die Bühne ihres Lebens, das unendliche, wilde Meer die große, grausame Mutter, die alle ernährte. Und oben in den Hütten wurde gezeugt und gestorben.

Zwei Frauen kamen Wilhelm entgegen. Barfuß, mit großen Schritten – ihre Energie war mit Händen zu greifen –, in ihren bunten Saris, eine Hand über dem Kopf, die großen Schildkrötenpanzer greifend, in denen glitzernd der reiche Fang lag. Mit üppigem Haar, wilden Augen, sich laut und heftig unterhaltend, und beide schön, mit kräftigen Körpern, strotzend vor Leben. So rauschten sie an Wilhelm vorüber.

Er stellte sich vor, wie sie nach Fisch, Salz, Meer und Schweiß rochen. Wie sämtliche Gerüche Indiens und die ihres Geschlechts zwischen ihren Schenkeln lauerten, wie sie jetzt in ihren Hütten die Fische verzehren und anschließend mit ihren Männern kopulieren würden. Im Einklang mit den Erfordernissen des Daseins, ohne Bedenken. Zwei so starke Frauen hatte Wilhelm noch nie gesehen. Sie waren voller Lebenskraft, sie waren die Lebenskraft, herrliches Leben! Maya! Wilhelm taufte sie für sich Töchter des Meeres.

Jetzt stachen ihn die deutschen Mücken auf seiner Wiese. Er legte sich den Lungi über sein Gesicht. Dann drückte die Blase. Vom Alkohol benommen wühlte er sich aus seinem Schlafsack und torkelte hinaus auf die Wiese. Es war feucht und weit und breit kein Mond. Er bot seine Nacktheit den Mücken zum Fraße dar, während er sein Wasser abschlug. Stolperte hin und her. Es gelang ihm, in den schmalen, matschigen Entwässerungsgraben zu stürzen. »So ist es recht«, grunzte er und blieb auf dem Rücken liegen, bis er sicher war, dass er sich daran erinnern würde. Kroch schlotternd heraus und fand in der Finsternis nicht mehr zurück. Als die Erlenzweige ihm ins Gesicht schlugen, hörte er den Bach fließen und tappte in das Brennnesselgestrüpp, das dort am Ufer wuchs. Die hohen Stauden umarmten ihn mit schmerzenden Schlägen auf seiner nassen Haut. Keuchend kämpfte er sich rückwärts zur Wiese. Schwer atmend blieb er stehen, drehte den Kopf hin und her, bis er die schwarze Masse des Waldes, in dem sein Schlafsack lag, vor dem dunklen Himmel erkannte.

Vorsichtig ging er auf die schwarze Wand zu und wartete auf das Wunder, dass sie sich mit einem Lichtstrahl auftun und hinter einem Baum der Schildkrötenmann hervortreten würde, um ihn zu seinen schönen Töchtern auf die Waldlichtung zu führen …

Aber du hast doch erzählt, dass sie nicht schön waren!

Inzwischen waren sie schön geworden!

… zu den beiden Töchtern, die sich in die Töchter des Meeres verwandelt hatten und die ihn pflegen würden, ihn trocknen und salben und in selbstgewobene Seide hüllen. Und sich abwechselnd und gemeinsam um seinen armen, jammervollen Gesellen bemühen würden, ohne Erwartungen, ohne Anspruch. Die ihm gut zureden, ihn mit Kosenamen ansprechen, ihn trösten würden vor dem kommenden Angriff.

Es blieb dunkel. Irgendwann, von Ästen übel geschrammt,

stieß Wilhelm mit seinen Zehen gegen seinen Schlafsack, kroch hinein und zitterte noch eine Stunde am ganzen Körper, bis er endlich einschlief.

18. KAPITEL

War das Ganze ein Missverständnis?

Wilhelm saß Katarina gegenüber in der Wohnung in der Gervinusstraße. Sie listeten auf, was sie besaßen. Jeder einzelne Gegenstand musste ihr oder ihm zugeteilt werden. Katarina wirkte ruhig und friedlich. Sie gingen durch die Räume, um nichts an den Wänden, auf dem Boden, in den Schränken zu vergessen.

War das Ganze ein Missverständnis? Dass er die vielen Jahre fest geglaubt hatte, dass nur sein Eingehen auf die Bedürfnisse von Katarina das Zusammenleben möglich machte, stimmte das? Er hatte es immer als Leistung empfunden, so oft gegen seine Interessen gelebt zu haben. Sie interpretierte seine Nachgiebigkeit anders: Warum, wenn nicht aus der Angst heraus, sie zu verlieren, sollte er sich so verhalten haben? Also das ganze Modell, zu dem auch die ganze Anstrengung gehörte, ihre angekündigten Emanzipationsbemühungen nicht zu behindern, all das ein riesiges Missverständnis!?

Siehe da: Die Frau konnte sehr wohl ohne ihn leben! Sie war nicht so abhängig, wie er meinte! Nicht so anspruchsvoll!

»Gut, dann nimmst du den chinesischen Hochzeitsschrank, und ich dafür den chinesischen Küchenschrank.« Sie kämpfte um nichts, wollte wie Wilhelm die Aufteilung möglichst schnell hinter sich bringen.

Und selbst wenn sie vielleicht anders dachte, so konnte sie sich doch zusammennehmen. Das hatte er so oft vermisst. Erwartet hatte er, seine Frau würde um jedes der geliebten Teile erbittert streiten, Tränen würden fließen, Vorwürfe auf ihn niedergehen. Was hatten sie nicht für Anstrengungen unternommen, finanzielle Strapazen, um das dänische Silberbesteck zu erwerben! Waren nach Kopenhagen gefahren, ohne das Gesuchte zu finden. Bis sie endlich auf dem Berliner Trödelmarkt an der Straße des 17. Juni auf ein zwölfteiliges Set stießen. Oder die tibetischen Drachenteppiche: was für ein Aufwand und dann der Mottenbefall, welche Katastrophe! Die indischen Marmorfiguren: Ganesha in seiner Pracht, ein Mahavira, der Basaltkopf einer Apsara: in Bombay entdeckt, mit dem Schiff verschickt, im Hamburger Hafen abgeholt nach unendlichen Telefonaten. Das Porzellan, die Sammlung chinesischer Teekännchen, die Bettwäsche aus Bali!

Der Zauber war verflogen. Die Dinge waren säkularisiert, sie waren nicht mehr, als sie waren. Beide waren entschlossen, sie so zu sehen, frei von Wahn und unbefrachtet.

Nie wird Wilhelm vergessen, wie enttäuscht er als Fünfjähriger war, als er die erste Schokoladentafel aus Schweden in der

Hand hielt. Es war kurz nach dem Krieg. Willi hatte immer von Schokoladentafeln reden hören und sie in seiner Vorstellung so groß wie seine Schultafel gemacht. Auch als er mit seinen Eltern das erste Mal ins Gebirge fuhr, fand er die Berge mehr als enttäuschend. Viel zu niedrig. Auch der erste lebende Elefant war Willi viel zu klein! Auch in anderen Bereichen blieb die Wirklichkeit weit hinter seinen Erwartungen zurück: Raffael, Beethoven, das Geigenspiel! Die Vorankündigungen hatten seine Vorstellungskraft so sehr entfacht, dass der Blick auf die Realität traurig ernüchternd war. Und erst als er sich den Rezeptionsgepflogenheiten angepasst hatte, indem er lernte zu vergleichen, zu interpretieren, einzugliedern in den Lauf der Dinge, schwand die Enttäuschung über den Zustand der Welt. Trotzdem hat Wilhelm es bis heute vermieden, zu den Pyramiden zu reisen, um sein inneres Bild von ihnen nicht zu zerstören.

Zu zerstören?

In Kovalam fragte ich Krishna, einen hübschen Angestellten im Hotel Neptun, ob er eine Freundin habe. Darauf verkündete er mir mit leuchtenden Augen, dass er nächstes Jahr heiraten werde. Ich fragte, ob seine Braut schön sei. Da erklärte er mir, erstaunt über meine Frage, dass er seine Braut noch nicht kenne. Sein Vater habe sie noch nicht für ihn ausgewählt. Ein Jahr später, auf meine vorsichtige Erkundigung hin, strahlte er über das ganze Gesicht und sagte mir, er sei glücklich. Ja, so geht's auch mit der Liebe! Damals war ich eher abgestoßen von einer solchen Liebe, heute gefällt sie mir! Ist diese Art Weisheit das Er-

gebnis vom Nachlassen der Kräfte? Sich ins Unvermeidliche zu fügen?

Es muss ja nicht gleich Weisheit sein. Fang erst mal mit der Vernunft an!

Als Wilhelm am nächsten Morgen wieder in der Gervinusstraße erschien, um das Aufteilen fortzusetzen, hatte Katarina auf dem Balkon ein Frühstück vorbereitet und lud Wilhelm ein, mit ihr wie in alten Tagen Tee zu trinken, Marmelade auf Knäckebrot zu schmieren und das weiche Ei aufzuklopfen.

Mit leichtem Zögern nahm Wilhelm Platz. Die Balkonpflanzen waren in elendem Zustand. Er spürte eine Anspannung bei Katarina und wappnete sich innerlich. Sie schenkte ihm Tee ein und brachte die Rede auf die neue Frau.

Woher sie davon wisse?

Sie lächelte. Ihr könne er nichts vormachen.

Wilhelm war überrascht. Wusste nicht, ob sie ihn nur aushorchen wollte oder ob sie etwas von Evelin und ihm wusste.

Auf alle Fälle schnallte er seine Riemen fester.

Nach der zweiten Tasse Tee rückte Katarina heraus. Sie machte Wilhelm ein Angebot. Das Angebot war: Wenn Wilhelm sie zurücknehme, würde sie sich vom Inder verabschieden.

Wilhelm hatte sich immer ängstlich vorgestellt, dass Katarina weinend vor ihm stehe und ihn bitte, zurückkommen zu dürfen. Er kannte Katarina, wusste zu welchen emotionalen Entgleisungen sie in der Lage war. Gegen die erwartete Tränenflut fühlte er sich wehrlos, und er wusste, dass auch Katarina das wusste. Er fürchtete, nicht standhalten zu können. Dazu kam die Schwäche, die er seit der Krebsdiagnose fühlte. Und er war sehr allein. Evelin war nur zeitweise greifbar, er wollte sie auch nicht mit seinen Ängsten behelligen. Er war allein im Nebel in einem schaukelnden Boot. Sollte er nicht zurückrudern in den bekannten Hafen und dort fest vertäut liegen bleiben bis zum Ende?

Doch das Geschäftsmäßige im Vorschlag von Katarina machte es ihm leichter, sich zu verhalten. Wäre sie vor ihm niedergesunken, wer weiß, ob er trotz des festen Vorsatzes hätte standhaft bleiben können. Er konnte sie nicht gut leiden sehen. Ihr Leiden hatte all die Jahre die Ehe zusammengehalten.

Und die Entsprechung bei dir!

Welche?

Wilhelm gelang es, ruhig zu bleiben. Er schüttelte leicht den Kopf. Ihn störte, dass Katarina kein Risiko eingehen wollte. Wahrscheinlich hatte sie Angst vor der ungewissen Zukunft, die das Leben mit dem Inder für sie bedeutete, und dachte wie Wilhelm darüber nach, zurückzurudern in das Leben, das sie kannte. Vorausgesetzt, da wäre noch Platz für sie.

Wilhelm stand auf und verabschiedete sich. Er schlug vor, die Aufteilung am nächsten Tag fortzusetzen.

Katarina blieb blass sitzen.

Bleiben hätte er nicht können. Als er die Treppe hinunterging, ließ ihn das blasse Gesicht der Frau auf dem Balkon aufschluchzen. Er fühlte sich beklommen. Hatte er nicht weiterhin Verantwortung für sie?

Zügig ging er die Wilmersdorfer Straße hinunter. Er wollte sich ablenken und Evelin anrufen. Neben ihm ging ein Mädchen. Sie erinnerte Wilhelm an ein Mädchen aus seiner Schwabinger Zeit, der Zeit, in der er auch Katarina kennengelernt hatte: dieselbe etwas laszive Gangart, die langen blonden Haare, ebenso dünn, dieselbe Aufmachung, löchrige Jeans, die bis auf den Boden reichten, darüber ein übergroßer Pulli. Doch was damals Boheme war, war inzwischen längst vom Markt aufgesogen und Trend. Er betrachtete sie im Gehen: auch derselbe abwesend entrückte Blick. Er lächelte leicht in Erinnerung. Die Fremde lächelte mit verschleiertem Blick zurück. An der nächsten Ampel blieben sie nebeneinander stehen und warteten auf Grün. Gleich würde sie ihn ansprechen und um Geld betteln.

Das Mädchen sprach Wilhelm tatsächlich an. Sie lächelte: »Auch zur Wilmersdorfer 58?«

Wilhelm ging seit Jahren von der Gervinusstraße die Wilmersdorfer zum Ku'damm hinunter, kannte jeden Laden, und hatte bis heute nicht bemerkt, dass im Parterre von Nummer 58 die soziale Beratungsstelle des Bezirksamtes Charlottenburg eingerichtet war.

»Nee, warum?«

»Ich hab' nur so gedacht ...«

»Und warum du?«

»Ich bin HIV-positiv ... Anträge ausfüllen, vielleicht gibt's Geld, hab' ich mir sagen lassen.«

Sie lächelte und verschwand im Eingang.

Willi Merkatz erschauerte. Er wurde erkannt, als ob er ein Stigma auf der Stirn trüge: Der Geruch des Unglücks haftete an ihm. Die Kranken und die Hunde rochen das.

»Und man siehet die im Lichte, doch die im Dunkeln sieht man nicht.« Woher er den Satz kannte, wusste Wilhelm nicht. Doch jetzt verstand er den Satz, bekam ihn zu spüren. Er war Mitglied der unendlichen Schar geworden, die im Dunkeln lebte. Bewohner der Parallellwelt.

Wenn er sich zufällig in einem Spiegel sah, war er überrascht über das graue Rattengesicht, das ihm entgegenstarrte. »Nicht einmal intelligent sieht er aus«, dachte er dann.

Unter den Bäumen am Adenauerplatz nahm er Platz in dem großen Café. Er wollte Evelin anrufen, brachte es aber nicht über sich, das Handy hervorzuziehen. Die Katatonie, die von ihm Besitz ergriffen hatte, kam ihm gelegen. Sie hinderte das schlechte Gewissen daran, ihn anzufallen.

Während er so saß und nicht bedient wurde – »Auch das sicher kein Zufall«, registrierte er schläfrig –, kam es Wilhelm so vor, als ob alles, was er jetzt erlebte, die Realisierung von Zuständen war, die er seit Langem tief in seinem Innern erwartet hatte. Er saß da, nickte mit dem Kopf und wunderte sich nicht. Auch nicht über die Schwabinger Wiedergängerin von eben. Zunehmend verschwamm ihm Vergangenes mit Gegenwärtigem, Erinnertes mit Erdachtem, Erlebtes mit Geträumten.

Das Handy klingelte. Evelin fragte, ob er heute nicht in die

Praxis komme. Wilhelm stand auf und ging zurück zu seinem Cadi in der Gervinusstraße und fuhr zum Schlesischen Tor.

Siebter Zettel:

Augustinus: »Die Traurigkeit des Geistes, die wie ein hochgiftiger Schatten die Samen der Tugenden und alle geistige Frucht tötet. In ihr liegt der Quell und das Haupt allen Unglücks«, wie Cicero elegant sagt. ... Es hat dich eine tödliche Seuche des Geistes im Griff, die die Modernen acedia und die Alten aegritudo nennen.
Franciscus: Schon beim Namen der Krankheit, schaudert es mich.
Augustinus: Kein Wunder. Lange und schwer hat sie dich gequält.
Franciscus: Ja, das stimmt. In dieser Traurigkeit ist alles bitter und jammervoll und schrecklich, und der Weg in die Verzweiflung steht immer offen. Außerdem erleide ich bei den übrigen Leidenschaften zwar häufige, aber doch kurze und augenblickshafte Attacken, diese Seuche aber packt mich manchmal so fest, dass sie mich ganze Tage und Nächte in Ketten foltert, und diese Zeit hat für mich nichts von Licht oder Leben, sondern ist so viel, wie höllische Nacht und bitterster Tod. Und, was der höchste Gipfel des Unglücks heißen kann, ich weide mich so sehr mit einer Art finsterer Lust an Tränen und Schmerzen, dass ich mich nur wider Willen losreiße.
Augustinus: Deine Krankheit kennst du sehr gut. Sage mir also, was ist es, das dich so sehr betrübt? Das Hin und Her der vergänglichen Dinge?

Ein körperlicher Schmerz? Irgendein ungerechter Schlag eines allzu harten Schicksals?
Franciscus: Ein einzelnes Ding davon für sich wäre nicht so stark. Wenn ich im Einzelkampf angegriffen würde, stünde ich jedenfalls aufrecht.
Augustinus: Sprich genauer aus, was dich bedrängt.
Franciscus: Wenn mich das Schicksal mit seinem gesamten Heereskontingent von ringsumher anfällt, mich bezwingen will und vor mir zu diesem Zweck die elenden Bedingungen des menschlichen Lebens aufhäuft, die Erinnerung an die vergangenen Mühseligkeiten und die Angst vor den zukünftigen, dann erst stöhne ich auf. Dann entsteht jener tiefe Schmerz, wie wenn jemand ringsumher eingeschlossen ist von zahlreichen Feinden und er keinen Ausweg mehr, keine Hoffnung auf Erbarmen und keinen Trost hat; wenn die Kampfmaschinen aufgerichtet und die unterirdischen Stollen ausgehoben sind; und es wanken schon die Türme, die Sturmleitern sind an die Verschanzungen gelegt, die Schutzdächer sind dicht an die Festungsmauern geführt, und das Feuer flackert über dem Gebälk: Überall sieht er blitzende Schwerter und denkt an den nahen Untergang - wie soll er da sich nicht fürchten und traurig sein, wo doch schon allein der Verlust der Freiheit für tapfere Männer überaus schmerzvoll ist?
Augustinus: Du meinst, es gehe dir schlecht?
Franciscus: Sehr schlecht sogar!
Augustinus: Aus welchem Grund?
Franciscus: Nicht aus einem, sondern aus zahllosen Gründen. Dazu kommen noch Hass und Verachtung gegen das menschliche Los.

Augustinus: Ich will in einzelnen Schritten vorgehen. Sage mir also: was empfindest du als besonders belastend?
Franciscus: In erster Linie alles, was ich sehe, höre und fühle.
Augustinus: Du liebe Güte! Gefällt dir von allen Dingen überhaupt nichts?
Franciscus: Nichts, oder nur sehr wenig.
Augustinus: Aber was missfällt dir ganz besonders? -Antworte mir!
Franciscus: Ich habe schon geantwortet.
Augustinus: Das gehört alles zur acedia, wie ich sie genannt habe. Alles an dir missfällt dir.
Franciscus: Das Fremde genauso.
Augustinus: Was aber missfällt dir von allem am meisten?
Franciscus: Ich weiß es nicht.
Augustinus: Du bist der Meinung, das Schicksal behandle dich kläglich?
Franciscus: Nein, sondern höchst geizig, höchst ungerecht, höchst anmaßend, höchst grausam!
Augustinus: In der Komödie gibt es den Jammerer nicht nur einmal, sondern es gibt unzählige. Bis jetzt bist auch du einer von vielen! Im Übrigen ist das Thema so abgegriffen, dass man kaum irgend etwas Neues dazu sagen kann ...

(Petrarca - Secretum meum)

(Fast unleserlich am Rand ein Kommentar Wilhelms: Ja, die Nörgelei ist die eine Schiene, auf der sich das <u>Ich Bahn</u> bricht aus der mittelalterlichen Gottesfurcht, wenn es zur Tat nicht taugt.)

»Für wen hast du dich jetzt entschieden?« Gundula war zwischen zwei Patienten kurz zu Wilhelm in sein Behandlungszimmer getreten.

»Der Münchener ist es nicht. Morgen fahr ich nach Hamburg zu Professor Hombart.«

»Eppendorfer Uniklinik?«

»Ja.«

»Gut. Und sonst? Was ist mit Katarina?«

»Wir teilen.«

»Tatsächlich? Vielleicht gut so.«

»Ja, vielleicht.«

Sie blieb in der Tür stehen und zündete sich eine Zigarette an. Offensichtlich wollte sie noch etwas sagen. »Troublemaker ist wieder unterwegs ... nervt und macht alle verrückt ...«

»Unser Erwin?«

Resigniert grinsendes Kopfnicken von Gundula.

»Übernehme ich. Schick' ihn rein!«

Ihr Dank wurde begleitet von einer dichten Tabakwolke. Doch Gundula blieb stehen und sog bedächtig weiter an ihrer Zigarette.

»Komm setz' dich! Für die Zigarette ist ja wohl Zeit.«

Sie schloss die Türe und ließ sich in ihrem nicht ganz weißen Arztkittel im Patientenstuhl Wilhelm gegenüber nieder. »Geht es dir eigentlich um den momentanen Kick, um den kurzen, wollüstigen Schauer?«

»Nein.«

Und nach einer Pause sagte Wilhelm noch mal: »Nein, sicher

nicht. Ich kann ohne ihn leben. Da bin ich sicher. Ich kann auch aufhören, Wein zu trinken, und trotzdem das Leben lebenswert finden.«

»Was ist es dann?«

»Ich bin, wie du weißt, schon älter, muss nicht mehr jedem Rock hinterherlaufen. Wichtiger ist mir sowieso, dass die Frau befriedigt wird.«

»Ist das wahr?«

»Ja, und das ist geradezu zwanghaft bei mir. Das bin ich mir sozusagen schuldig. Ich fühle mich miserabel, wenn es mir nicht gelingt.«

»Wahrscheinlich, weil du Probleme damit hast?«

»Womöglich. Ich bin eben auch ein Opfer des Zeitgeistes.«

Gundula grinste: »Ein Leistungsficker? In deinem Alter?«

»Ja, ich weiß.«

Gundula stand auf. »Ich schick' ihn dir jetzt rein.«

Wilhelm mochte diese Frau.

»Ohne dich hätte ich mich, glaube ich, schon aufgehängt.«

Sie drehte sich ruhig nochmals zu ihm um. Wilhelm liebte ihre vom Alkohol und Nikotin gegerbte Stimme: »Das glaube ich nicht.«

Wieder allein lehnte sich Wilhelm zurück, streckte seine Beine unter dem Schreibtisch aus und verschränkte seine Arme im Nacken. Die Sexualpraktiken der chinesischen Kaiser gingen ihm durch den Kopf. Dass sie alles daran setzten, ihre Konkubine zu befriedigen, hatte er gelesen, weil es die Theorie gab, dass die Frau im Orgasmus dem Mann Lebensenergie übertrug, seiner Majestät dadurch Lebensjahre und andauernde Kraft schenkte. »Schon schlau, die Chinesen.«

Da öffnete sich die Türe erneut einen Spalt, Erwin streckte seinen gegelten Lockenkopf ins Zimmer und holte Wilhelm zurück in den profanen Praxisalltag. »Hab'n Se mal 'ne Sekunde, Doc?«, und ohne eine Antwort abzuwarten, nahm er mit einem quietschenden Schmerzlaut Platz.

Wilhelm fiel auf, dass er leicht vorgebeugt ging und ein Bein etwas nachzog. »Ich hab' dich nicht aufgerufen ...«

»Gundula hat mich doch reingeschickt, Doc. Meine Großmutter ist doch gestorben und da muss ich doch hin, und da brauch' ich doch Methadon für vier Wochen zum Mitnehmen ...«

Wilhelm erinnerte sich, dass die Großmutter vor einem Jahr schon einmal gestorben war. »Auf keinen Fall! Warum gehst du so komisch?«

Erwin begann herumzudrucksen.

»Zeig mir deine Leiste!«

Nach wortreichem Widerstand – er sagte, dass seine Dusche heute ausgefallen sei, dass er sich nicht so ungepflegt dem Doktor präsentieren wolle, schließlich habe man noch Schamgefühl – ließ er endlich die Hose herunter und, wie Wilhelm vermutet hatte, war in der Leistengegend eine faustgroße rote Schwellung zu erkennen: eindeutig ein Spritzenabszess.

»Du gehst jetzt auf der Stelle ins Urbankrankenhaus und lässt dir den Abszess aufschneiden. Und mit der Mitgabe von Methadon ist erstmal Schluss.«

»Ach, geben Se mir doch einfach ein Antibiotikum! Det wird schon von alleine.«

Doch Wilhelm blieb hart, stand auf, ging zur Tür und rief Evelin. Sie solle dafür sorgen, dass Erwin ins Krankenhaus kommt, und: »Mitgabe gestrichen!«

Das prompt einsetzende Gequengel überhörend schob er den Troublemaker, der noch mit seinem Gürtel beschäftigt war, ungerührt aus dem Zimmer. »Und morgen sehe ich dich hier, und du trinkst vor meinen Augen dein Methadon!«

»Inzwischen kann ich ihn fast leiden.« Wilhelm schlürfte zusammen mit Evelin den Kaffee in der Besenkammer.

»Mich nervt er immer mehr!« Sie hob beide Hände in die Höhe. »Das nächste Mal erwürg' ich ihn …«

»Warum?«

»Wenn er mir noch einmal den Hintern tätschelt.«

»Ja, eben deswegen.« Und Wilhelm musste grinsen.

»Was deswegen!« Evelin war sehr gereizt. »Ach, meine Nerven werden immer dünner …«

»Udo?«

»Ja, Udo! Jetzt hat er das Wohnzimmer gestrichen, ohne mich vorher zu fragen. Ich komme gestern nach Hause, und das Zimmer ist grün.«

»Er wollte dich überraschen.«

»Grün! Und von meinem Geld!«

»Du bist zu streng, Evelin. Grün ist doch schön!«

»Nein, er weiß immer noch nicht, was mir gefällt. Macht

seinen Stiefel, ist so spontan! Und will dafür noch gelobt werden. Kindisch.«

So ganz unbekannt kam Wilhelm das nicht vor. Er betrachtete sie, während sie sich ereiferte, und sie erschien ihm sehr reizvoll.

»Warum gibt sie ihm nicht den Laufpass und kommt zu mir? Die fünfzehn Jahre Unterschied, wenn die nicht wären! Und, viel schlimmer, die Operation mit ungewissem Ausgang!« Das dachte Wilhelm.

»Morgen fährt er, Gott sei dank, zu seinem Vater in die Steiermark.«

»Wie lange?«

»Eine Woche.«

»Wir könnten nach Sevilla fliegen.« Wilhelm wusste selbst nicht recht, wie ihm geschah, so schnell aus dem Nichts heraus diesen Vorschlag zu machen. Sevilla, der Name hatte einen magischen Klang für ihn. Anscheinend genügte das.

»Nach Sevilla? Wie kommst du jetzt darauf?«

»Da will ich schon seit Langem hin. Du nicht?«

Sie lachte. »Klar will ich nach Sevilla.«

»Gut, dann fahr ich morgen zu Professor Bonschlag nach Hamburg, und übermorgen geht es los!«

»Ich würde gerne mitkommen!«

»Ja doch, ja!«

»Zu dem Professor Bonschlag meine ich:«

»Nein, das mache ich besser alleine. Und jemand muss ja den Laden hier schmeißen!«

»Morgen ist Mittwoch. Gut, dann putz' ich weg, was Udo in seinem Schaffensrausch übersehen hat.«

In diesem Augenblick trat Gundula zu ihnen in die Kammer, um sich ebenfalls einen Kaffee zu machen.

19. Juli, Mittwoch, am späten Vormittag in Hamburg bei Professor Bonschlag: Er hatte Verständnis für die Ängste von Wilhelm. Versprach ihm, von Anfang bis Ende eigenhändig zu operieren und besonders auf die feinen Nervenfäden, die für seine Erektionsfähigkeit zuständig waren, zu achten: »Das ist meine Spezialität, lieber Kollege.«

»Und was ist mit Inkontinenz?«

»Ja, einen Schließmuskel, der innerhalb des Radialschnittes liegt, den müssen wir opfern. Aber zum Glück hat uns der liebe Gott ja zwei gegeben. Also: Keine Sorge, der Sphinkter bleibt uns ja noch!«

Musculus sphincter urethrae hatte Wilhelm vor vierzig Jahren zum letzten Mal in der Anatomievorlesung gehört: der äußere Schließmuskel. Die Auskunft beruhigte Wilhelm nur halb. Er fand, bei seiner schwachen Blase könne er gar nicht genug Schließmuskeln haben.

Sie kamen überein und legten den Operationstermin auf den 18. August. Für den Fall einer Blutung möge er einen Liter Eigenblut mitbringen. Das hieß, zweimal zur Blutentnahme gehen, außerdem einen Termin im diagnostischen Zentrum zu machen für ein Knochenszintigramm – beides in Berlin zu erledigen.

Während Professor Bonschlag Wilhelm zur Tür brachte,

erzählte er dem Kollegen, wie glücklich er sei, weil er seit einigen Jahren, seit der Möglichkeit, die PSA-Werte im Blut zu bestimmen, die Menschen durch die Operation heile. Während er vorher meistens nur palliativ operiert habe, da bei fast allen Patienten der Krebs erst erkannt worden war, wenn er schon metastasiert war.

Wilhelm hatte Vertrauen zu Dr. Bonschlag gefasst und eilte in das nächste Reisebüro am Eppendorfer Baum.

Am Donnerstag flog keine Maschine von Berlin nach Sevilla. Doch für den Freitag konnte Wilhelm zwei ziemlich teuere Hinflüge erwerben, am Montag ging's zurück. Er zahlte mit der Scheckkarte, setzte sich in seinen Cadillac und fuhr durch die Stadt zum Horner Kreisel auf die Autobahn.

Er war merkwürdig erregt. Der Termin stand fest. Sein bisheriges Lebensgefühl würde abrupt abreißen. Ein anderes seinen Platz einnehmen. Ein kleiner Tod.

Doch vorher hieß es für Wilhelm noch, Abschied zu nehmen von Sperma und Phallus. Dafür stand das magische Wort: Sevilla.

Er rief Evelin an und musste auf die Mailbox sprechen: »Übermorgen, 9 Uhr 30, Abflug nach Sevilla! Bis morgen!«

Es war schon gegen 22 Uhr, als Wilhelm in seine Besenkammer trat, das Klappbett für die Nacht präparierte und sich auszog. Er lag nackt und blickte mit weit geöffneten Augen zur Decke. Er hörte, wie die Praxistüre aufgeschlossen wurde, und Evelin vorsichtig über den Flur kam. Er zog den schwarzen Lungi über sich, löschte schnell das Licht und blieb still, um die Situation, die er so oft im Kino gesehen hatte, in der Wirklichkeit zu erleben. Die Tür war nur angelehnt. Sie öffnete sich leise. Im Dämmer erschien die große Frauengestalt. Leise: »Willi?«

Ebenso leise: »Ja.«

Sie trat ans Bett, beugte sich über ihn, spürte, dass er nackt unter seinem Tuch war. Er spürte ihren Atem auf der Haut und ihre Haare kribbelnd auf dem Gesicht. Sie küsste ihn flüchtig und zog sich wortlos zügig aus. Sie umarmten sich und schliefen miteinander.

»Willi?«

»Nein, jetzt nicht!«

»Ich muss dir was sagen …«

»Später …«

Sie lagen einige Stunden eng umschlungen. Dann zog Evelin sich an, um nach Hause zu gehen, um ihren offiziellen morgendlichen Arbeitsweg einzuhalten.

Sie war schon fast an der Tür, und Wilhelm rannte ihr nach, um sie nochmals zu umarmen. Da drückte sie ihre Lippen an sein Ohr und flüsterte hastig etwas, das Wilhelm so schnell nicht verstand. Doch Evelin hatte schon die Tür geöffnet und verschwand im finsteren Treppenhaus. Wilhelm drückte die Tür zu und ging im Dunkeln den Flur zurück.

Was war das eben? Hatte Evelin ihm gerade ihre Liebe gestanden? Er versuchte, sich die geflüsterten Worte nochmals vorzustellen. Da waren mehrere Is. Das war sicher. Er setzte sich auf die Bettkante und simste: »Habe ich richtig verstanden?« Es dauerte zehn Sekunden. Dann kam die Antwort: »Ja.«

»Ich dich auch so sehr«, schickte er zurück und legte sich wieder auf den Rücken, um nicht einzuschlafen, um sich staunend zu wundern, welche Wege das Leben ihn führte. Er musste an den indischen Heiligen denken, dem Vishnu seine Maya offenbarte.

Er schlief ein und träumte von dem flirrenden Licht in der Wüste. Er fühlte sich weit und frei.

Am nächsten Morgen erschien Evelin früher als üblich in der Praxis, Wilhelm putzte sich gerade die Zähne, und erklärte ihm, sie sei gestern Abend zu ihm gegangen, um ihm zu sagen, dass sie es nicht schaffe, mit ihm nach Sevilla zu fliegen. Sie habe auch den Versuch gemacht, darüber zu sprechen. Wilhelm erinnerte sich und auch daran, dass er gespürt hatte, worum es ging, als sie zu sprechen ansetzte.

»Udo?«

»Ja, ich weiß auch nicht recht warum. Ich müsste es ihm sagen. Es ist so öffentlich. Außerdem, falls er früher zurückkommt ...«

Da sein Bauch schon Bescheid wusste und weil die bekannten kurzen drei Worte in der Nacht ihn so wundersam gekräftigt hatten, war er nicht enttäuscht. Er sah sie in ihrer Beklommenheit im Spiegel hinter sich, spülte die Zahnpasta aus und erklärte ihr, Sevilla stehe noch länger und die Tickets werde er zurückgeben.

»Mach dir deswegen keine Sorgen!« Und er blickte ihr vollkommen ehrlich in die Augen.

Wieso »vollkommen ehrlich«?

Weil ich endlich so weit war, einem Menschen gegenüber ein Gefühl zu äußern, ohne mich dabei zu beobachten. In diesem Falle schlichtes Mitgefühl.

Und wenn du dich dabei beobachtest, bist du nicht vollkommen ehrlich?

Ehrlich schon. Aber ich glaube nicht vollkommen.

Evelin atmete kräftig aus, um ihre Erleichterung zu zeigen, und bot stattdessen Wilhelm an, die Tage mit ihr in ihrer Wohnung zu verbringen.

»Im grünen Salon?«

Wilhelm lächelte und freute sich bereits darauf.

Achter Zettel:

```
Augustinus: Jener besagte Satz Platons darf
nicht außer Acht bleiben, wonach dem Erkennen
der Gottheit nichts so hinderlich ist, wie die
fleischlichen Begierden und der entflammte Ge-
schlechtstrieb.

(Petrarca - Secretum meum)
```

Von Donnerstag bis Dienstag lebten Evelin und Willi in ihrer Wohnung in der Reichenbergstraße in Kreuzberg. Es war tatsächlich Evelins: gekauft und nicht ganz abbezahlt.

Sie verließen die Wohnung nur selten. Am Wochenende mussten sie nicht in die Praxis. Am Abend saßen sie unter Bäumen auf dem Bürgersteig vor einem kleinen Vietnamesen ein paar Straßen weiter, wo nur wenige Menschen vorbeikamen. Es war Hochsommer. Sie schlenderten in der Dämmerung am Kanal entlang und schauten den Boule-Spielern zu, um danach wieder hoch in den vierten Stock zu steigen, sich zu umschlingen und so die Nacht zu verbringen.

Es war heiß und still in der Wohnung. Ab und zu drang türkische Musik aus dem Stockwerk tiefer durch das offene Fenster herein. Wenn die Körper nass vor Schweiß waren, trennten sie sich für eine Weile. Am frühen Morgen, in der ersten Dämmerung, war ihre Haut kühl, und sie krochen wieder zueinander.

Wilhelm mochte die Wohnung. Tagsüber saß er gerne auf dem dichtbewachsenen Balkon unter einer Geißblattlaube wie bei Evelins Schwester in Randersacker. Hinter Lavendelstauden, geschützt vor den Blicken der Nachbarn, gefiel es ihm, Evelin in der Küche bei ihren häuslichen Verrichtungen zu beobachten. Wenn sie mit den Töpfen klapperte, Milch für den Cappuccino aufschäumte oder wie eine alte Indianerin in einem großen weißen Männerhemd konzentriert in den Blumentöpfen stocherte.

Sie redeten wenig. Es fiel Wilhelm leicht, einfach den Mund zu halten, nichts zu kommentieren.

Die Einrichtung der Wohnung war nachlässig schlicht. Da war nichts, was vorgeführt werden sollte. Alles hatte die Freundlichkeit von langem Gebrauch, hatte sich bewährt. Der »grüne

Salon« gefiel ihm besonders. Das blasse Türkis drängte sich nicht auf und hob doch die Stimmung des Raumes.

Evelin grinste über seinen Kommentar.

Als er mit ihr die Wohnung betreten hatte, war Evelin in einem kleinen Raum verschwunden und hochbeladen mit Bettzeug wieder erschienen. Sie erklärte kurz, lieber mit ihm die Zeit auf dem Gästelager verbringen zu wollen, nicht in ihrem Schlafzimmer. Ihre Entschlossenheit und Offenheit gefielen Wilhelm. Sie wollte sich nicht helfen lassen, während sie die Polster vom Sofa auf dem Teppich ausbreitete und mit dem Leintuch, mehreren Kissen und mächtiger Überdecke ihr Lager bereitete. Wilhelm sah ihr gerne zu. Es war ihm gleichgültig, ob sie diese Anstrengungen aus Rücksicht gegenüber Udo oder ihm gegenüber unternahm.

Diese Tage in der Wohnung waren sein Abschied von seinem bisherigen Leben. Und auch von Evelin. Die Zeit stand für einen Moment still. Und beide spürten es.

Am Montag vor der Sprechstunde ging Wilhelm ins Krankenhaus Moabit, um sich den ersten halben Liter Blut abnehmen zu lassen. Während er still dalag und müde zusah, wie sein Blut in die Flasche rann, erinnerte er sich an eine Situation vor Jahren auf Ostjava zwischen Malang und Surabaya: Er wartete mit Katarina an einer Bushaltestelle. Die Sonne stand senkrecht. Es war drückend heiß. Auf der Wiese jenseits des schmalen Wassergrabens am Straßenrand erschien ein Bauer, der eine Kuh am Strick hinter sich herzog, um sie dort grasen zu lassen. Er war zierlich, fast schmächtig. In der extremen Schwüle bewegten sich Mensch und Tier wie in Zeitlupe. Er pflockte die Kuh an einer ihm geeignet erscheinenden Stelle an und ging zu dem Rand eines kleinen Gehölzes, um sich dort im Schatten niederzulassen, schob seinen geflochtenen großen Reisbauernhut ins Gesicht und döste. Die Kuh stand an ihrem Strick, ohne sich nach einem Halm zu bücken. Der Platz gefiel ihr nicht. So stand sie einige Minuten lang, ohne sich zu bewegen. Der Bauer hob den Kopf, bemerkte den Missmut seiner Kuh, erhob sich langsam, ging hin zu ihr, zog den Pflock aus dem Boden und führte die Kuh an eine andere Stelle der Wiese, drückte den Pflock in den weichen Boden und verkroch sich wieder in den Schatten. Doch auch der neue Platz gefiel der Kuh nicht. Sie stand abgewandt von ihrem Herrn und blickte beleidigt zur Straße. Wieder verging einige Zeit, der Bus ließ auf sich warten. Da hob der Bauer erneut seinen Kopf und sah seine Kuh immer noch voller Missmut auf der Wiese stehen. Er schob seinen Hut zurecht, stand auf und ging zu seiner Kuh, zog wieder den Pflock aus dem Boden, aber diesmal führte er sie nicht: Seine Kuh ging, und er ließ sie gehen. Sie ging in Würde ungefähr dreißig Meter, und der Bauer am Strick folgte ihr. Die Kuh blieb stehen, an einer Stelle, die Wilhelm keine Spur anders als die beiden vorhergehenden vorkam. Der Bauer drückte den Pflock wieder in den Boden, und die Kuh senkte ihren Kopf und begann zu grasen, und der Bauer ging gleichmütig zurück in den Schatten, betrachtete nochmals kurz seine Kuh, dann schob er sich den Hut wieder über die Augen und döste, und die Kuh graste.

Dann kam der Bus.

Am 25. Juli verließ Wilhelm mit Evelin die Wohnung, um in die Praxis zu gehen. Zum letzten Mal. Udo hatte sich vorzeitig zurückgemeldet. Sie hatte ihr Lager abgeräumt, die Polster wieder aufs Sofa gepackt. Wilhelm ging mit seinem Aluköfferchen ein paar Stufen vor ihr die Treppe hinab. Sie sollte nicht sehen, wie ihm lautlos Tränen aus den Augen liefen. Vier Stockwerke lang bis zum Parterre. Es sollten für lange Zeit die letzten Tränen sein.

Er hatte sich vorgenommen, seine Liebe zu Evelin einzubetonieren, mit einem dicken Betonmantel zu umgeben, viele Meter dick, wie den strahlenden Reaktor von Tschernobyl. Der Katafalk einer vergeblichen Liebe!

Solche schwülstigen Apostrophierungen!

Tamerlan hat in der Raserei seiner Trauer um den Tod seiner geliebten Frau mehrere Städte niedergebrannt und alle Einwohner massakriert! Da werde ich doch wohl …

Schon gut, schon gut …

Die drei Wochen bis zur Operation lebte Wilhelm in einem Zustand, in dem es weder Trost noch Angst gab. Eine Art trancehafter Dumpfheit ließ ihn die Welt wie durch ein verkehrtherum ans Auge gehaltenes Fernglas sehen.

Mit ermattenden Kräften suchte sein Verstand verzweifelt nach einer rationalen Erklärung für den Zustand seines Herren und wurde in einer Fachzeitschrift fündig, die ihm einen wissenschaftlich fundierten Rettungsring reichte: Er fragte sich, ob er an Alexithymie, einer erst seit Kurzem beschriebenen und erforschten Krankheit, litt. An Blockierung der Gefühle! Hervorgerufen durch einen frühen Angriff der Stirnlappen auf das limbische System, um die bewusste Wahrnehmung der physischen Signale wie Schweiß, Herzflattern, Zittern und so weiter zu verhindern, damit keine Gefühle daraus destilliert werden können, also weder Freude, noch Wut, noch Angst, noch Trauer, noch Überraschung, noch Ekel. Alexithymie bewirkt eine Störung der »sozialen Navigation« etwa durch das Fehlen von Angst, durch ständiges blindes Vertrauen.

Wilhelm empfand es als Fatalismus. Oder Gleichmut ...

Aber wenn der Transport der emotionalen Signale über den Vagus und die Blutbahnen nicht mehr funktioniert, keine Muskelreflexe mehr stattfinden, weil das limbische System nur noch eingeschränkt arbeitet, dann könnte Gleichmut, ja, vielleicht sogar Weisheit, einfach nur einen Mangel an Gefühlsfähigkeit bedeuten.

Würde die OP als ein Akt physischer Verletzung auch einen Wandel seiner Gefühle auslösen, eine Minderung bewirken, und damit die Möglichkeit zu höherer Erkenntnis?

Neunter Zettel:

Notiz auf einer Wissenschaftsseite der Süddeutschen Zeitung: Die Meeresschnecke Aplysia: Bei Berührung, d.h. Bedrohung, zuckt sie zusammen, der Herzschlag beschleunigt sich, der Blutdruck geht hoch, das Tier sondert rote Tinte ins Wasser ab ...

(Daneben eine Anmerkung Wilhelms: »Man könnte neidisch werden! Nur weil wir unser Leiden reflektieren, heißt das doch nicht, dass wir mehr als die Schnecke leiden.«)

Wenn Wilhelm nicht in der Praxis war, lief er in diesen Tagen stundenlang durch die Straßen der Stadt. Er wollte allein sein, wich Bekannten, selbst seinen Söhnen aus, ließ sich in einem Café nieder, schrieb etwas auf, versuchte zu lesen, aß zwischendurch an einem Imbiss eine Currywurst, trank weniger als gewohnt und mischte den Beton, um ihn über seine Liebe zu kippen.

Tamas hatte Macht über ihn: die Dunkle, Verhüllte, Träge der drei Gunas.

Auf dem Kottbusser Damm begegnete ihm ein Besessener. Der Dämon presste furchtbare Verwünschungen aus dem Geschundenen heraus. Er brüllte über die Straße, verfluchte die Welt und das Leben. Die Menschen erschraken und wichen ihm voller Angst aus.

Der Mann sah gut aus, mit dichtem schwarzen Haar. Er trug

ein weißes Hemd, das mit Totenköpfen bedruckt war, und ging mit großen Schritten. Sein Ausdruck war ohne einen Rest von Menschlichkeit. So vollkommen war er im Banne des Bösen. Oder er war in der Verfassung der Meeresschnecke, sein limbisches System arbeitete auf Hochtouren und lebte das Gefühl des Hasses, welchen Grund er auch dafür hatte, in Vollkommenheit aus.

Als er in ein Geschäft für Damenunterwäsche stürmte, und Wilhelm ihn furchtbar im Laden brüllen hörte, lief er zum Eingang. Da kam der Rasende ihm bereits wieder entgegen, blickte ihn kurz an, und Wilhelm erschauerte vor der ungebremsten Kraft, die diesen Mann erfüllte, die wie ein Glutstrom aus ihm herausbrach. Dann hetzte dieser weiter. Die Verkäuferin kam leichenblass an die Türe. Nein, er habe ihr nichts getan, nur gebrüllt. Während sie dies sagte, musste sie sich an der Türe festhalten.

Wilhelm kam sich elend neben diesem Rachegott vor. Er blickte ihm nach, bis er in der Menge verschwand, und wunderte sich, dass er keinen schwefeligen Schweif hinter sich herzog.

Doch Wilhelm verharrte in seinem Tamas-Zustand, verließ sich auf das Programm, das die Erlebnisse von früher in sein Hirn eingebrannt hatten und das permanent den »alten Film« produzierte, die Gefühle durchgeknetet, durchgewalkt. Nichts war tragisch, nichts war furchtbar, nichts war nicht schon einmal erlebt.

Die Verabredungen mit Katarina hielt er ein. Traf sich noch zweimal mit ihr, und sie vervollständigten die Liste: den großen roten Mandarinteppich für sie, die vier kleinen Tibeter für ihn, die Sesselgarnitur für sie, die Sammlung chinesischer Teekännchen für ihn, ebenso die Bilder aus Familienbesitz. Es gab keinen Streit.

Wilhelm erklärte, die Wohnung verkaufen zu müssen, da ihr die Hälfte gehöre und er sie nicht auszahlen könne.

Sie versprach, einen Makler damit zu beauftragen.

Ein Problem stellte das Ehebett dar, eine dunkel gebeizte Konstruktion aus dickem Bambus, die beide sehr mochten. Bei der Renovierung der Wohnung hatten sie als alleinigen Zugang zum Schlafzimmer eine alte kleine Berliner Tür einbauen lassen, wie sie für Badezimmer üblich waren, wohl wissend, dass das Bett nunmehr den Raum nicht mehr verlassen konnte. Es passte nicht durch die Tür und war nicht zerlegbar.

»Hier bleiben wir, solange wir leben. Also wird das Bett stehen bleiben, wo es jetzt steht, endgültig«, so Willi Merkatz.

Sie hatten damals öfter, mal erheitert, mal resigniert, bemerkt, dass es für eine Trennung zu spät sei: »Wir sind einfach zu lange zusammen.«

Das Bett wurde keinem zugeschlagen. Ein Rumäne zerteilte es Wochen später und baute sich eine Bank daraus.

Als die Aufteilung beendet war, Wilhelm sich verabschieden wollte, brach Katarina in Tränen aus. Sie weinte bitterlich, wie Wilhelm es befürchtet hatte.

»Was ist?«

»Ach, alles! Es ist alles so schrecklich!«

Wilhelm konzentrierte sich auf seine Alexithymie, um die

Fassung zu bewahren. Er schaffte es, seine Frau in die Arme zu nehmen, und bat sie, ihn nach der Operation im Krankenhaus in Hamburg zu besuchen. Dann ging er schnell die Treppe hinunter, lief durch die Straßen und dachte darüber nach, ob und wieweit seine Hinwendung oben in der Wohnung Ausdruck von Gefühlskälte war. Hauptsache, er hatte es Katarina recht gemacht.

Zehnter Zettel:

```
Was sind wir Menschen doch? Ein Wohnhaus
grimmer Schmerzen,
Ein Ball des falschen Glücks, ein Irrlicht
dieser Zeit,
Ein Schauplatz herber Angst, besetzt mit
scharfem Leid.
Ein bald verschmelzter Schnee und abgebrannte
Kerzen.
Dies Leben fleucht davon wie ein Geschwätz und
Scherzen.

(Andreas Gryphius)
```

Die zweite Blutentnahme verlief wie die erste nach Plan, ebenso die Untersuchung im diagnostischen Zentrum, bei der durch die Injektion einer radioaktiven Substanz seine Knochen nach Metastasen untersucht wurden. Der negative Befund ging nach Hamburg zu Professor Hombart.

Dass der Befund günstig für Wilhelm war, berührte sein Gemüt nicht. Es waren noch sieben Tage bis zur Operation und Wilhelm ließ es zu, dass sich sein Körper, sein Geist und seine Seele in sich zurückzogen.

Es war derselbe dumpf-ahnungsvolle Zustand, in dem er sich als Kind in der Woche vor dem Tode seiner Mutter befunden hatte. Die Welt war in Watte gepackt.

Er ging weiterhin in die Praxis, verrichtete weiterhin die Handreichungen an den Patienten, scherzte mit Evelin, unterhielt sich mit Gundula.

Die nahm ihn drei Tage vor dem Termin beiseite und erklärte ihm, er mache ihr weniger Sorgen, als das Verhältnis zwischen ihm und Evelin.

»Verhältnis?«

»So was ist gefährlich in einer Praxis.«

»Du meinst für die Praxis ...«

»Ja, und ich möchte euch nicht verlieren, dich nicht und Evelin auch nicht.«

»Die OP wird mich schon nicht umbringen.«

»Ach, Willi, du weißt, was ich meine!« Sie nahm ihre Zigarette aus dem Mund und umarmte Wilhelm kurz und heftig.

Wilhelm tätschelte ihren breiten Nacken und erklärte ihr, dass er zurzeit am Zubetonieren sei.

Da rief Evelin nach den beiden.

Noch zweimal lagen Evelin und Wilhelm beieinander in der Besenkammer. Wollten nur so liegen und schliefen dann doch miteinander. Redeten weniger als gewohnt, bis sie nach der halben Nacht aufstand und ging und Wilhelm zurückließ.

Der lag und starrte wie gewohnt zur Decke. »Jetzt liege ich hier wie der Mistkäfer auf dem Rücken. Warum rudere ich nicht verzweifelt mit allen Beinen. Wo doch der Himmel zu hoch über mir ist. Ich ihn nicht sehen kann. Und die Chance, jemals wieder auf den Bauch zu kommen, gering ist.«

Er fühlte sich sediert. Die Gefühle blieben im Körper hängen, kamen nicht bis ins limbische System. War Evelin der Ableiter, damit sie nicht in ihn dringen konnten, von seinem Leib auf ihren umgeleitet wurden?

Viel besser jedenfalls als der Ausschlag, der ihn schon einige Male heimgesucht hatte. Der wie Aussatz seinen Körper bedeckte und den niemand erklären konnte. Oder die fiebrigen Zustände, die ihn ebenso unerklärlich häufig schwächten. Was hatte sein ständiger Pissdruck zu bedeuten, seine Neigung zu Durchfall? Die ständige Übelkeit, die seine Kindheit mitprägte? »Alles umgebogene Gefühle, die mein Körper mühsam abarbeiten muss. Warum habe ich nicht meine Wut wie der Zombie auf dem Kottbusser Damm ausgelebt? Ich bin zu schwach! Und jetzt zirkulieren ständig erhöhte Mengen von Stresshormonen in mir! Jetzt wird mir die Prostata herausgeschnitten! Ist dieser Krebs auch die Somatisierung meiner unausgelebten Wollust? Hätte ich mehr gevögelt, müsste ich morgen nicht zu Professor Hombart nach Hamburg.«

Wilhelm holte den Koffer vom Schrank und stellte ihn neben das Bett. In der Nacht erschien ihm prompt der Fisch im Sand am Strand von Kovalam, der Kofferfisch. Wieder klappte er mit seinen Kiemen. Wilhelm drehte ihn auf die Seite und sah einen Reißverschluss auf seinem kastenförmigen Bauch. Ein gallertartiger Schleim drang zwischen den geschlossenen Krampen hervor. Er versuchte, den Reißverschluss aufzuziehen. Es gelang ihm nicht. Er klemmte.

Immer wieder wurde Wilhelm wach. Dann quälte er sich wieder mit dem Reißverschluss ab. So verbrachte er den Rest der Nacht.

Um den Albdruck loszuwerden, stand er zwei Stunden zu früh auf und packte seinen Koffer. Saß wie betäubt eine halbe Stunde auf dem Bett, bevor er es hochklappte.

Er schrieb einen Zettel: »Liebe Frauen, bis bald. Sorgt euch nicht. Alles geht seinen Gang. Euer Wilhelm«, und verließ noch vor Arbeitsbeginn die Praxis. Fuhr mit der U-Bahn nach Moabit ins Krankenhaus, holte dort seine Blutkonserven ab. Sie waren voluminös in Styropor verpackt. Die Schwestern händigten sie ihm in zwei großen Aldi-Plastiktüten mit guten Wünschen aus. Wilhelm machte noch einen Scherz, nahm die Tüten in die Rechte, seinen Koffer in die Linke und ging zur U-Bahn Richtung Zoo. Auf dem Bahnsteig rief er seine Söhne an und meldete ihnen seine Abreise. Der ältere war nicht da. Umso besser! Der jüngere: »Wie, heute schon?! Ich denke, in zwei Tagen. Du hättest wenigstens noch mal vorbeischauen können ...«

Wilhelm hatte sofort ein etwas schlechtes Gewissen.

Der ICE war halbvoll. Die norddeutsche Tiefebene in ihrer üblichen Tristesse zog an ihm vorüber. Er blickte zum Fenster hinaus und versuchte, sich durch ernste Gedanken aus seiner milchigen, trüben Stimmung zu befreien. Er dachte an Heinrich, den er nicht informiert hatte, an seine Versuche, an dessen Erkenntnissen teilzuhaben, zog einen dünnen Notizblock, den er in einem Hotel eingesammelt hatte, aus seiner Jackentasche hervor und schrieb einen seiner Zettel.

Elfter Zettel:

(Am 17.8., auf der Fahrt nach Hamburg)
Der Weltgeist war es leid, immer nur Geist zu sein. Er hatte Sehnsucht danach, sich auszudrücken. Woher nahm er diesen Wunsch? Jedenfalls aktivierte der Geist Energie - und damit sank er die erste Stufe herab: Er schuf die geistige Welt. Doch damit nicht genug. Im Wunsch, sich auszudrücken, sich seiner selbst bewusst zu werden, ließ er es zu, dass diese sich zu unserer Welt der Galaxien und der Atome materialisierte.
Damit ließ er sich eine weitere Stufe herab.
Ob der Mensch grausam, böse oder gut ist, ob er leidet, sich freut, elend oder reich ist, interessiert ihn nicht, in seiner Lust sich auszudrücken.
Der Mensch, wenn er denn will, kann versuchen, sich zu entmaterialisieren, um dem Weltgeist wieder nahe zu sein, z.B. durch Erleuchtung.

```
Ob das den Weltgeist interessiert? Irgendwann
zieht er sich wieder zurück, schlürft das Uni-
versum ein und verharrt bis zur nächsten Schöp-
fung träumend in der Latenz.

... muss ich mit Heinrich besprechen ...
```

Am Hamburger Hauptbahnhof angekommen, stieg Wilhelm am Südausgang wieder in die U-Bahn, setzte sich erneut ans Fenster, auf dem Nebensitz die zwei Plastiktüten mit seinem Blut, und wartete darauf, dass sich die Bahn aus der Erde herauf ans Tageslicht kämpfte und hoch über den Straßen am Hafen entlangfuhr. Das Wetter war freundlich. Das Wasser glitzerte. Auf die mitfahrenden Männer und Frauen warf die Sonne ihre Strahlen, dass sie zufrieden blinzelten.

Wilhelm schloss die Augen. Er hätte ewig so weiterfahren mögen. Es dauerte nur Minuten, und die Bahn donnerte wieder ins Dunkel. Wieder oben an der Station Eppendorfer Baum raffte er seinen Koffer mit den Tüten zusammen, ging zur Straße hinunter und wanderte zur Klinik.

Er war allein, und es war ihm recht so.

In einer Anlage, kurz vor dem Krankenhaus, blühten in mehreren Betonkästen kleine lilafarbene Nelken, sehr zierlich, als ob sie sich selbst hier angesiedelt hätten. Viele waren schon verwelkt und dabei auszusamen. Sie gefielen Wilhelm. Er blieb stehen, stellte sein Gepäck ab, riss einen Zettel vom Notizblock und faltete ein kleines Tütchen, wie er es von seinem Vater gelernt hatte, wie es früher die Apotheker für ihre Pülverchen machten, zupfte ein paar verblühte Stängel aus dem Nelkenkissen und klopfte die schwarzbraunen, winzigen Samen aus den trockenen bräunlichen Blütenkelchen in das aufgefaltete Papier, verschloss es und schrieb darauf: »17.8.2000 – Nelken.« Um sich später daran zu erinnern, wenn er sie, wer weiß wo, aussähen würde. Er steckte das Tütchen in die Jackentasche, nahm das Gepäck auf und setzte mit fast alberner Zufriedenheit seinen Weg zum Krankenhaus fort.

Es war später Nachmittag, als Wilhelm sein Blut abgeliefert, sein Zimmer inspiziert, seinen Spind eingeräumt und die medizinische Voruntersuchung hinter sich gebracht hatte. Die Operation war auf den folgenden Morgen um 8 Uhr angesetzt.

Er hatte noch ein paar Stunden Ausgang. Schlenderte an den hübschen Vorgärten entlang zurück zur Eppendorfer Landstraße, blieb vor Schaufenstern der feinen Hamburger Boutiquen stehen, betrachtete geistesabwesend die ausgestellten Loom-Stühle und die französischen Laguiole-Messer, die ihn immer so sehr interessiert hatten, dass er an ihnen kaum vorbei konnte, ohne eines wenigstens in seine Finger zu nehmen. Das war Geschichte.

Er war bereit.

Es hätte ein Erschießungskommando erscheinen können. Er wäre nicht geflohen.

Kurz spielte Wilhelm mit dem Gedanken, ob es nicht ein würdiger Abschied von seiner Zeugungsfähigkeit wäre, wenn er nach St. Pauli führe, um sich dort eine Frau zu kaufen. Anonym und freundlich, ohne große Emotionen. Zum Abendessen wäre er zurück in der Klinik. Die Vorstellung gefiel ihm sehr.

Doch er ging zurück ins Krankenhaus. Er aß seine zwei Scheiben Brot mit Scheiblettenkäse und Bierschinken, den Fruchtjoghurt und trank den Früchtetee. »So also geht dieser Abschnitt meines Lebens zu Ende, so völlig unspektakulär. Wahrscheinlich wird mein endgültiges Ende ebenso banal ablaufen.«

Irgendwie hatte Wilhelm bis zuletzt erwartet, dass das Leben noch eine Überraschung für ihn bereithalten würde, dass es ihm nicht so sang- und klanglos Teile seiner Männlichkeit nehmen werde.

Er war allein im Zimmer. Draußen sang eine Amsel.

»Also doch nicht ganz sang- und klanglos«, murmelte Wilhelm, während er seinen Pyjama anzog, den er sich für seinen Aufenthalt hier gekauft hatte. Er legte sich auf das Bett und hörte dem Vogel zu. Er fühlte sich frei.

Die Schwester öffnete die Türe, klapperte mit dem Essgeschirr, räumte es ab und fragte, ob er ein Schlafmittel brauche. Er verneinte. Sie wünschte ihm eine gute Nacht.

Es war angenehm still. Der Vogel draußen sang immer noch.

Wilhelm musste an den grünen Papagei denken, genauer an den großen Sittich, den er eines Tages in der Gervinusstraße inmitten der grünen Blätter der riesigen Silberpappel entdeckt hatte. Sie stand an der Böschung zur S-Bahn gegenüber der

Wohnung. Schon die Tage davor hatte er sein Krächzen gehört. Den ganzen Sommer und Herbst wohnte der Vogel in dem Baum. Jeden Tag suchte ihn Wilhelm mit seinen Augen in dem grünen Dickicht, bis er ihn gefunden hatte. Der Herbst kam, die Blätter fielen ab, bis der Sittich als letzter grüner Fleck im Baum saß. Es wurde kalt, und eines Tages war der Vogel verschwunden. »Er wird erfroren sein«, dachte Wilhelm damals. Kahl stand der große Baum im Sturm und Schneetreiben. Er hatte den Vogel schon fast vergessen. Da hörte er Ende März das bekannte kreischende Krächzen. Er lief ans Fenster und tatsächlich saß der Sittich wieder im Baum und wartete darauf, dass die Blätter endlich austrieben.

19. KAPITEL

Als am 18. August um 7 Uhr die Schwestern ins Zimmer kamen, um Wilhelm für die OP vorzubereiten, mussten sie ihn wecken. Schläfrig machte er seinen ersten Morgenscherz: »Hauptsache, ich darf liegenbleiben.«

Die Haare im Genitalbereich wurden rasiert. Er war müde, ließ alles zu. Die Anästhesistin erschien und gab ihm die Beruhigungsspritze.

Das Bett setzte sich in Bewegung, quietschte und fuhr zügig

aus dem Zimmer. Die Spritze begann zu wirken. Die hellen Neonlampen auf dem Flur blendeten ihn. Wilhelm schloss die Augen.

Es wurde gleißend hell. Er stand auf der weiten, ausgedörrten Ebene. Die Sonne brannte auf die endlose Fläche. Der Wind wehte Staub auf, aber Wilhelm spürte ihn nicht. Eine Stimme sprach ihn an: »Du willst das Geheimnis der Maya wissen?«

Da rumpelte das Bett in den Aufzug, hinunter zum Operationssaal. Wilhelm öffnete nochmals kurz die Augen und nickte leicht. Dann fielen sie ihm endgültig zu.

»Auf alle Fälle ist es hell«, meldete ihm sein Hirn. Entfernt drang noch das Scheppern der Lifttüren an seine Ohren, als sie sich schlossen. Und während der Aufzug summend abwärts fuhr, flog Wilhelm auf Hamsa, dem Ganterich Brahmas, sausend hinab zum Tempel des Todes in der flirrenden Ebene. Und als die Aufzugstüren sich dröhnend wieder öffneten, hörte er das Trompeten des Elefanten. Er war bereit zum Besuch im Felsentempel. Lang zogen sich die wild klagenden Töne. Dann entfernten sie sich, und Raum und Zeit, Sehen und Hören, Empfindung und Wahrnehmung zerrannen zu diffuser Helligkeit.

20. KAPITEL

Fünf Monate später stehen Wilhelm und ich inmitten Tausender Inder auf einem lehmigen Hügel am Ufer des Yamuna. Genau dort, wo die beiden heiligen Flüsse Ganges und Yamuna mit dem unterirdischen mythischen Saraswati, dem Fluss der Erleuchtung zusammenfließen.

Wir sind zur Kumbh-Mela gereist, wie Millionen von Indern. Bis zum Horizont ist die Ebene gefüllt mit Menschen, Zelten und Ashrams. Dazwischen laut hupend buntgeschmückte Jeeps, auf denen berühmte Yogis mit ihrem Gefolge anreisen. Plätze, auf denen Hunderte von Pilgern aus riesigen Töpfen verköstigt werden, Abhänge, an denen dichtgedrängt Männer und Frauen kauernd urinieren. Ab und zu ein Elefant in der Menge. Fakire, grell geschminkt, mit Spießen durch beide Wangen. Prozessionen nackter Yogis, die sich in der Nähe des Ufers auflösen, um ihrer Energie freien Lauf zu lassen. Kreischend stürmen sie durch das Menschengewühl zum Fluss hinunter, werfen sich ins flache Wasser, umarmen voller Emphase den heiligen Fluss.

Es ist eine besondere Kumbh-Mela. Nach dem Stand der Sterne wird erst in 280 Jahren wieder eine ähnlich heilige stattfinden. Es ist Montag, der 29. Februar 2001, nach den astrologischen Berechnungen einer der drei heiligsten Tage dieser so heiligen Kumb-Mela.

Wir beide werden wie einzelne Körner in einer fließenden Sandlawine mitgezogen. Alles ist friedlich, keiner stößt den anderen. Alles gleitet hinunter zum Sangam, wo das flache schlammige Wasser des Ganges sich mit dem klareren tieferen Wasser des Yamuna vermischt.

Wilhelm zieht seine Hose aus, sein Hemd, drückt mir beides zusammen mit den Gummisandalen in die Hände und strömt inmitten der dunklen Körper weiter hinab. Ich versuche, ihn auf die hygienische Situation aufmerksam zu machen, doch Wilhelm entgleitet mir. Ich sehe, wie er Halt findet in einer Gruppe an einem abgestorbenen Baumstamm. Wilhelm scheint sich gut zu fühlen inmitten der nackten Leiber seiner Mitmenschen. Kräftig rot leuchtet seine Narbe vom Nabel bis in den Genitalbereich.

Er springt mit den anderen ins Wasser. Es reicht ihm bis zur Brust, und wie alle hält er seine Nase zu und taucht ein Dutzend Mal unter.

Nach dem zwölften Mal verharrt er in gebückter Haltung. Die Kundalini-Schlange ist erwacht – nach langem Schlaf – und beschert Willi Merkatz die sehnlichst erhoffte Erektion. Er weint. Seine Tränen rinnen die Wangen entlang, vereinigen sich mit dem Wasser des Yamuna und fließen weiter in den heiligen Ganges davon.

Er weint.

VERBRECHER VERLAG

Rudolf Lorenzen

ALLES ANDERE ALS EIN HELD

Roman

688 Seiten
Leinen mit Lesebändchen
32 €

ISBN: 978-3-943167-45-0

Robert Mohwinkel ist kein Held. Im Gegenteil, er versucht, wo immer es geht, sich ganz und gar anzupassen. In der Familie, in der Schule, in seiner Ausbildung zum Schiffsmakler, in der Wehrmacht, stets möchte der junge Träumer, nicht auffallen. Nur im Tanzclub blüht er ein wenig auf. Erst nach dem Krieg, als sich die Zeiten geändert haben, und die Duckmäuser alter Schule nicht mehr gefragt sind, wacht er auf. Doch selbst diesmal macht er es nicht wirklich richtig.

Der Roman »Alles Andere als ein Held« erschien erstmals 1959, ging allerdings trotz guter Kritiken neben Grass' »Blechtrommel« und Bölls »Billard um halb zehn« unter. Das lag nicht zuletzt daran, dass man in Deutschland so kurz nach dem Krieg von der allseitigen Anpasserei, den Verbrechen der Wehrmacht und den Betrügereien, auf denen sich das »Wirtschaftswunder« begründete, nichts hören wollte.

»Ich bin gar nicht sicher, ob ›Alles andere als ein Held‹ nicht der beste Roman irgendeines heute lebenden deutsch schreibenden Autors ist.«
Sebastian Haffner

»Ja, da gab es ein Buch, es hieß ›Alles andere als ein Held‹. Von Rudolf Lorenzen. Darin wird das erste Kriegsjahr beschrieben, und die Sprache, die war so authentisch, so anders, dass ich dachte: So müsste man schreiben.«
Walter Kempowski in Cicero (April 2007) auf die Frage nach Vorbildern für seinen Stil.

Verbrecher Verlag | Gneisenaustraße 2a | 10961 Berlin | info@verbrecherei.de
www.verbrecherei.de

VERBRECHER VERLAG

Georg Kreisler

ZUFÄLLIG IN SAN FRANCISCO

Unbeabsichtigte Gedichte

128 Seiten
Hardcover
19 €

ISBN978-3-940426-46-8

»Manche Gedichte in diesem Buch sind absurd, die kommen der Wahrheit am nächsten. Man schreibt sie nicht absichtlich, sie werden einem eingeflüstert, sind also unbeabsichtigte Gedichte.« Die unbeabsichtigten Gedichte von Georg Kreisler haben es in sich. Scheinbar leichthin und beschwingt geschrieben, verweisen sie auf Abgründe und Absonderlichkeiten. Der Dichter ordnet die Welt, indem er sie erfindet. Er erfindet sie, um sie vorzeigen zu können. Kreisler erweist sich in diesem, seinem ersten ausschließlichen Lyrikband als ein ebenso hellsichtiger wie subtiler Dichter. »Hüte dich vor Kompromissen! / Das sind keine Leckerbissen. // Meide jede Konzilianz, / denn die nagt an der Substanz.«

Georg Kreisler, der geniale Chansonnier, Schriftsteller und Opernkomponist hat ein Buch ausschließlich mit Lyrik geschrieben. Fünfzig resumierende Gedichte des 88jährigen über die Liebe, den Reim, über Einsamkeit, die Nation und über das Ende. Makaber, schön, hintergründig, privat, zynisch, politisch, mit Endreim und federleicht. Ganz große Kunst.
Matthias Ehlers / WDR 5 Bücher

Für den 1922 in Wien geborenen Kreisler gilt offenkundig das, was man auch über Weine zu berichten weiß: Je älter, desto besser!
Philipp Engel / Jüdische Allgemeine

Verbrecher Verlag | Gneisenaustraße 2a | 10961 Berlin | info@verbrecherei.de

www.verbrecherei.de

Giwi Margwelaschwili

FLUCHTÄSTHETISCHE NOVELLE

132 Seiten
Leinen mit Lesebändchen
18 €

ISBN: 978-3-943167-01-6

Schönefeld, August 1947: Der Nachkriegsgefangene Kapitän Wakusch besteigt bang das Flugzeug, das ihn in das ferne, unbekannte Georgien bringen soll. Doch die Maschine will nicht abheben: Wieder und wieder drehen sich die Propeller, wieder und wieder gehen die Fluggäste an Bord. Wie kann das sein? Kapitän Wakusch ist eine Buchfigur, dessen Buch unter Leserschwund leidet. Ohne Leser aber kann sich bekanntlich keine Geschichte weiterentwickeln, denn niemand füllt sie mehr mit Leselebenskraft aus. Kapitän Wakusch muss einen Weg finden, sein Schicksal selbst in die Hand zu nehmen …

Mit großem philosophischen Scharfsinn und sehr viel Witz schildert Giwi Margwelaschwili in seiner »Fluchtästhetischen Novelle« die Welt der Buchfiguren.

»Giwi Margwelaschwili ist an Originalität und Eigensinn kaum zu übertreffen, die Hintergründigkeit und Verknüpfung aller möglicher Ebenen machen seine Literatur zu etwas Besonderem. Es sind wahre Leseabenteuer, die der deutsch-georgische Schriftsteller in deutscher Sprache vorlegt.«
Stefan Berkholz / Passagen – WDR 3